KB267166

영웅무가

영웅무가 1

검랑 新무협 판타지 소설

초판 1쇄 찍은 날 § 2003년 3월 10일
초판 1쇄 펴낸 날 § 2003년 3월 20일

지은이 § 검랑
펴낸이 § 서경석

편집장 § 문혜영
편집책임 § 권민정
편집 § 장상수 · 이종민 · 유경화
마케팅 § 정필 · 강양원 · 이선구 · 김규진 · 홍현경

펴낸곳 § 도서출판 청어람
등록번호 § 제1081-1-89호
등록일자 § 1999. 5. 31
어람번호 § 제2-0190호

주소 § 경기도 부천시 원미구 심곡1동 350-1 남성B/D 3F (우) 420-011
전화 § 032-656-4452 팩스 § 032-656-4453
http://www.chungeoram.com
E-mail § eoram99@chollian.net

ⓒ 검랑, 2003

값 7,500원

ISBN 89-5505-623-0 (SET)
ISBN 89-5505-624-5 04810

영웅무가

英雄舞歌

검랑 新무협 판타지 소설

1

도서출판 청어람

작가의 말

어머니께서는 책을 굉장히 좋아하십니다. 눈이 나쁘신데도 불구하고 재미있는 책을 한 번 손에 쥐시면 놓지 않으시지요. 저 또한 책 읽는 것을 좋아해서, 밥을 먹으면서도 책을 보는 것이 습관이 되었을 정도이니까요.

이렇게 책 읽는 것을 좋아하다 보니 자연히 쓰는 쪽으로도 손길이 가더군요. 여차저차해서 프리랜서로 여러 잡지사에 글을 기고하면서 느꼈던 글 쓰는 재미는 저에게 새로운 갈증을 만들어냈습니다. 아니, 욕심이었을까요? 제가 생각하고 있던 모든 것을 넣어서 한 편의 소설을 쓰고 싶었던 것입니다.

무협지에서는 보통 수많은 인물들이 불가항력으로 등장하게 되죠. 원래 사람의 이름을 잘 못 외우는 저로서는 많은 인물들이 등장해도 복잡하지 않은 그런 글을 꼭 쓰고 싶었습니다. 그래서 이 책에서는 한 번 이름이 나온 사람은 꼭 다시 한 번 등장하게 되어 있습니다. 아주 가끔 예외도 있지만 99%는 말이죠(웃음). 그랬기에 이름을 짓는 것도 쉬운 일이 아니었습니다. 덕분에 이름만 보아도 그 인물이 어떤 성격이며, 어떤 외모인지 쉽게 상상하실 수 있으리라 생각됩니다.

그리고 무협지를 좋아하시는 40대 정도의 독자 분들이 읽기에도 부담스럽지 않은 글을 쓰고 싶었기에, 유쾌하지만 너무 가볍거나 장난스럽게 되는 분위기는 피했습니다. 하지만 최종적으로 원한 것은, '모든 연령층의 독자 분들에게 호감을 얻고 싶다' 라는 의도였기에, 그 의도에 충실하기 위해서 글 속에 많은 장치를 해두었습니다. 그것이 어떻게 여러분들에게 어떻게 받아들여질지는 알 수 없습니다만.

하지만! 재미있습니다. 제가 한 권 분량의 글을 마치고, 몇 번이나 되읽으

며 수정 작업을 거칠 때조차 제 소설 속에 빠져서 오타를 놓치거나 할 때가
있었으니까요.

　마지막으로 이 글이 태어날 때 처음으로 재미있게 읽어주며 격려를 아끼
지 않은 후배 사나 양과 조언을 해준 친구 웅수 군, 남들과 달리 비판을 아끼
지 않은 나의 오랜 동지 상철 군에게 이 자리를 빌어 감사의 말을 전합니다.
또한 탯줄을 끊고 세상에 나와 숨 쉴 수 있게 도와주신 청어람의 여러분들께
도 감사의 인사를 드립니다.
　이 다음 장을 펼치게 되실 독자 분들에게도 모쪼록 즐거운 여행이 되시기
를 기원합니다.

2003년 게으른 겨울의 끄트머리에 서서.

　:: 이들의 책을 이제나저제나 기다리고 계실 어머님의 물 묻은 손에 전해 드립
니다.

서장

세 명의 여행자 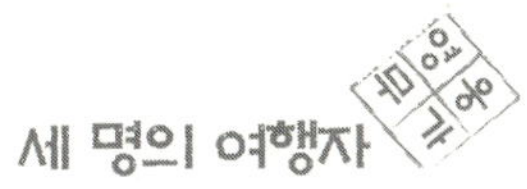

　세상을 살다 보면 자기 마음대로 일이 진행되지 않을 때가 있다. 그가 아무리 세상에서 가장 큰 권력을 쥐고 있다 해도, 죽을 때까지 쓰지 못할 만큼의 넘치는 부(富)를 가졌다 해도 말이다. 그것은 이 사내도 마찬가지. 무공으로는 당대 무림에서 그를 대적할 자가 손에 꼽을 정도이며, 아울러 현 무림을 삼 등분(三等分)하는 가장 큰 세력의 수장(首長)인 마교(魔敎)의 칠대 교주 마극천(魔極天) 또한 그런 일반적인 사고의 범주(範疇)를 벗어나지 못하고 있었다.

　원래대로라면 오십 대의 나이임에도 아직 이십 대 후반으로 보일 정도의 수려한 외모와 흑구렁이가 꿈틀대는 듯 짙은 눈썹과 남자다운 강인한 인상이 비단 무공의 수위(首位) 때문인 것만은 아닐 것이다. 그러나 그의 출중한 얼굴은 무슨 일인지 온통 근심으로 찌푸려져 있었다. 범인(凡人)이라면 그저 아침에 먹은 음식이라도 잘못되었거니 하고 생각할 만한 일이겠지만 온통 흑색(黑色)으로 도배한 듯 걸쳐 입은 그의 옷과 장포에 수놓아진 금룡(金龍), 그의 외모에서 뿜어 나오는 위엄과 기도는 그에 비할 바가 아니었다.

그는 이층 전각에서 연무장을 내려다보고 있었다. 그곳에서는 두 인물이 무공을 겨루고 있는 듯 마주 보고 있었는데 십대 후반이나 되었을까 한 어린 소년과 사십 대 중반은 되어 보이는 중년의 남자였다.

한데 소년을 자세히 보니 준수한 외모를 가진 것이 천하의 절세미남이라 하여도 과언이 아닐 정도였다. 머리카락은 길고 윤기나는 생머리가 아니라 앞머리는 눈썹에 닿을 정도의 짧은 머리였고 뒷머리도 목을 간신히 덮을까 말까 한 정도였다. 원래가 반 곱슬의 형태였는데 손질을 제대로 하지 않았는지 삐죽삐죽 여기저기 솟아 나왔는데도 오히려 그것이 더 자연스럽고 잘 어울려 보였다.

흠이라면 너무 여자처럼 곱상하고 가는 목을 가진 데다가 피부가 하얀 것이 여자 옷을 입는다면 여자로 보일 수밖에 없을 정도랄까? 여인으로 분장을 한다 하더라도 분명 천하의 절세가인이라 불릴 것임에는 틀림없지만.

"안 해? 안 하면 그냥 때린다. 맞고 할래, 안 맞고 할래?"

어린 소년의 입에서는 뜻밖에도 반말이 섞여 나왔다. 아니, 아예 반말이었다. 그런데도 중년인은 눈썹 하나 찌푸리지 않고 뜻밖에도 화난 기색 하나 없이 불쌍한 표정을 짓고 있었다.

"고, 공자님, 전 감히 공자님과 비무할 수 없습니다. 저 같은 일개 소졸(小卒)이 공자님과 어찌 대련을……."

중년 남자의 말이 채 끝나기도 전에 소년의 한마디가 들려왔다.

"그럼 맞아."

퍼버벅—

"으헉! 아이쿠!"

기이하게도 그 중년인을 때리고 있는 것은 묵빛이 처연하게 빛나는 검은 몽둥이 비슷한 것이었다. 손잡이는 일반적인 검의 형태에 가까웠지만 검신(劍身) 부분은 마치 도(刀)에 가까운 모양이었다. 한데 그 도에는 날이 없었다. 그래서 몽둥이처럼 그 중년인을 구타하는 것이 가능했던 것이다.

"에이씨, 왜 대주(隊主)들이나 장로 노인네들하고는 비무를 하면 안 되는 거야? 다른 사람들은 다 하잖아."

픽— 픽— 퍼픽—

장단을 맞추듯 때리는 손은 멈추지 않으면서 소년은 중얼중얼 혼잣말을 했다. 그때 문득 소년은 자신을 주시하는 눈동자가 느껴졌다. 조금 떨어진 전각의 이층에서 교주인 마극천이 자신을 내려다보고 있었던 것이다. 보통 교 내의 인물이라면 허리를 크게 숙여서 인사했을 것이고 조금 높은 지위의 자라면 하다못해 가벼운 목례라도 했을 것이다. 누가 감히 마교의 일인지하 만인지상(一人之下 萬人之上)이라는 마교의 교주와 눈이 마주쳤음에 그리하지 않을 것인가! 한데도 소년은 그러한 것에 조금도 연연하지 않는 듯 오히려 혀를 낼름 내밀었다.

그러더니 쳇 하며 구타를 멈추고 다른 곳으로 휙 하니 가버렸다. 연무장의 바닥에는 예의 그 중년인이 널브러져 뻗어 있었다.

"못말리겠군, 저 녀석. 대주와 장로에게 비무를 금지시켰더니 저런 식으로 불만을 나타낼 줄이야! 차라리 저 나이 때의 반항이라고 할 수 있다면 얼마나 좋으랴."

그것을 지켜보던 교주 마극천의 입에서 나온 푸념이었다. 그런데 그의 옆에서 누군가가 맞장구치고 있었다.

"하하, 교주님도 저 나이 때에는 저러지 않으셨습니까? 교 내에서는 교주님의 어렸을 적과 꼭 닮았다고들 소문이 자자합니다. 아무나 붙잡고 무공 연습한다는 핑계로 며칠을 못 움직일 정도로 두드려 패시고 대주들에게 손찌검과 욕설은 예사가 아니셨습니까? 때문에 아직까지 교주님을 그 일로 두려워하는 사람들이 많은 것으로 알고 있습니다만."

그러자 교주인 마극천의 볼에 조금 부끄러움이 나타나는 듯했다.

"험험, 그건 어쩔 수 없는 일이었소. 강호에 나가기 위한 일종의 시위였던 셈 아니오."

"공자님도 시위를 하는 중이실 겁니다."

그 누군가는 교주와 매우 친한 듯 별 어려움 없이 말을 꺼내고 있었다. 마극천의 표정에서도 별 이상이 없는 것이 원래부터 그랬던 것 같았다.

"정말… 설련 저 아이여야겠소?"

갑자기 마극천이 근심스러움이 잔뜩 깃든 목소리로 그에게 물었다.

"그렇습니다. 일석이조의 효과를 모두 볼 수 있는 절호의 기회입니다."

"하지만… 내 핏줄이라 그런지, 나도 아비라 그런지 선뜻 내키지가 않는구려. 세상 사람들이 알면 나를 팔푼이라 하겠지만 말이오."

"이곳은 오직 힘, 힘으로만 지탱되는 곳입니다. 위엄이나 핏줄만으로 지탱할 수 없는 곳이라는 것을 잊으셔서는 안 되실 것입니다. 감히 말씀드리거니와 지금 공자께서 강호행을 요구하시는 것은 반드시 허락해 주서야 하실 것입니다."

마극천은 잠시 침묵을 지키고 있다가 입을 열었다.

"나도 알고 있는 사실이라오. 다만 너무 이른 것이 아닌가 싶어서 말이오."

"나이로 보면 이르되 무공은 이미 삼 년 전에 또래의 수준을 넘으신 공자님입니다. 고수와의 비무를 금지시켜 지금의 무위는 알 수 없지만 교 내 서열 십위 내에 충분히 근접하고 있으신 것만은 확실합니다. 여기서 좀 더 늦으면 그들을 막을 수 없을 것입니다. 지금이 그들의 허점을 유발시킬 적기입니다. 부디 신중히 생각해 주시기 바랍니다."

그의 목소리가 약간 높아졌다. 확실한 다짐을 받고자 하는 것이다. 잠시 후 마극천은 입술을 꾹 다문 채 말없이 고개를 끄덕였다.

"교주님, 공자가 드시었습니다."

청아하면서도 아리따운 시비의 목소리가 그의 근심을 증폭시킨 듯 그의 얼굴은 더욱더 찌푸려졌다.

"들라 해……."

그러나 그의 말이 채 끝나기도 전에 청옥(靑玉)과 갖은 장식으로 사치스럽게 꾸며 있던 거만한 문은 쿵 소리와 함께 열리는 예기치 않은 수난을 당하고 말았다. 문제의 원인이 등장한 것이다. 난처한 표정의 아리따운 시비와 함께.

"오늘처럼 좋은 날 파파(婆婆) 만나는 데 뭐 이리 번잡스러워? 즐거운 아침부터 짜증나게시리."

목소리의 주인공은 이제 갓 열대여섯이 되었을까 한 절세의 미소년이었다. 여자의 얼굴보다 더욱 갸름하고 희면서도 깨끗했으며 그 얼굴에 최고의 명필(名筆)이 그려놓은 듯한 가늘고 긴 눈썹, 오똑하면서도 작은 코, 약간은 가늘게 치켜 올라간 입술 끝이 그의 성격이 오만하리라는 것을 예상케 했지만 전체적인 인상으로 보아 어디에 내놓아도 부끄럽지 않은 절세의 외모는 그것을 가리고도 남음이 있었다. 그러나 얼핏 보면 여자에 더 가까운 인상이 보는 사람을 의아하게 만들 정도였다. 체구가 협소한 데다가 목소리마저 변성기가 지나지 않았는지 카랑카랑한 것이 그런 의심을 더욱 증폭하게 했다. 등에 멘 커다란 도(刀)가 아니었다면 남장여자라고 해도 믿지 않을 사람이 없을 정도였다. 자기 키의 칠 할 정도나 되는 석 자 반(약 1미터) 길이의 도를 쓰는 여인이란 없을 테니 말이다.

연무장에서 중년의 남자를 개 패듯이 두드려 팬 그 소년이었다.

"파파, 저 그럼 갔다 올게요."

소년은 문안 인사도 채 하기 전에 작별 인사를 내뱉듯이 던지고는 주저없이 고개를 휙 돌려 버렸다. 뭐가 그리 급했을까?

"기다리거라. 이제 강호(江湖)에 출도하게 되면 언제 다시 볼지 모르니 최소한 이 아비의 말이라도 좀 듣고 가야 하지 않겠느냐."

찌그러져 있던 마극천의 얼굴이 갑자기 비굴하게 변하며 인상 좋은 아버지로 되돌아왔다. 인사를 하는 둥 마는 둥 뒤돌아서 나가려던 미소년의 발걸음이 잠시 멈칫했다.

"빨랑 해, 파파. 쓸데없는 소리로 하루라도 더 잡아두려고 하지 말고."

마극천의 얼굴이 더 비굴해졌다.

"어차피 허락한 일인데 내가 그 말을 뒤집겠느냐. 총관에게 들어서 대충은 알고 있겠다만 나이가 들어서 그런지 노파심이… 험험, 다시 한 번 얘기해 주도록 하마. 이건 조금이라도 네 얼굴을 더 보려 함이 아니다. 그저 네가 걱정되어서… 그래, 우선 강호에 나가게 되면 네 이름을 말할 때는 항상 조심하도록 해라. 너도 알다시피 마(魔)의 성씨(姓氏)는 대대로 마교의 교주가 이어받게 되어 있다. 따라서 당금 이 대륙에서 마씨(魔氏)를 쓰는 사람은 없다고 해야 할 것이다. 네가 행여라도 이름을 발설하게 되면 목숨이 위태로워질 수도 있단다. 그리고……."

미소년의 인상이 갑자기 찌푸려졌다.

"에이씨, 아빠는 강호에서 이름 다 알리고 마도일협(魔道一俠)이라는 별호까지 받았으면서……."

마도일협(魔道一俠)! 그렇다. 마극천이 젊었을 때 그 역시 지금의 상황을 비슷하게 재연해 낸 적이 있었다. 물론 끓는 청춘의 피를 어찌 그냥 잠재우랴마는 당시의 마극천은 강호에 출두하며 일이 요상하게 꼬임에 따라 뜻하지도 않은 협의행(俠義行)을 하게 되었다. 자그만치 사년 동안을 강호에서 협객으로 활동해 왔고 후에 그가 마교의 후계자라는 것이 알려졌을 때에도 협행(俠行)은 계속되었다. 그때 받은 별호가바로 마도일협이었다. 그리고 결국 마극천은 살아 있는 동안 절대 강호를 어지럽히는 일은 하지 않겠다는 서약마저 하고 말았던 것이다. 이는 호시탐탐 강호를 넘보던 마교로서는 청천벽력과 같은 일이었으며마교로 돌아와 제정신을 차린 마극천으로서도 불만 세력을 인정할 수밖에 없게 했던 일이다. 마도일협이라는 별호는 교 내(敎內)에서 마교의 수치이다라는 말까지 나올 정도였다.

그 후 마극천은 마도일협이라는 자신의 별호를 죽을 만큼 부끄럽게 여기며 그의 앞에서 그 넉 자(四字)를 말하는 이를 용서하지 않았다. 그의 변명에 따르면 그것은 어디까지나 우연찮게 일어난 일들로 자신의 의지와는 하등 관계가 없다고 했다. 어쨌든 그 이후로 두 번 다시 강호에 발을 들여놓지 않은 마극천이건만 그의 친우(親友)와 연인(戀人)들이 그를 기다린다는 소식은 아직도 여전했다. 어쩌면 마극천도 그때를 회상하며 그리워하고 있을지도 모르는 일이었다.

"험험, 그 얘기는 그럼 그만 하고 강호행에 필요한 것들을 총관에게 부탁해 놨으니 받아 가도록 해라. 이제 곧 올 때가 되었다."

말은 부드러웠지만 그의 얼굴은 붉은 기색이 완연한 것이 마치 여인네 같았다. 그 어느 누가 상상이나 했으랴. 하늘조차도 한 수 접고 봐준다는 마교의 교주가 그의 어린 자식에게 이렇게 꼼짝도 못할 줄이야.

"교주님, 총관께서 당도했습니다."

다시 한 번 아리따운 시비의 음성이 들려왔다. 이미 문은 열려진 터라 총관은 아무런 거리낌 없이 문 안으로 들어섰다. 총관이라 불리는 자는 대략 사오십 대의 나이로 보였으며 무림인답지 않게 안색이 창백했다. 혈해적인(血海積人) 북등연(北登燃)이라 불리며 가공할 마공(魔功)을 익히다가 심마(心魔)에 빠져 한때 전 무림을 혈겁으로 몰아넣었다고 한다. 이십 년 전 그를 척살하기 위한 천 명의 정파인을 죽여 피로 바다를 이루고 시체로 산을 쌓았다 하여 붙어진 별호가 바로 혈해적인이었다. 그때 밤하늘의 별이 되거나 별이 되지 못하고 불구로 세상을 살아가게 된 사람들의 숫자가 500여 명에 이르며 남아 있는 사람도 어디 한 군데 상처 입지 않은 사람이 없다 한다. 북등연은 당시 도주하는 과정에서 주화입마(走火入魔)하게 되어 겨우 목숨만은 건졌으나 무공은 평생 쓸 수 없게 되었다. 그러나 그의 명철한 두뇌와 그간의 공로를 인정하여 장로회에서 그를 총관으로 추대하였다고 한다. 실제 그의 나이는 칠십 이상인 것으로 알려졌으며 특이하게 무공을 잃었음에도 그의 외모는 사십 대 중년인에 가까웠다. 또한 심마에 들어 혈겁을 일으키기 전의 그의 성품은 지극히 온화했으며 지모(智謀) 또한 특출났었다고 하니 반대한 사람이 없었음은 지극히 당연했다. 항간에는 교주와 무공을 겨루면 누가 이길지 알 수 없다고 하는 이야기도 있었으나 폐인이 된 지금에 와서는 아무짝에도 쓸모없는 이야기였다. 교내외(敎內外)의 일들을 처리하는 처리 능력이야 검증된 지금 그가 총관이 된 것을 반대하는 이는 이전에도 없었듯이 앞으로도 없으리라.

"공자님, 여기 약간의 노자와 지도, 그리고 안내서(案內書)를 포함해 두었습니다. 여비가 모자르면 각 지방의 분타에서 아무 때나 금전(金錢)을 사용하실 수 있는 패(佩)를 넣어두었으니 잘 간수하시기 바랍니다."

"또? 그것밖에 없어?"

"아마 배에서 내리시게 되면 한나절은 걸으셔야 할 겁니다. 그래서 육포와 공자님이 좋아하시는 말린 과일을 넣어두었습니다."

총관은 비굴하지도 않으면서 온화한 웃음을 지어 보였다. 진심으로 자기 자식을 위해 준비를 한 듯 철저하고 세심한 배려였다. 그러나 막상 공자라고 불리는 소년의 얼굴은 험악하기 그지없었다.

"그건 됐고, 총관!"

"네, 공자님."

"우리 파파, 나 없을 때 무슨 일 생기면 가만 안 둘 거야. 알지? 알아서 해. 그럼 파파, 나 간다. 아참, 할아버지는 폐관 수련에 들어가 계시니 나중에 말이나 전해줘."

소년은 말을 마치고 휙 하니 방을 빠져나갔다. 총관의 입장에서는 참으로 어이없고 기분 나쁜 일이 아닐 수 없었다. 대체 무슨 일이 있겠는가? 정파는 마교가 불가침(不可侵)을 선언했으므로 괜히 먼저 소란을 일으킬 리는 없다. 물론 마극천의 강호 생활에 알게 된 지인(知人)들이 대부분 현 무림을 이끌어가는 위치에 있다고 하니 정파와의 부딪침은 당분간 없을 것이다. 또한 사파는 과거에 비해 많이 위세가 약해져서 마교에 함부로 시비를 걸 입장 또한 아니다. 그렇다면 무슨 일이 있겠는가. 혹시 일이 생긴다 해도 무공은커녕 자신의 몸조차 가누기 힘든 총관이 무슨 수로 교주를 보호하겠는가. 그런 생각들을 아는지 모르는지 총관은 여전히 얼굴에 웃음을 띠고 있었다.

"북 총관, 미안하네. 어린것이 저렇게 버릇없이 구는데도 아무 말 못 하는 내 마음을 자네는 이해하리라 믿네. 매번이지만 자네에게 미안하기 그지없군."

마극천은 어느새 교주의 근엄한 표정으로 돌아와 있었다. 그러나 말투만은 여전히 부드러웠다. 그의 입장에서 보면 한때 천하를 주름잡던 옛 총관의 위풍당당한 모습이 지금의 초라한 모습으로 변한 것이 못내 마음에 걸린 것이다. 위풍당당이 아니라 태산 같은 기세의 사람이었어도 방금 전 자식의 행동은 똑같았을 테지만.

"저야 비록 가족은 없지만 공자님을 제 아들처럼 생각하고 있습니다. 그런 걱정은 마십시오."

"음, 고맙네. 언젠가 이 빚은 저 녀석이 더 크거들랑 갚게 하겠네. 하하! 그리고 그 아들이라는 소리 좀 그만 할 수 없나? 이젠 자네까지 물든 건가?"

마극천은 너털웃음을 터뜨렸다. 총관도 역시 얼굴에 웃음을 띠며 대답 대신 미소로 답소했다.

"그나저나 걱정되는군. 강호는 험한 곳인데… 게다가 교 내에서는 비밀로 해야만 하고… 아무래도 뒤를 붙여주는 게 좋지 않을까?"

"하하, 걱정하지 마십시오. 강호에는 기인들이 많다고 하지만 여태까지 드러난 수위로 볼 때 공자님을 해할 수 있는 수준은 강호에선 열 명도 되지 않을 것입니다. 그리고 각 분타에 비밀리에 신임할 수 있는 자들에게 영(令)을 내려놓았습니다. 공자님의 거취는 수시로 보고될 것입니다. 심려(心慮) 놓으시지요."

순간 마극천의 눈에 감탄의 눈빛이 돌았다.

"음, 역시 총관일세. 자네의 재빠른 조치에는 두 손, 두 발 다 들겠네. 그리고 저 녀석이 없으니 말인데 그 공자님이란 말도 하지 않기로 하세. 내가 얼마나 그 때문에 골치가 아팠는지 알지 않나."

"알겠습니다. 하나 그 말이 입에 익숙하지 않아 공자님이 돌아왔을 때 실수라도 하면 어쩝니까? 저는 그것이 걱정되는군요."

"아니, 이 사람, 이제 보니 내가 아니라 저 녀석이 더 무서운 게로군. 내가 은퇴하기도 전에 교주 자리를 물려주게 생겼구먼."

"그러게 말입니다. 하하하!"

아마도 다른 사람들이 들었으면 대경실색(大驚失色)했으리라. 어찌 교주 앞에서 교주 자리를 운운할 수 있단 말인가? 아직 열린 문으로 시비들이 놀라고 있거나 말거나 두 사람은 끊임없이 웃어댔다. 마치 섭섭해서 일부러 웃는 듯, 골칫거리가 안 보여 기분이 좋은 듯. 그 속마음이야 물론 두 사람만 알겠지만……

*　　　　*　　　　*

진류영(陳流榮). 그는 태어나서 이 년간 말을 하지 못하였다고 한다.

아니, 정확히는 태어나면서부터 시름시름 앓기 시작하더니 알 수 없는
병에 걸려 말을 배우고 사용할 틈이 없었다고나 할까. 그를 위하여 모
친은 용하다는 의원은 모두 부르고 몸에 좋다는 약은 모두 달여 먹였
다. 그러한 모친의 정성에도 불구하고 진류영이 거의 죽어갈 무렵 한
명의 늙은 도인(道人)이 나타나 그의 모친에게 이렇게 말했다.

"이 아이는 타고난 만정지체(萬情之體)입니다. 허, 내 천기(天氣)를
읽고 예까지 찾아왔으나 이러한 상(像)을 보기는 처음이라오. 만정지체
라 함은 천 년에 한 번 나올까 말까 한 천재를 지칭하는 것으로 정(情)
이 보통 사람에 비해 너무 충만하여 그의 몸(體)이 견뎌내지 못하고 요
절(夭折)하는 상을 이르는 말이오. 본디 하나를 얻으면 하나를 잃어야
하는 것이 하늘의 뜻이라 하지만 이런 천고의 기재(奇才)가 뜻도 펴지
못하고……. 이럴 땐 빈도(貧道)조차도 하늘의 도리를 알 길이 없으니
답답하기 그지없구려."

"도사님, 그럼 이 아이를… 정녕 이 불쌍한 아이를 살릴 방법은 없
는 것입니까? 아비를 일찍 여의고 살아온 불쌍한 아이입니다. 전 천재
든 뭐든 그저 이 아이가 건강하게 자라기만을 바랄 뿐입니다. 아아!"

"한 가지… 명(命)을 연장시킬 수 있는 방법은 있소이다. 이 아이의
명은 본디 여기까지이나 지금부터 칠 일간 하늘에 기원을 드리는 제(祭)
를 지내면 십 세까지는 연장시킬 수 있을 것이오. 그리고 십 세가 되기
전 모친께서 불가(佛家)에 귀의하시어 전생의 업을 정화(淨化)토록 하시
면 다시 이십 세까지 명을 연장시킬 수 있을 것이오. 다만 그 이후에는
하늘의 뜻을 따를 수밖에 없을 것이오."

어찌 보면 황당무계한 말이었다. 하지만 진류영의 어머니는 그런 것
조차 따질 겨를이 없었다. 정확히는 여유가 없다고 해야 할까? 아무튼

지푸라기라도 잡는 심정이라는 것은 바로 이런 경우를 가리켜 하는 말
이리라.

"아아, 해야지요. 그 길이 비록 억만(億萬)의 겁화(劫火)가 기다린다
해도, 평생 거지가 되어 살아야 한대도 그렇게 해야지요. 해야 하고 말
구요."

과연 그날부터 칠 일간 제사를 지내고 나자 진류영의 몸은 아픈 것이
사라지고 말을 하기 시작했다. 그러나 몸이 허약하여 병색이 완연하였
고 보통의 아이들처럼 밖에서 조금만 뛰어놀아도 쉬이 쓰러지는 일이
다반사였다. 그래서인지 글을 읽는 것을 좋아하여 5살에 이미 천자문
을 비롯하여 서경, 논어, 대학, 중용, 시경, 역경, 예지 등의 고서(古書)
를 독파하고 갖은 책을 섭렵하기 시작했다.

넉넉했던 살림이었지만 갖은 보약을 지어 먹이는 데다가 하루가 멀
다 하고 책을 독파해 버리는 그의 독서량에는 미치기 어려울 정도였다.
그의 어머니는 그가 십 세가 되자 그를 어느 조그마한 산사(山寺)에 맡
기고 약속대로 불가에 몸을 담았다. 진류영더러 이십 세가 되기 전에
한 번 찾아오라는 말을 남긴 채.

진류영은 십일 세가 되자 고성(高成)이라는 사람이 주관한 진사 시험
에 최연소 합격하여 관리의 길을 걷게 되었다. 그가 얻은 직위는 상서성
교서랑(尙書省校書郞)으로 황궁의 모든 문서를 관리하는 곳의 말단 관리
직이었다. 그를 아는 사람들은 책벌레인 그가 더 많은 책을 읽기 위해
그곳을 지원했으리라고 생각했는데 그도 그럴 것이 황궁의 서고(書庫)
에는 자그만치 삼만여 권의 방대한 장서(藏書)가 보관되어 있었기 때문
이다.

진류영이 관직에 몸담은 지 일 년이 되던 해에 황궁에서의 유명한

일화가 있다. 하루는 황제가 어디에서 이야기를 전해 들었는지 당(唐) 대종(代宗) 때의 사람인 낙천(樂天) 백거이(白居易)의 여원구서(與元九書)라는 책을 한 시진 내로 찾아오라 명한 적이 있었다. 워낙 유명한 책이어서 시중에서 구하기는 어렵지 않았으나 문제는 시간이 너무 촉박하다는 것이었다. 할 수 없이 모든 이들이 서고(書庫)를 뒤지고 있을 때 진류영이 나타나 이렇게 말했다.

"낙천(樂天) 선생의 여원구서(與元九書)는 서고 좌측 열세 번째 책장(冊檻) 여덟 번째 단(段)에 있습니다."

진작부터 천재 소년이라는 것은 알았지만 이에 사람들은 그제야 그의 가치를 알게 되었다. 그는 한 번 읽은 책은 내용은 물론 위치까지 기억하고 있었던 것이다. 이 사실은 황제의 귀에까지 전해졌고 그가 병이 있어 이십 세를 넘기지 못한다는 것을 알게 되자 갖은 영약을 베풀어 그를 배려토록 했다고 한다.

이때부터 황궁 사람들은 그를 비운(悲運)의 천재(天才), 또는 여물지 못하는 열매를 가진 천재란 뜻의 미결기재(未結奇才)라고 부르기 시작했다. 그때부터 진 교서랑을 찾으려면 서고에 가보라는 말까지 나돌 정도였다.

어느 날 황제가 진류영을 불러 대담(對談)을 나누고 있을 때였다. 당금의 황제는 나이가 약관을 넘어선 지 얼마 되지 않았음에도 백성을 사랑하는 마음이 어질었고, 일을 처리함에 있어서 현명했으며, 조언을 듣는 데 있어서도 인색하지 않아 가히 성군(聖君)이라 할 만했다.

황제는 오늘처럼 진류영을 불러 정사에 대한 그의 자문을 구하는 것을 즐겼을 뿐 아니라 사사로운 일까지 이야기를 나눔으로써 그에 대한 마음을 아낌없이 보여주고 있었다. 진류영 또한 그런 황제를 모시는

것이 자랑스러워 그의 부름에 아무리 바쁜 일이 있어도 마다하지 않고
그의 말동무가 되어주었다.

"바쁘지는 않은가? 그대를 부를 때마다 그대가 일을 미뤄놓고 달려
오니 짐은 미안하기 그지없으나 내 그대를 가까이 두고 싶어 그러는
것이니 너무 책망하지는 말게."

진류영은 공손히 허리를 굽힌 채 대답했다.

"신(臣)에게 미안하다니 당치 않은 말씀이십니다. 신도 실은 일을 끝
내고 적적하던 차였습니다. 오히려 황제의 부르심에 마땅히 감사를 올
려야 할 입장입니다."

사실 그가 황제의 총애를 받는 것은 황궁의 시녀들조차 아는 정도인
데 누가 그에게 일을 지우고 떠맡기겠는가! 오히려 자신이 하겠다고
나서는 터에 진류영은 거의 일거리가 없어서 더욱 독서에 매진하고 있
었다. 그에게 있어서는 오히려 득이 된 셈이었다.

황제는 너털웃음을 터뜨렸다.

"하하, 교서랑은 언제나 겸손하군. 짐의 얼굴을 보아 그런 말을 할
필요는 없네. 사실 오늘은 그대에게 몇 가지 궁금한 것이 있어 불렀으
니 그토록 내가 고맙다면 경의 가르침을 들려주는 것으로 비긴 셈으로
하세."

진류영은 얼굴에 부드러운 웃음을 지으며 공손히 물었다.

"어떤 말씀이시옵니까?"

"어제는 공자의 가르침에 대한 책을 읽고 있었는데 문득 한 구절이
눈에 들어왔네. 군군신신부부자자(君君臣臣父父子子). 이것은 임금의
도(道)와 신하의 도와 아버지와 아들의 도를 이야기하고 있는 것임을
알았네. 하나 무엇이 각각의 도를 이루게 하는 것인가 하는 물음을 종

일 생각했으나 알 길이 없어 그대를 부른 것이네."

진류영은 조용히 대답했다.

"마땅히 그 말은 임금은 임금의 도리를, 신하는 신하의 도리를, 아버지는 아버지의 도리를, 자식은 자식의 도리를 다하는 것에 대한 포괄적인 도리를 설명하고 있습니다만 이제 와 유추하건대 대저 공자는 항상 우주 만유의 생성, 변화의 원리를 그러한 말들 속에 담아내고 있었습니다. 때문에 사람은 누구나 도심(道心:순수한 마음)과 인심(人心:욕심)을 동시에 갖고 있으며 도심이 지배하면 선인, 인심이 지배하면 불선인이 된다라는 유교의 바탕에 깔린 가르침을 생각해 보건대 이는 모든 것이 사람의 마음에 달려 있다는 말과도 다름 아닐 것이옵니다. 결국 각각의 도리를 이루는 것은 사람의 마음이고 그러한 도를 이루게 하는 것은 바로 사람이지요."

"그것은 마치 불교의 가르침과도 유사하군. 공자의 가르침을 이해하려면 지금부터 불교에 대해서도 알아야 할 터이니 경은 짐에게 많은 것을 요구하는구려."

황제의 농이 섞인 말에 진류영은 웃음을 띠며 대답했다.

"그러실 필요는 없습니다. 원나라 때 동이족의 보우(普愚)라는 중의 이야기입니다. 어느 날 임금이 그에게 불법(佛法)을 묻자 이렇게 대답했다고 합니다. '임금의 도리는 교화를 밝히는 데 있지 꼭 부처를 믿을 필요는 없습니다. 만일 국가를 다스리지 못한다면 비록 부처를 근실히 받들더라도 무슨 공덕이 있겠습니까?' 라고 말입니다."

그 말에 황제는 연신 감탄을 아끼지 않았다.

"과연 경은 언제나 짐을 놀라게 하는구려. 경의 한계는 대체 어디까지인지 언젠가 한번 꼭 시험해 보았으면 좋겠네."

"과찬이십니다."

"한데 매일 재미없는 고서(古書)만 읽고 있더니 언제 불교까지 손을 뻗친 건가? 이러다가 경이 해탈이라도 하여 성불(成佛)이라도 하게 되면 어쩔 텐가?"

"요사이 불법에 심취해서 나름대로 경전을 연구하고 있습니다만 어려워서 성불은커녕 해탈조차 못할 지경입니다."

황제는 안심했다는 듯 말했다.

"그것참, 다행이군. 그대가 부처가 되는 날엔 효령 공주를 어찌할 셈인지 묻고 싶었다네."

그 말에 진류영은 놀란 눈으로 황제를 바라보았다.

"네… 엣? 무슨 말씀이시온지?"

"하하하, 천하의 자네가 모르는 일이 있단 말인가? 내 입으로 이야기하면 재미없을 터이니 그 이야기는 나중에 하고 오늘은 크게 바쁜 일도 없으니 다과라도 같이 들게나."

아직도 의아해하는 진류영의 뒤로 시녀의 목소리가 들려왔다.

"황제 폐하, 효령 공주이시옵니다."

"그래, 방금 사람을 보냈는데 이리 빨리 올 줄은 몰랐네. 어서 들라 하라."

황제의 말이 끝나기가 무섭게 문이 열리며 우아한 걸음걸이로 효령 공주가 들어왔다.

"황제 오라버니, 정말 너무하세요. 교서랑을 부를 때 저도 같이 좀 불러달라 그랬잖아요."

그 말에 황제는 장난기 어린 소리로 대답했다.

"교서랑이 너무 어려운 말들을 해서 네가 듣다 탈이라도 날까 걱정해서 그런 것이다. 그래도 아직 가지 않게 붙잡아놓고 너를 기다리고 있었지 않느냐."

효령 공주는 볼을 통통하게 부풀리더니 샐쭉한 표정으로 황제를 째려보았다.

"내가 그래서 얼마나 열심히 매일매일 공부하고 있는데……."

효령 공주는 선대 황제의 일곱 번째 부인의 딸로 황궁 내에서 가장 아리따운 미모를 지녔다고 정평이 나 있었다. 게다가 학문에도 열의가 대단하고 영민하기 그지없어 진류영조차 혀를 내두를 정도였으니 황제는 그녀를 어여삐 여겨 남달리 친한 사이였다. 아직 열두 살의 어린 나이여서 어리광이 심하다는 점만 빼면 나중에는 지(知)와 미(美)를 겸비한 아름다운 여인이 될 터였다.

"그럼 차라리 매일매일 교서랑을 불러줘요. 그럼 나도 매일매일 황제 오라버니께 놀러 올 터이니. 그럼 되잖아요?"

그 말에는 황제도 짐짓 난색을 표했다. 그러나 얼굴에 띤 장난기는 여전했다.

"나도 정사(政事)를 돌보아야 하고 교서랑에게도 맡겨진 일이 있으니 매일매일 불러오기는 어려운 일이야. 네가 자꾸 그렇게 떼를 쓰면 교서랑을 멀리 변방으로 보내 버리겠다. 알겠느냐?"

효령 공주는 깜짝 놀라더니 입술이 한 자나 튀어나와 불만을 가득 표시했다. 그러다가 큰 눈에 눈물까지 고이는 찰나였다.

"히잉, 황제 오라버니는 내 맘도 몰라주고 맨날 나만 미워해."

그제야 황제는 크게 웃으며 말했다.

"하하하하, 내가 언제 널 미워했다고 하느냐? 오늘도 이렇게 교서랑과 함께 널 기다리고 있었지 않느냐? 알았다. 다음부터는 너도 꼭 부를 터이니 그렇게 울지 말거라."

효령 공주는 고였던 눈물을 한 방울 흘리더니 배시시 웃었다. 그리곤 얼른 고개를 끄덕거렸다. 황제의 말에 고개만 까딱 하다니, 다른 사람이 보기에는 불충한 일이 아닐 수 없었다. 하나 그것은 효령 공주에게 주어진 특권이나 다름없는 것이었다.

이러한 황제의 장난에도 진류영은 담담히 웃고 있을 뿐이었다.

휘황찬란한 달빛이 어슴푸레한 달무리에 가려 잠시 숨을 고를 무렵이었다. 커다란 전각의 그림자 사이로 하늘에서 간간이 떨어진 달빛을 받은 꽃과 풀잎들은 저마다의 숨겨진 자태를 뽐내며 앉아 있었고, 인공적으로 만들어진 듯 보이는 연못의 고기들도 수면 위의 반짝이는 빛을 즐기며 밤의 향취를 마음껏 누리고 있었다. 가끔씩 들려오는 연못의 물소리와 풀벌레 소리가 이미 밤 깊은 시간임을 간간이 알려주었다.

파다다닥―

연못 위에 갑작스레 드리운 사람의 그림자에 놀란 잉어들이 저마다 물장구치며 부산을 떨었다.

"후, 새장 속에 갇힌 몸, 언제나 풀려날까[籠檻何年出得身]? 한 가지 일도 이루지 못한 채 먼 길을 떠나야 하는구나[不成一事遠道]!"

청아한 목소리의 주인공은 진류영이었다. 이제 십오 세가 지나 어느새 십육 세가 되는 생일을 맞게 되었건만 그의 얼굴은 무겁기만 했다. 이제 막 소년의 티를 벗은 그의 얼굴은 여전히 창백했건만 조금 찡그려진 한일(一) 자로 쭉 뻗은 눈썹이며 현기(賢氣)가 깃든 우수에 찬 눈, 꾹 다문 입술, 깨끗한 피부가 조화된 꽤 잘생긴 얼굴이었다.

내일이면 십육 세의 생일을 맞게 되었건만 왜 그는 이렇듯 굳은 인상을 짓고 있는 것일까? 모친이 그를 위해 불편한 절에서 머물며 불공을 드리기 때문일까, 하루하루 지날수록 그의 생명이 다하는 게 못내 안타까운 때문일까? 아마 그 둘 다일 것이다. 그에게 있어 생일을 맞는다는 것은 주어진 시간이 끝나감을 의미했다. 그도 어렸을 적 자신의 명이 이십 세까지라는 것을 이미 들었던 것이다.

"나는 도대체 왜 태어난 것인가? 진정 하늘의 뜻은 무어란 말인가? 이렇게 죽어갈 것이라면 아예 내지를 말 것을. 어찌 이렇게 살아 있는 것이 고통이 되어야 하는가! 그나마 좋아하는 책을 마음껏 보며 시름을 잊을 수 있었던 것이 유일한 낙이었건만 어느새 이곳의 책들도 보고 읽지 않은 것이 없으니 남은 사 년을 어떻게 하루하루 버틴단 말인가? 그냥 어느 조용한 산자락에서 스스로 생을 끊고 싶지만 나를 위해 매일 불공을 드리는 어머님을 생각하니 그럴 수도 없구나."

놀라운 일이었다. 사 년 사이에 진류영은 한림의 학자조차도 평생을 걸려야 읽을 수 있을까 말까 한 삼만여 권의 장서를 모두 읽어버린 것이다. 그러나 학자들이 놀라거나 말거나 진류영은 길게 한숨을 내쉬었다. 차라리 보통의 사람이었다면 하고 생각했다. 평생 농사짓고 혼인해서 자식을 낳고……. 그러나 자신에겐 그럴 기회가 없을 것 같았다. 가끔 주위에서 혼인하는 사람들을 볼 때면 남모르게 눈물을 흘리기도 했다. 자신은 태어날 때부터 부모의 사랑을 제대로 받지 못하고 컸던 것이다.

아버지를 일찍 여의고 어머니마저 자신이 십 세가 되었을 때 비록 출가는 아니지만 절에 계속 머무르게 되었으니 크나큰 모친의 사랑은 비록 알고는 있다고 해도 같이 지내며 정을 느낄 시간은 너무나도 적었던 탓이다.

"교서랑, 이 밤에 무슨 한숨을 그리 쉬십니까?"

난데없는 맑은 음성이 들려왔다. 진류영이 놀라 얼른 뒤를 돌아보니 황제의 누이동생인 효령(曉鈴) 공주였다. 효령 공주도 밤늦게까지 잠이 오지 않아 황궁 내에서 가장 야경이 아름답다는 월광연(月光淵)을 찾게 되었다가 우연히 진류영이 탄식하는 모습을 보게 되어 말을 건넨 것이다. 다만 진류영은 너무 깊은 자조에 빠져 있었기 때문에 공주가 다가오는 인기척을 듣지 못했던 것이다.

과거의 그 사건 이후로 황제는 진류영의 학식과 인품에 반해 자주 진류영을 불러 국가의 대소사(大小事) 외에도 사적인 이야기를 나누곤 했었고 효령 공주 또한 그 자리에서 진류영과 많은 대화를 나눌 기회가 있었다. 그들은 어의(御醫)조차 알지 못하는 병을 앓고 있는 진류영이 오래 살지 못한다는 것을 안타까워했고 특하나 효령 공주는 진류영보다 두 살이 어려 나이 대가 비슷해서인지 군신(君臣)의 관계보다는 친우(親友)나 오라버니를 대하듯 대하곤 했다. 해서 벼슬도 낮은 진류영에게 말을 놓지 않았다. 진류영도 마치 누이동생 같은 느낌을 주는 공주가 그리 대하는 것이 싫지는 않았다.

먼발치에 호위무사들과 궁녀들이 보였다. 어쨌든 예(禮)를 갖추어야 했다.

"교서랑(校書郎) 진류영이 공주마마를 뵈옵니다."

진류영이 한쪽 다리를 꿇어앉으며 허리를 굽혀 인사했다.

"교서랑, 이러지 마세요. 전 교서랑이 계속 이러시면 나를 싫어한다고 생각할 거예요."

공주가 꿇어앉은 그를 일으켜 세우며 급히 말했다. 그리곤 자기가 말을 해놓고도 부끄러운지 얼굴을 붉히며 부끄러워했다. 열네 살인데도 귀하게 자라서일까, 아직 어린 티가 남아 있는 데다가 가뜩이나 귀여운 얼굴을 붉히고 고개를 이리저리 돌리며 어쩔 줄 몰라 하는 철없는 공주의 모습이 너무 귀여웠다. 진류영은 저도 모르게 입가에 미소를 띠며 말했다.

"공주마마, 호위무사와 궁녀들이 지켜보고 있사옵니다. 군주(君主)된 자로서 그 위엄과 체통을 지키지 못하게 되면 아랫사람들에게 본보기가 되지 못하옵니다. 옛말에 이르기를 신하는 법도에 걸맞는 도리를 지켜 충성해야 하고[臣下合爲法而忠] 군주는 군주에 걸맞는 위엄을 지켜 다스려야 한다[君合爲威而治]고 했습니다."

그 말을 듣고 있던 공주가 뭔가를 곰곰이 생각하는 듯하더니 손뼉을 탁 치며 답했다.

"아, 문장은 시대에 부합되게 지어야 하고[文章合爲時而著], 시가는 시사에 부합되게 지어야 한다[歌詩合爲事而作]. 일 년 전인가 상공께서 오라버니께 찾아드린 여원구서(與元九書)의 내용을 인용한 것이군요."

'아! 공주는 나이에 걸맞지 않게 이토록 총명하니 볼 때마다 나를 놀래키는구나. 물론… 나도 마찬가지지만……. 하하!'

공주를 만나 잠시 생각이 끊겼던 부분이 다시 생각나자 진류영은 다시 우울한 표정이 되었다. 그에 반해 공주는 입을 뾰로통 내밀고는 퉁명스럽게 말했다.

"이제 보니 교서랑은 내가 나이가 어리다고 놀리는군요. 난 교서랑이 걱정스러운 얼굴을 하고 있길래 위로라도 해줄까 하고 왔는데 나를 이렇게 대하니 정말 미워 죽겠어요. 다음번엔 내가 놀려줄 터이니 기대해도 좋아요. 흥!"

말투는 퉁명스러웠지만 표정은 생글생글 웃는 표정으로 돌아온 것을 보니 정말 화가 나서 그런 것은 아닌 것 같았다. 진류영도 그 얼굴을 보니 가라앉았던 기분이 다시 돌아왔다.

"하하, 공주마마께서 소인을 시험하실 생각이라니 전 오늘부터 더욱 학문에 정진해야겠습니다. 나중에 공주마마께 혼나지 않으려면요."

속으로 호감을 갖고 있어서인지 말투도 어느새 친밀하게 바뀌었지만 공주는 그다지 신경 쓰지 않았다. 오히려 더 좋아하는 듯했다. 진류영의 말을 들은 공주는 일부러 놀랍다는 표정을 지으며 말했다.

"세상에서 가장 학식이 넓으신 진 가가께서 읽지 않으신 책이 도대체 어떤 책인지 소녀는 그것이 더욱 궁금하군요."

진 가가라는 말을 들은 진류영은 놀라 어찌해야 할 바를 몰랐다. 평소에 일반 서민들의 생활을 동경하여 궁녀들이나 하다못해 나이 어린 내시들에게까지 그런 이야기를 묻고 다닌다는 공주가 장난스레 한 말이었다지만, 공주가 자신을 소녀라고 표현한 것은 둘째 치고 가가라는 호칭은 오라버니라는 뜻도 포함되어 있었지만 연인들 사이에서 흔히 쓰이는 말이었기 때문이다.

누가 들었다면 호되게 일을 치러도 크게 치렀을 것이다. 다행히도 무사들과 궁녀들은 소리가 들리지 않을 정도의 거리에서 시립하고 있었다. 아직은 삶의 미련을 버리지 못한 진류영이었기에 말투가 다시 원래대로 공손하게 돌아왔다. 진류영이 황급히 말했다.

"고, 공주마마, 그런 말투는 평민들이나 쓰는 것이옵니다. 혹여라도 다른 사람에게 그런 말을 쓰신다면 그 사람은 참형을 면치 못할 것이옵니다."

다행히도 공주는 '그럼 진 가가에게만 쓰면 되겠네요' 라는 말은 하지 않았다.

"아참, 상공의 병은 무엇인지도 모르고 아무도 못 고친다고 했죠?"

"예, 그렇사옵니다."

"음, 내가 여희(麗熙)라는 궁녀에게 들은 얘긴데요, 중원에는 무림인(武林人)이라는 사람들이 있어서 손에서 장풍도 막 쏘고 신선처럼 하늘을 날아다니기까지 한대요. 그리고 죽어가는 사람도 손짓 한 번으로 고친다고 하던데요. 상공, 그럼 혹시 상공의 병도 고칠 수 있지 않을까요?"

공주가 진지한 표정으로 진류영에게 물었다. 진류영도 들은 얘기이긴 했다. 무림(武林)의 고수들은 손으로 바위를 부수고 칼에 맞아도 죽지 않으며 늙어서 나이를 먹어도 젊음이 변하지 않는다고 하는 것을. 그들도 똑같은 사람일진대 '무림인이라는 사람들' 이라고 표현한 것이 조금은 우스웠다.

그러나 자신은 밖으로 돌아다닌 일이 거의 없었을 뿐 아니라 여행을 다니다가 그런 사람들을 본다거나 하는 일은 더 더욱 없었기 때문에 뭐라 반박하지 못했다. 가끔 황궁의 시위나 무사들을 보긴 했지만 워낙에 서고에 틀어박혀 있었는지라 그 이상의 사람은 보지도 못했다. 그리고 자신의 병이라는 것은 원래 자신의 체질이라는 것을 아는지라 공주에게 그 이상의 설명은 하지 않고 고개만 가로저었다. 그가 고개를 젓는 것을 보고 공주가 조심스레 말했다.

"오라버니가 그동안 상공께 하사하신 갖가지 영약과 보약은 죽은 사람도 살린다는 희귀한 것들이었는데 전혀 효과가 없을 줄은 몰랐어요. 그래도 혹시 모르니까 오라버니께 부탁해서 황궁 무고(皇宮武庫)에 들어가 보면 어때요? 거기엔 갖가지 무공이 적힌 서적과 병기가 가득하대요. 상공은 워낙에 머리가 좋으니 무술도 금방 익혀서 신선이 되면 낮게 될지도 모르잖아요."

　진류영이 가만히 공주를 보니 두 눈엔 정말로 자신을 걱정해 주는 염려가 가득했다. 진류영도 예전엔 무술을 익히려고 했었으나—물론 어느 마을에나 있는 삼류의 무술 도장에서—그의 몸이 너무나 허약한 관계로 아예 불가능했다. 그것은 당금의 황제도 또한 알고 있는 사실이기도 했다.

　그러나 지금 공주의 말을 듣고 보니 자신이 익힐 가능성은 없었지만 그런 책들에 대해 호기심이 일었다. 원래대로라면 황궁 무고는 서고처럼 아무나 쉽게 접근할 수 있는 곳이 아니다. 서고 중에서도 벼슬에 따라 제한되는 구역이 있었다. 물론 황제의 총애를 받는 진류영은 제외였지만. 황궁 무고에는 각종 보검(寶劍)과 진귀한 보물부터 무공비급(武功秘笈)에 이르기까지 그 가치를 돈으로 따질 수 없는 것이 많다. 그러나 공주가 부탁해 주는 데다가 자신은 그런 무거운 무기를 사용하지도 못할 뿐더러 무공을 익힐 수도 없으니 큰 문제는 되지 않을 것이다.

　진류영의 머리 속은 이 순간 새로운 지식에 대한 열망과 호기심으로 가득 차게 되어 효령 공주의 제안을 얼른 받아들이고 말았다.

　다음날 진류영은 비서성문원외랑(秘書省門員外郎)으로 임명되어 황궁 무고를 자유롭게 출입할 수 있는 직책이 되었다. 그는 이 년간 두문불출(杜門不出)하다시피 하며 주야(晝夜)를 가리지 않고 각종 무학(武學)과 진법서(陣法書), 의서(醫書) 등 무고에 있는 삼천여 권의 서적을 섭렵하더니 관직을 그만두고 낙향(落鄕)하기를 청했다. 황제는 그를 더 곁에 두지 못함이 안타까웠지만 그의 생명이 어느덧 꺼져 가고 있음을 알고 윤허(允許)해 주었다. 이때 진류영의 나이 십팔 세였다.

＊　　　＊　　　＊

참으로 기가 찰 노릇이었다. 거지가 된 이후 빌어먹었으면 빌어먹었을지언정 남에게 무언가를 베푼 적은 없었다. 그런데 지금 이 앞에 있는 사내는 누구인가? 자신이 그토록 아끼고 아껴 꿍쳐 놓은 비상금을 있는 대로 탁탁 털어 입에다 퍼붓고 있는 이 사내는 대체 머리 속에 무엇이 들었단 말인가? 벌써 십여 병의 빈 술병이 탁자 위에 보이는데도 앞에 앉은 사내는 양이 차지 않는지 점소이를 불러 술을 더 주문했다.

"이봐이봐! 이거 술병이 너무 작잖아. 기왕이면 통으로 가져다 달라고. 없으면 그만큼 가져오든지 말야."

점소이가 놀란 얼굴을 감추지도 않은 채 허리를 굽히며 말했다.

"예예, 잠시만 기다리십시오, 손님. 저희는 통으로 팔지는 않기 때문에 다시 열 병 더 가져다 드립죠."

"으흐흐흐~"

위진개(僞眞丐)의 눈에서 피눈물이 흐르는 듯했다. 정확히는 때눈물이리라. 하지만 이를 어쩔 수 있으랴. 쓸데없는 호기심으로 화를 자초한 것을……. 사건의 발단은 장내에서 그를 발견하면서부터 시작되었다.

"오호, 저게 누구야? 무당파(武當派) 제일(第一)의 후기지수인 곽산(郭狦)이 아닌가?"

멀리서 휘적휘적 걸어오는 사내를 보며 위진개가 한 혼잣말이었다. 보통 사람보다 키가 머리 하나는 더 크며 떡하니 벌어진 어깨에 우람한 근육이 그가 입은 흰 도복 위로 뚜렷하게 비춰졌다. 사자 갈기 같은 눈썹과 꾹 다문 입, 조금 흩트러진 머리칼이 그의 남자다움을 더욱 돋보이게 해주었다. 그의 눈만은 부드러운 기가 가득했는데 이는 아마도 유능제강(柔能制剛)을 기초 원리로 하는 무당파의 독문 심법인 태극심법(太極心法)을 어느 정도 극성으로 익혔기 때문이리라.

곽산은 현풍(玄風)이란 고을의 제법 부유한 가정에서 태어났다. 그의 부모는 평소 무림을 동경하여 많은 무림인들과 친분을 맺고 있었는데 당시 무당파의 장문인 단리 진인(單利眞人)이 갓 태어난 그를 보고 한눈에 무공을 익히기에 적합한 무골(武骨)임을 알아보자 그 자리에서 제자로 거두었었다.

현재 이십육 세인 그의 무공 수위는 강호에서 검을 쓰는 자 중 십 위 안의 마지막에 들까 말까 한 정도였으나 정파의 후기지수 중에서는 일, 이위로 꼽히고 있었다. 평소에 성격이 워낙 호탕하고 도인답지 않게 술을 좋아하는 데다가 신분을 가리지 않고 벗을 사귀며 불의를 보면 참지 못하는 성격 때문에 강호에서는 그를 진정한 협사(俠士)라 부르기를 주저 않았으며 더불어 그의 별호도 호협검(豪俠劍)으로 불리게 되었다. 문제라면 그가 워낙에 불 같은 성격이라 여기저기 사고를 많이 치고 다닌다는 점일까?

강호에서는 성격이 급하면 오래 살아남기 힘들다고 한다. 갖은 권모술수(權謀術數)가 난무하기도 하거니와 순간의 빈틈이 곧 목숨과 직결되는 진검 승부 시에 상대의 격동지계(激動之計)에 넘어간다면 목숨을 부지하기 어렵기 때문이다. 때문에 그의 사부인 단리 진인은 그를 달래기도 하고 꾸짖기도 하였으나 타고난 천성은 어쩔 수 없었는지 나중에는 두 손 두 발 다 들었다고 한다. 온화한 기운을 품게 해주는 태극심법을 쓴다는 것이 무색하고 기이할 지경이었다.

위진개는 잠시 갈등했다. 외모에서 풍기는 기운 자체만으로도 굳은
절개와 호기(浩氣)가 느껴지는 것이 정말 당대의 호남아(好男兒)라 불
리기에 손색이 없어 보였다. 과연 단리가 제자 하나는 잘 키웠다는 생
각을 하면서도 그런 곽산을 왠지 시험해 보고 싶은 마음이 굴뚝의 연
기처럼 일어났다. 그는 곧 망설임을 끝내고 행동을 개시했다. 일단 손
을 부들부들 떨기 시작했다.

"이보게, 젊은이, 이 오갈 데 없고 매일매일 굶어 피골이 상접하다
못해 눈알만 뎅구르르 남은 늙은이에게 동냥이나 한 푼 하게."

최대한 불쌍한 표정을 지으며, 아니, 그렇게 표정을 지었다고 생각
하며 위진개가 말했다. 그러자 길을 가던 곽산이 걸음을 멈추고 의아
한 눈으로 이 불쌍한 표정을 지으려 최대한 노력하고 있는 노인을 쳐
다보았다.

노인은 당장이라도 땟국물이 주룩주룩 흘러내릴 듯한 얼굴에 여기
저기 해져서 기워 입은 옷은 하도 더러워서 거무튀튀한 데다 반질반질
윤기마저 나니 멀리서 보면 마치 빛나는 흑의를 입은 듯했다. 적어도
보통 사람이 보기에는 그러했다. 하나 곽산이 보니 이 노인의 몸에선
범상치 않은 기운이 은은히 흘러나오고 있었으며 노인 자신의 말처럼
피골이 상접하지도 않고 오히려 웬만한 노인보다 더 건강해 보였다.

"아니, 거지늙은이, 당신은 젊은 사람보다 힘이 더 세어 보이는구려.
당신에게는 왠지 동냥이란 말이 어울리지 않는 것 같소만……. 노인의
내력이 궁금하구려."

위진개는 속으로 뜨끔했다. 자신의 기도를 완전히 감추고 있다고 생
각했건만 곽산은 대번에 그의 면모를 파악해 낸 것이다. 그러나 육십
평생을 살아온 그다. 언뜻 생각이 미치자 대번에 잔뜩 찌그렸던 얼굴

을 확 펴며 기쁜 듯이 말했다.

"아니, 자네 혹시 청주(淸州)의 곽가(郭家)가 아닌가! 이런이런, 이런 데서 동향(同鄕) 사람을 만나는구먼!"

곽산은 눈을 가늘게 뜨며 더욱더 의아한 눈으로 위진개를 쳐다보았다.

"거지노인장, 내 본관은 현풍(玄風)이라오. 과거에 선산(善山), 해미(海美), 여미(餘美), 봉산(鳳山)의 본관이 있었을 때면 모르나 지금은 현풍과 청주밖에 남지 않았거늘, 오 할의 운(運)도 없구려. 쯧쯧."

'헉! 내가 이리도 재수가 없었던가!'

위진개는 속으로 생각했다. 곽산의 본가(本家)는 강호에서 그리 유명하지 않은 터였다. 그의 부모가 그것을 자랑으로 삼지 않았기 때문이기도 하지만 단리 진인도 꽤나 과묵한 사람이었기에 꽤나 친한 편인 위진개에게조차 말하지 않은 것이다.

그래서 나름대로 자신의 운을 믿고 본관이 둘밖에 남지 않은 현풍과 청주 중에서 아무 거나 고른 것이었다. 젊을 때부터 운이 좋아 큰 내기에는 단 한 번도 진 적이 없었던 그는 한때 운수대통(運數大通) 위진개라고 불리기도 했다. 그러나 아직 밑천은 떨어지지 않았다. 여기에서 물러설 수는 없는 일. 위진개가 호탕하게 웃었다.

"하하하! 역시 무당의 곽산답구먼. 이 노부의 농이 너무 지나쳤나 보네그려. 험, 그럼 사실대로 말하겠네. 이 몸이 바쁜 와중에도 하릴없이 심심해 보이는 듯이 터덜터덜 지나가는 불쌍한 인생의 주체자인 자네를 부른 것은 한 가지 내기를 하기 위해서라네."

"흠."

곽산이 잠시 망설이는 기세를 보이자 노인은 눈을 가늘게 치켜뜨고는 비아냥거리는 말투로 말했다.

"왜 망설이는 겐가? 설마 하니 노부가 네놈에게 자살이라도 하라는 내기를 할 것 같은가? 아님 천하의 곽산이 잔뜩 겁을 집어먹고 더러운 쥐새끼처럼 도망이라도 가려는 겐가?"

곽산이 보기에는 이 거지노인네는 별로 바빠 보이지도 않았으며 자신이 물론 느긋하게 걷고 있긴 했지만 결코 불쌍하지도, 심심하지도 않았다. 분명 이 거지노인네는 뭔가 말하는 것이 꼬일 대로 꼬인 사람이리라.

아직 자신의 내력을 밝히지는 않았지만 무언가 악의가 있어 보이지는 않았다. 게다가 자신을 대할 때 아주 당연하다는 듯이 하대(下對)를 하고 처음엔 거짓 연기를 하기는 했지만 대번에 자신을 알아본 것도 놀라웠다. 하나 이 모든 것을 차치(且置)하고서라도 걸어온 싸움은 절대 피하지 않는다는 것이 곽산의 주의라 내기를 수락하지 않을 수 없었다.

"뭐, 그럽시다, 거지노인 영감."

곽산이 털털하게 대답했다. 이번에는 거지노인네 대신에 영감을 붙여서 상대를 높여주었다. 어쨌든 자신을 알아본 사람이기 때문이다. 그러나 위진개는 그런 곽산의 뜻을 아는지 모르는지 눈꼬리를 치켜세웠다.

"아니, 자꾸 거지거지 그러는데 노사(老師)라든가 하는 좋은 말을 두고 어찌 젊은 놈의 입이 그리 험하단 말이냐? 세상 사람들이 호협사라며 너를 부르기를 좋아하는데 이 어찌 미친개 같은 망발이 세상 천지에 있단 말이냐? 앞으로 너를 호협사라 부르는 놈은 주둥이를 주둥이라 하지 않고 빌어먹을 개 같은 망언을 일삼는 미친 밥만 집어 처넣는 똥구멍이라 불러야 할 것이다. 더불어 내기의 내용을 들은 다음에 내기를 무르는 짓은 똥구멍으로 밥을 처먹는 개새끼들이나 할 일일 것이야."

교묘한 말투였다. 곽산이 내기를 한다고는 했지만 아직 내기의 내용과 내기에 걸 물건도 말하지 않았기 때문에 곽산이 내용을 듣고 거절한다 해도 노인은 할 말이 없는 것이다. 하나 은근히 곽산을 비꼬아서 화를 내게 만든 다음 마지막에 한마디를 덧붙임으로써 내기의 내용을 듣고 곽산이 거절할 수 없게 만든 것이다. 만일 곽산이 거절한다면 곽산은 한순간에 항문으로 밥을 먹는 견자(犬子)가 되는 것이다.

곽산은 어이가 없었다. 노인은 되지도 않는 억지를 부리는 것이다. 방금 전엔 처량한 척하며 동냥을 하더니 반가운 듯이 아는 체를 하고 이제는 아예 대놓고 욕지거리였다. 그러나 아무리 성질이 불 같다 하여도 신분을 가리지 않고 여러 사람과 어울려 본 곽산이다. 곽산 또한 만만치 않았다.

"거지노인 영감, 거지를 거지라 하지 않고 만나는 거지마다 스승(師)이라 불러야 한다면 거리에는 온통 스승으로 가득 차 보는 스승마다 구걸을 가르치게 되어 모두가 거지가 될 테니 결국엔 거지노인 영감도 나에게 스승이라 불러야 되지 않겠소?"

'허억! 이놈이 소문엔 무식하게 성질만 더럽다고 하더니만 역시 소문은 믿을 게 못 되는구나. 말을 해봤자 나에게 손해만 될 뿐이니 얼른 딴 얘기로 넘어가는 편이 낫겠다.'

이 한 수로 곽산은 앞서의 거지노인이 한 말에 대답을 하지 않으면서 대화의 우위를 점했다. 곽산이 느긋하게 물었다.

"아참, 거지노인 영감, 아까 내기를 하자고 했지 않소? 내기의 내용은 뭐고 내기에 걸 것은 또 무엇이오?"

위진개는 곽산이 자신도 스승으로 부르라고 할까 봐 얼른 대답했다.

"흐흐, 내기에 걸 것은 노부의 내력이다. 그리고 네가 걸 것은 열 병의 연화주(蓮花酒)이다. 어쩌겠느냐? 노부의 내기에 응하겠느냐, 말겠느냐? 내용은 그 다음에 정하도록 하지."

사실 곽산도 거지노인의 내력이 궁금하기도 했지만 일단 걸어온 내기는 결투와 같은 것이므로 받지 않는 것은 그의 체면을 구기는 일이었다. 만일 진다면 은자 열 냥에 달하는 연화주를 사야 하지만.

"좋소. 나 곽산은 노인의 내기에 응할 것을 하늘 아래 맹세하오. 자, 어떤 내기요? 주사위 놀음이오, 마패 놀음이오? 뭐든지 어서 말만 하시구려."

'하하, 이놈, 내가 본래 네놈에게 술이나 한잔 얻어먹을 생각이었고 사부와의 친분을 생각해서 가벼운 장난으로 끝낼 생각이었으나 네놈의 하는 꼴이 괘씸해서 노부가 용서를 못하시겠다. 단리가 알면 놀라 자빠질 것이다.'

위진개는 속으로 웃음을 짓고 있었지만 겉으로는 내색조차 안 한 채 시장의 어느 한구석을 가리키며 말했다.

"아주 간단한 것이다. 저 모퉁이에서 두 시진 동안 나와 구걸 경쟁을 하는 것이지. 음식이 아니라 동전을 구걸하는 것이다. 사람을 협박해서도 안 되고 훔쳐서도 안 된다. 당연히 더 많은 동전을 얻은 쪽이 이기는 것이지. 어떠냐? 너무 쉽지?"

곽산이 한참을 고민할 거라 생각한 위진개는 속으로 낄낄대며 웃으려 했으나 바로 생각을 고쳐야만 했다.

"껄껄, 정말 쉽구려. 가만히 앉아서 주는 동전만 받고 있으면 되니 세상에 이렇게 쉬운 내기가 또 어디 있다 하겠소.”

‘저, 저놈이 무슨 꿍꿍이가 있는 게지?

위진개는 어이가 없었다. 멀쩡한 사람한테 거지 노릇을 하라는 것이니 분명 쉬운 일은 아닌 것이다. 어쨌든 구걸이야 자신의 장기임에는 틀림없고 솔직히 꿍꿍이는 자신이 부렸으니 이기는 것은 틀림이 없을 것이건만 마음 한구석이 못내 찜찜했다. 그리고 그 찜찜함은 바로 현실로 나타났다.

“아이고, 어르신, 한 푼만 줍쇼. 어르신의 동전 한 푼이면 이놈의 생명이 다할 때까지 은혜를 잊지 않겠습니다요. 아이고, 어르신, 그냥 가지 마시고 이놈의 생명을 구해주십쇼. 네? 지금 이놈 한번 도와주시면 우주 만물의 기가 하늘에서 내려와 영원의 복(福)이 어르신께 내릴 것입니다요. 그 옛날 항우 장군은 지나가는 거지를 발로 찼다가 유방군에 패해 죽었는데 유방님은 같은 날에 지나가는 거지에게 돈을 주어 전투에 이겼다는 전설이 있다는 거 아닙니까요. 네?”

위진개의 눈에 불똥이 튀었다. 멀쩡하던 옷은 여기저기 찢어서 얼굴까지 흙 범벅을 해놓고 구걸하는 폼이 몇십 년을 구걸해 온 자신에 비해 전혀 손색이 없어 보였다. 덩치가 우람한 게 한 가지 흠이었지만 무슨 음양오행설(陰陽五行說)에 되지도 않는 역사의 저주(?)까지 들먹이며 주절주절 미친 듯이 뒹굴고 구걸하면서 끈질기게 달라붙는 폼이 이건 천상 영락없는 거지새끼가 아닌가.

사람들은 그가 다리에 착 달라붙어 떨어지지 않는 데다가 돈을 주면 복이, 발로 차면 저주가 내린다는 찜찜함에 동전 일 문씩을 던지고는 ‘에이 재수없어’ 하며 서둘러 자리를 떠났다. 그러다가 점차 사람들이 그를 피해 돌아가자 곽산은 자신과 눈을 마주친 사람을 무조건 쫓아가서는 다리에 매달려 똑같은 소리를 지껄였다.

나중에는 그와 눈이 마주치자마자 동전을 던지는 사람도 있을 정도였다. 상황이 이렇게 되고 보니 승리는 당연히 곽산의 것으로 돌아갔다. 위진개는 알지 못했다, 그의 내기에 대한 집착을. 설사 똥물을 퍼먹는 것이라고 할지라도 일단 내기가 시작되었으면 곽산은 주저없이 그랬으리라. 곽산은 그런 사람이었다.

곽산이 빙글빙글 웃으며 동전이 가득 담긴 통을 내보였다. 적어도 은자 한두 냥은 족히 되어 보였다. 은자 두 냥이면 건장한 사람의 한 달 급료(給料)에 가까웠다.

"어떻소, 거지노인 영감? 이 내기는 내가 이겼구려."

"이, 이런 거지 중에서도 더럽게 잘 빌어먹는 개 같은 말코 상거지를 봤나? 네놈이 진정 무당파의 제자란 말이냐? 혹시 전생에 걸황(乞皇)이 아니었더냐? 하나 아직은 네놈이 이기는 꼴은 못 본다! 이놈, 다시 한 가지 내기를 더 하자!"

"껄껄, 그러시구려. 그럼 거지노인 양반은 이번엔 뭘 거시겠소?"

"네놈이 이겨서 연화주를 맛볼 수 없게 되었으니 다시 연화주를 걸고 하자."

"껄껄, 나야 뭐 상관없소만 노인양반이 가진 돈이 있어야 내기가 성립될 것 아니겠소?"

말할 때마다 껄껄 웃는 것이 마치 자신을 조롱하는 것처럼 들렸다. 위진개는 소리를 버럭버럭 지르며 말했다.

"예라, 이 빌어먹을 거지보다도 더 거지 같은 놈아! 그동안 꿍쳐 놓은 비상금이 있느니라. 네놈이 걱정하지 않아도 아예 밤새도록 술을 퍼먹게 해줄 테니 그런 걱정일랑 네놈 똥구멍에나 찰싹찰싹 붙여 질질 흐르지 않게 처바르도록 해라!"

"껄껄, 나야 뭐 어쨌든 상관없으니 어서 내용이나 말해 보구려, 거지 노인 양반."

"일단 이 구걸 통에 음식을 얻어 오는 것이다. 어디 네놈이 얼마나 비럭질을 잘해 오는지 두고 보겠다!"

위진개가 때가 거무튀튀한 바가지 같은 것을 내밀었다.

"껄껄, 이번에도 역시 쉽구려. 어찌 노인은 그리 쉬운 내기만 아시오?"

"시끄럽다, 이놈아! 어서 갔다 오기나 하여라!"

겉으로는 화난 듯했지만 이번의 내기는 실로 자신있는 위진개였다. 기실 얻어 오는 것이 문제가 아니라 서로 음식을 얻어 오면 그것을 바꿔 먹을 생각이었다. 곽산이 좀 전에는 구걸고수(求乞高手)의 면모를 보여주었으니 이번에도 틀림없이 잘해오겠지만 그것이 함정이었다.

자신은 밥을 빌어 오되 국 같은 것과 각종 잡탕을 섞어 인간이 먹을 수 없을 정도로 만든 후에 곽산에게 내밀 생각이었다. 그것을 받아 들고 난처한 표정을 지을 곽산을 생각하니 절로 웃음이 나는 위진개였다.

"끌끌, 이놈아, 그러게 연장자를 공경하라 하지 않더냐? 내 평생 백 년 동안 네놈같이 끈질긴 놈은 처음 본다만 안됐구나, 이놈아. 끌끌끌."

놀라웠다. 위진개의 나이는 벌써 백 살이 넘었던 것이다. 겉으로 보기엔 육십 대 정도로 보였지만 역시 무언가 내력이 있는 노인이었다. 멀리 사라져 가는 곽산을 보며 위진개도 입가의 웃음을 지우지 않고 서둘러 반대쪽으로 터벅터벅 걸어갔다.

"흠, 좋아좋아. 나라도 구역질이 날 정도구먼. 이 대가리 달린 생선

가시 하며 이빨 자국이 선명한 갈빗대, 삭아서 형태도 없는 밥알과 다섯 가지 국이 섞인 걸쭉한 국물……. 어욱, 속이 울렁거리는구나. 크하핫!"

위진개는 어느덧 구걸을 마치고 곽산과 헤어진 자리로 돌아와 있었다. 그의 통에는 도저히 인간이 먹을 수 정도의 기묘한 '원래대로라면 음식이었을' 것이 담겨져 있었다. 아마 비위가 약한 사람은 보기만 해도 토할 지경이었다. 위진개가 자신의 통을 보며 희희낙락하고 있을 무렵 멀리서 곽산이 통을 들고 다가왔다.

"거지노인 영감, 뭘 그리 히죽히죽거리는 거요? 자, 여기 음식을 얻어 왔소이다."

"크핫핫, 이번 내기는 그 얻어 온 음식을 서로 바꾸어 먹는 것이다."

위진개는 말을 끝내고 한 번 더 큰 소리로 웃으려다가 문득 이상한 냄새가 풍기는 것을 깨달았다. 그리고 불쌍한 표정으로 자신을 쳐다보는 곽산을 보게 되었다. 그리고 그 밑으로 곽산이 얻어온 음식이 담긴 통의 내용물이 보였다.

"허걱!! 이, 이것은 무엇이냐? 이, 이것은……?"

말까지 더듬는 위진개였다. 시큼털털한 냄새는 둘째 치고 둥둥 떠다니는 황톳빛의 거무스름한 물체와 거무스름한 국물, 차마 말로 형용하기 어려운 형태의 내용물들…….

"하하, 실은 어느 곳을 갔더니 주인이 남은 밥이 없다며… 남은 것은 이미 개들에게 다 주었다고 하지 않겠소."

"개… 들?"

"나중에 알고 보니 그곳은 개를 기르는 사육장이었지 뭐요. 그래서 그럼 그거라도 달라고 했는데 벌써 개들이 식사 중이지 않겠소? 그래서 냉큼 개.밥. 그.릇.을 빼앗아 다 털어 왔소이다.”

“개, 개 사육장의 개밥에다가⋯ 개들이 먹던……?”

위진개의 얼굴은 경악으로 물들었다. 사육장이라면 한 종류의 음식
이 아니라 여기저기 식당에서 얻어온 찌꺼기를 모아서 개들에게 준 것
이리라. 게다가 개들이 먹고 있던 것을 빼앗아 왔다니, 이놈은 상거지
중에서도 상거지이거나 아니면 일이 이렇게 될 줄 알고 미리 손을 쓴
천재일 것이리라. 위진개의 눈엔 개들이 침을 질질 흘리며 밥을 먹는
장면이 섬뜩하게 떠올랐다. 그러나 불행히도 곽산의 말은 거기에서 끝
나지 않았다.

“그런데 담고 보니 이미 개들이 거의 먹어치운 후라서 국물만 남지
않았겠소. 그래서 오다가 돼지 사육장에서…….”

“커억! 돼, 돼지까지……?”

위진개의 입에서 침이 흘러내렸다. 분명 저것이 맛있어 보여서는 아
니리라. 너무나도 큰 충격을 받아서 어쩔 수 없이 다물지 못한 입에서
자연스럽게 흘러내린 것이리라.

“음, 그런데 불행히도 그게 인분(人糞)과 음식 찌꺼기를 같이 먹여
키우는 돼지였지 뭐요. 그래서 나름대로 골라낸다고 골랐는데 조금 그
것이 섞인 것 같소. 뭐, 너무 맛있어 보인다고 침까지 흘리지는 마시구
려. 보는 내가 민망하오이다.”

“커어억!”

거지 생활 기백여 년. 아무리 없어도 인분, 즉 똥까지 먹은 적은 없
었다. 하늘이 자신을 버렸다고 생각하는 위진개였다.

“왜 먹지 않소? 그럼 내가 거지노인 영감에게 미안하지만 배가 고파
서 내가 먼저 실례하겠소이다.”

곽산은 위진개의 구걸통을 빼앗아 들고는 손으로 한 움큼씩 집어 맛있게 먹어댔다. 아까까지는 인간이 먹을 수 없으리라 여겼던 자신의 통의 내용물이 곽산의 통에 담긴 것을 보니 호화 요리처럼 보일 지경이었다.

"그래, 먹자. 아무렴. 먹고 죽기야 하겠어? 그래, 먹… 으흐흐흐……."

그러나 위진개는 괴상망측한 냄새가 나는 곽산의 통에 차마 손도 대지 못하고 땅바닥에 철퍼덕 주저앉아 버렸다. 분명 하늘이 버린 것이다. 오늘만큼 하늘이 원망스러운 적은 일찍이 한 번도 없었다. 힘들게 모아온 비상금이 나가는 것보다 자신의 운이 더 한탄스러웠다.

차라리 자신을 당당히 밝히고 술을 얻어먹었다면 이보다 더 비참하진 않으리. 이에 들려오는 곽산의 한마디는 그를 결국 참았던 토악질까지 하게 만들었다.

"거지노인 영감, 왜 그러쇼? 혼자 먹기 아까와 그러쇼? 배라도 부르시오? 그럼 내가 대신 더 먹어드리리라. 먹을 생각 없으면 이리 주쇼, 나라도 먹게."

"노부는 전대 개방 방주이며 너의 사부인 단리와는 호형호제(呼兄呼弟)하며 한때 강호를 누빈 사이다."

위진개는 아직도 술을 퍼붓듯 마시는 곽산을 째려보며 말했다. 약속대로 내기에 졌으니 자신의 내력을 밝히는 것이었다. 째려보는 눈빛에는 이제 그만 마시라는 무언의 압력도 깃들어 있었다. 그 말을 듣고 노인을 한번 힐끔 본 곽산이 벌떡 일어나더니 말했다.

"아, 그럼 한 자루 곤(棍)으로 강호를 진동시키셨다는 무림십대고수

철절곤(鐵絶棍) 위진개 선배님이셨군요. 후배가 몰라뵈어 죄송합니다."

꿍 하며 위진개가 곽산을 더 노려보았다. 정말 자신을 몰라보고 그랬던 것일까? 정말 알 수 없는 놈이었다. 더군다나 곽산은 성격이 너무 급한 관계로 사부까지 포기했다고 하지 않던가? 그가 오늘 보여준 것은 소문과는 너무 상이한 것이었다. 게다가 무림에서 당금 최대 배분이라고 할 수 있는 자신을 밝혔건만 배짱 좋게도 편안히 다시 앉아 술을 퍼마시는 것이었다.

"오늘 후배가 재수 좋게도 무림의 대선배님을 만나서 원없이 이 비싼 연화주를 얻어마시게 되다니 후배는 그저 송구할 따름입니다. 하하, 그래서 말입니다만 이것 좀 더 시켜도 되겠습니까?"

'으흐흐흑, 지금까지 먹은 것도 얼만데… 오늘 내가 십 년 동안 모은 비상금이 다 날아가는구나. 애초에 이 늙은 거지가 돈을 모은 것이 잘못이었구나. 으흐흐흑……'

위진개의 눈에는 하나도 송구해 보이지 않는 곽산이 돈을 빨아먹는 마귀로 보일 지경이었다. 그러나 어쩌랴, 이 모든 것이 자신으로 인해 벌어진 일인 것을. 이상한 표정의 거지를 남이야 쳐다보든 말든 깊어가는 밤과 함께 탄식과 절망의 한숨 소리가 더욱 깊어지는 위진개였다.

"그나저나 네놈은 대체 무당산에서 나와서 무얼 하고 있는 것이냐? 설마 계집애 꽁무니나 뭐 빠진 개처럼 졸졸 따라다니기 위함은 아니겠지?"

곽산은 '뭐 빠진 개' 의 빠진 것이 무엇인가 잠시 생각해 보더니 말했다.

"실은 더 이상 무공의 발전이 없어서 잠시 세상 구경을 하러 내려왔습니다. 그냥 여기저기 둘러보고 경험도 쌓으려고 합니다."

"그래, 성취는 있더냐? 계집애 꼬시는 무공만 는 것이 아니냐?"

말끝마다 계집, 계집을 연발하는 것을 보니 아마 속이 무지하게 뒤틀린 모양이리라.

"그랬으면 차라리 좋겠습니다. 어느 정도 성취는 있으나 그 이상의 발전이 없더군요."

위진개는 모처럼 조언이랄 수 있는 말을 꺼내었다.

"에잇, 똥물에서도 고기만 발라 먹을 녀석아, 무공이 그리 쉬운 것이더냐? 게다가 네 녀석의 무공은 단리를 제외하고는 누구도 육성 이상 익히지 못했다던 극악의 무공이 아니냐! 무공은 한순간의 깨달음으로 오는 것이니 사물을 조심스레 바라보면 어느 순간 보이지 않던 것이 보이게 되느니라."

"하하, 감사합니다. 선배님 말씀 꼭 명심하도록 하겠습니다."

위진개는 한마디 덧붙였다.

"그러고 보니 요즘엔 글이라도 좀 읽고 있느냐?"

곽산은 쑥스러운 듯 머리를 긁더니 대답했다.

"그게… 바쁘다 보니… 헤헤……."

"이런, 책 좀 읽어라, 책 좀! 네 녀석의 사부가 네놈 어릴 적부터 늘상 입에 붙이고 살던 말이 아니냐. 오죽하면 내 귀에도 딱지가 앉아서 오히려 내가 귀가 막혀 귀머거리가 되어버리는 줄 알았다, 이놈아. 네놈은 사부가 불쌍하지도 않느냐? 내가 작년에 찾아갔을 때에도 어찌나 걱정을 하든지, 난 또 한숨으로 땅을 무너뜨리는 무공이라도 개발한 줄 알고 어찌나 놀랐는지 아느냐 모르느냐?"

위진개의 말에서는 사부에 대한 우정과 곽산에 대한 마음까지 진심이 담겨 있었다. 비록 말투는 험악하기 그지없었지만. 그런데도 곽산은 머리를 긁적거렸다.

"그게… 제가 책만 보면 금세 눈이 감기지 뭡니까? 그래서 일 년에 한 권을 볼까 말까 해서 그 시간에 차라리 무공을 수련하기로 마음먹었습니다."

위진개는 답답하다는 듯이 가슴을 거푸 쳐댔다.

"어이쿠, 어떻게 이런 놈이 그 난해한 양의태극검을 그 정도 성취를 이루었단 말이냐? 무학(武學)이라는 것은 상승의 경지에 오를수록 깨달음이 더 절실한 것인데 네 돌머리로 그 성취를 이룰 수 있겠느냐? 어이쿠, 단리를 생각하니 내가 다 심장에 개뼈다귀가 걸린 듯 가슴이 뻐근하구나."

곽산은 소학, 중용, 논자 등 기초적인 학문만 겨우 뗐을 뿐이었다. 무공에 관한 것은 귀신같이 외우면서도 다른 것에는 일체 거의 손을 대지 않았다고 하는 것이 옳을 것이다.

글공부를 안 했을 뿐이지 머리가 좋은 편인 곽산도 왠지 이때만은 사부 생각이 나서 죄책감이 드는 것은 어쩔 수 없었다.

제1장

남궁세가(南宮世家)에서
조우(遭遇)하다

남궁세가(南宮世家)에서 조우(遭遇)하다

"아, 오랜만에 나왔는데 숙부님이라도 뵙고 갈까? 여기서 안휘성(安徽省)은 그리 멀지 않으니… 검에 대해 조언도 좀 듣고 말야."

터벅터벅 길을 걸으며 혼잣말을 중얼거리는 곽산이었다. 그가 말하는 숙부는 남궁세가의 가주인 남궁호상(南宮弧狀)이었다. 핏줄로 이루어진 사이는 아니지만 곽산의 부친이 널리 사람 사귀기를 좋아했던 터라, 특히 남궁호상과는 호형호제하면서 허물없이 지내는 사이기에 곽산도 그를 숙부라 부르면서 잘 따랐었다.

게다가 남궁세가를 일으킨 이래 검에 대해서는 선대에서도 따라올 자가 없다 하여 남궁일검(南宮一劍)이라는 다소 어이없는 별칭도 붙어 있었다. 당연히 정파무림 십대고수 중 일 인이며 곽산이 어느 정도 성취를 이룬 지금 그를 만나 무공에 대해 이야기를 나누고 싶은 것은 무도가로서 지극히 당연한 일인지도 몰랐다.

현재 곽산은 무당의 조사인 현현자 장삼풍 조사가 말년에 창시했다는 태극검법에 십대 장문인 장야학이 그 오의(奧義)를 깨달아 새로이 창안한 양의태극검(兩儀太極劍)을 칠성까지 익히고 있었다. 비록 칠성만 익혔다고는 하나 무당에서도 익히기 어려운 꽤 상승 검법에 속하기 때문에 보통의 제자는 물론이고 어느 정도 성취를 이룬 자 중에서도 양의태극검 칠성을 익힌 사람이 전무하였다.

그 정도의 위력이라 곽산은 후기지수 중 으뜸을 다툴 수 있게 된 것이다. 그러나 후반으로 갈수록 더욱 오묘해지는 원리에 한순간 막혀 버려 정파 십대고수 중 일 인인 숙부에게 자문을 구하려는 마음이 간절했다.

별로 바쁜 일이 없었던 곽산은 가까운 거리임에도 능장을 부리며 걷는 바람에 이틀이나 걸려 남궁세가에 도착하게 되었다. 그런데 남궁세가의 정문에서 흑의를 입은 한 소년과 장한들이 시비가 붙은 것이 보였다.

"아, 안 된다니까 그러네. 어여 돌아가서 엄마 젖이나 더 먹고 와라."

한 장한이 흑의소년에게 타이르듯 말하며 얼른 가라고 손짓해 보였다. 하지만 흑의소년은 막무가내로 소리쳤다. 그 음성이 마치 여자처럼 날카로운 것이 곽산을 놀라게 했다.

"열받으면 여기 다 부숴 버린다! 얼렁 안 꺼질래?"

그러자 열받은 한 장한이 나서며 소리쳤다.

"이놈이? 어디서 생긴 건 여자처럼 곱상하게 생겨서 말하는 건 영락없는 미친놈이구나. 꺼지라는 건 내가 할 말이니 어서 써억~ 꺼져라! 안 그러면 혼날 줄 알아!"

점점 더 분위기가 험악해지면서 장한들이 칼까지 뽑아 들 기세가 되자 그제야 곽산은 슬슬 발걸음을 옮기며 말했다.

"대체 무슨 일이오?"

그러자 개중에 곽산을 알아본 한 장한이 놀라며 말했다.

"앗! 도련님 아니십니까. 대체 몇 년 만이십니까? 자, 어서 안으로 드시지요. 몸은 건강하십니까?"

곽산은 헛기침을 험험 해대며 다시 되물었다.

"저야 뭐 언제나 건강합니다만 대체 무슨 일입니까? 이 소년은……?"

처음 곽산을 반겼던 장한의 옆에 있던 다른 장한이 그 이유를 설명해 주었다.

"아, 글쎄 이놈이 대뜸 오자마자 가주님을 뵙겠다고 생떼를 쓰지 않겠습니까. 뭐 물어볼 것이 있다나 어쩐대나? 그래서 저희가 좋게좋게 가라고 타일렀더니 다 죽인다는 둥 하면서 난리를 피우고 있는 통에 골치가 아플 지경입니다요."

곽산은 곁눈질로 소년을 쳐다보았다. 그리 크지 않은 키에 나이는 열댓이나 되었을까 한 정도였고 비록 등 뒤엔 기다란 헝겊으로 감싼 몽둥이(?) 같은 것을 메고 있었으나 체격이 호리호리한 것이 무술을 배운 사람 같지는 않았다. 무공을 극한까지 익히면 반로환동(反老還童)이라는 경지에 오르게 된다지만 말투를 보아 그것은 아닌 것 같았다. 단지 눈초리가 매서운 것이 영락없는 초고수의 눈빛처럼 보였지만 설마 그렇다고 무공을 숨기는 경지인 반박귀진의 경지는 더 더욱 아닌 것 같았다. 이리저리 소년을 훑어보던 곽산이 마침내 결론을 내렸다.

"거참, 생긴 건 잘생겼구만, 뭐 물어볼 것이 있어서 그러냐? 나한테

묻거나 저 아저씨들한테 한번 물어보렴. 내가 아는 한도에서 친절하게
대답해 주마."

그러자 흑의소년의 눈이 자신을 위아래로 훑어보는 것이 느껴졌다.
그리곤 이어지는 한마디.

"안 돼, 안 돼. 너나 저기 저 사람들이나 내 질문에 답해줄 경지가
아냐. 육십 년 후라면 모를까."

곽산은 어이가 없어 입을 딱 벌리고 말았다. 그것은 다른 장한들도
마찬가지였다. 분명 경지라고 말했으니 무공에 관한 경지일 것이다.
대체 저 어린 녀석이 뭘 믿고 여기에서 경지를 운운할 수가 있단 말인
가? 그러나 곽산은 기실 어느 정도 기운을 숨기고 있던 터라 한번 저
소년을 놀래켜 주어야겠다고 생각하고 힘을 모두 개방했다.

어느덧 그의 주위로 상당한 바람이 펄럭거리며 모래를 휩쓸어 올렸
다. 그의 옷은 순식간에 팽팽하게 부풀어 오르며 주위 사람들을 놀라
게 하고 있었다. 장한 중에 무공이 약한 자는 벌써 호흡이 가빠짐을 느
끼고 있었다. 장한들의 눈빛에 감탄이 어렸다. 곽산은 기세만으로 자
신들의 몸을 제압한 것이다. 곽산이 약간은 거드름을 피우며 소년에게
말했다.

"어떠냐, 꼬마? 이래도 네가 말한 경지에 부족하단 말이냐?"

사실 무공의 경지라는 것은 끝이 없는 하늘과 같은 것이다. 무림에
는 워낙에 기인이사들이 많으므로 남들이 말하는 최고라는 자리는 그
저 보이는 것에 불과할 뿐 어디에서 자신보다 강한 자가 튀어나올지
모르는 것이다. 그래서 나온 말이 하늘 밖의 하늘이라는 천외천(天外
天)이라는 것도 있지 않던가? 곽산도 물론 그런 사실을 알고 있었고 자
신의 실력이 아직은 부족하지만 이 소년이 묻는 정도라면 어느 정도

대답해 줄 수 있겠다 싶어 그렇게 물은 것이다.

곽산의 위용을 본 소년은 조금은 의외라는 듯 눈살을 찌푸렸으나 다시 원래대로의 표정으로 되돌아왔다.

"쓸데없이 시간 끌지 말고 어서 여기 가주나 불러줘."

곽산과 장한들은 또다시 어이없는 표정을 지었다. 장한들이 압박감을 느끼며 괴로워하고 있을 때 저 소년은 잠시 인상만 찡그렸을 뿐인데다가 그것을 완전 무시하는 듯 가주나 불러달라고 하지 않는가? 곽산은 어쩐지 묘한 구석이 있는 소년이 대체 무엇을 물을까 하는 궁금증이 일었다. 혹시 무공을 익히다가 막힌 부분이 있었을까? 아니면 비무를 청할 것인가? 곽산은 설레설레 고개를 흔들곤 기운을 끌어내렸다. 그러자 주위가 삽시간에 조용해졌다.

"흠, 꼬마, 좋다. 내가 데려가 주마. 따라오너라."

그러자 주위의 장한들이 말렸다.

"하지만… 저… 아무나 가주님을 뵙게 할 수는……."

"괜찮소. 설사 이 녀석이 자객이라 할지라도 가주님을 어쩌지는 못할 것이고, 게다가 궁금하지 않소? 이 꼬마가 대체 뭘 물어볼 것인지."

그 말에는 장한들도 고개를 끄덕였다. 한 장한은 곽산과 소년의 일을 보고하기 위해 문 안으로 달려갔다. 곽산은 내심 고할 필요까지는 없을 것이라고 생각했다. 자신이 기운을 개방한 이상 정파 십대고수인 숙부가 알아채지 못할 리 없는 것이다. 어쨌든 곽산과 소년은 천천히 문간으로 들어섰다.

"핫핫, 이게 누구야? 정말 오랜만이로구나? 녀석 좀 자주 들르지 그러냐? 게다가 오자마자 꽉꽉 힘을 쓰는 이유가 무엇이냐? 네놈은 이 숙부가 맨발로 뛰어 마중이라도 나오라는 것이냐? 핫하하!"

곽산의 예상이 맞았다. 문밖에서 강한 기운을 느낀 남궁호상이 이미 나와 있었던 것이다. 만면에 웃음을 띤 남궁호상은 이미 칠십 세가 넘었음에도 아직 정정했다. 흰머리가 희끗희끗 섞인 긴 머리를 뒤로 단정하게 묶어 넘겨 그가 입은 검은색이 섞인 흰옷과 아주 잘 어울렸다. 수염은 없었지만 그의 풍모는 가히 일대 종사(宗師)다웠다.

"그럴 리가 있겠습니까? 하하, 그간 별고없으셨습니까, 숙부님?"

"그럼그럼, 나야 항상 건강하지. 그런데 옆에 있는 소년은 누군가?"

곽산은 방금 전에 자신이 했던 말과 같음을 느끼며 소년에 대해 설명했다. 소년은 남궁호상을 만나자 조금은 긴장했는지 안색이 굳어 있었다.

"흠, 물어볼 게 있다라……. 그래, 네 이름은 무엇이고 물어볼 것은 무엇이냐?"

곽산의 이야기를 들은 후 예의없는 그 소년에게 화를 낼 만도 하건만 남궁호상은 소년을 지그시 쳐다보며 부드러운 음성으로 물었다.

"난 일천(壹天)이라 하오. 남궁세가의 가주께 실례되는 질문을 하나 하겠소."

곽산은 속으로 버릇은 없지만 아주 예의가 없는 놈은 아니구만 하고 말하려다 소년의 질문이 무엇인지 너무 궁금한지라 이어지는 질문에 귀를 기울였다.

"가주께서는 만류귀종(萬流歸宗)의 오의를 성취하셨소?"

세 번째로 곽산과 그 주위의 장한들의 입이 벌어졌다. 만류귀종이라 함은 모든 무학(武學)은 무릇 하나로 통한다는 경지이다. 아마도 그 경지는 아직까지 달성한 사람이 거의 없을 것이며 앞으로도 있을지 없을지도 몰랐다. 비록 현경, 화경에 든다 하여도 그것은 한 가지에서 극을 이룬 것일 뿐 모든 무학에서 극을 이룬 것이 아니었다. 만류귀종의 오의를 깨닫는 것은 그만큼 어려웠다. 남궁호상은 그 얘기를 듣고도 놀라기는커녕 너털웃음을 터뜨렸다.

"허헛, 거 당돌한 소협이로군. 노부는 아직 그 경지를 보지 못했다네. 노부 같은 필부가 어찌 그런 경지를 감히 넘보기라도 하겠는가? 그저 남에게 부끄럽지 않을 정도로만 검을 휘두를 줄 안다네. 그래, 자네가 이룬 것은 어디까지인가? 어이쿠, 내 정신 좀 보게. 밖에서 이러지 말고 차라도 한잔 들며 얘기를 나누세."

남궁호상은 오랜만에 친우를 만난 듯 반가운 웃음을 지으며 자리를 안내하려 했다. 남궁호상 역시 무림인, 무학에 관하여 이야기를 나누는 것이 즐거울 수밖에 없었고, 게다가 이번 손님은 역사상 이루어낸 사람이 극히 드물다는 만류귀종이란 이야깃거리를 들고 온 사람이기에 더욱 그랬다. 비록 그 손님이 어떠한 사람인지는 모르나.

하나 일천이라는 소년은 고개를 설레설레 흔들었다.

"가주께서 모르신다면 난 더 이상 여기에 있을 이유가 없소이다. 그럼 이만."

남궁호상이 황급히 일천을 만류했다.

"이보게, 꾸러미를 풀어놓았으면 장사라도 해야지. 이쪽은 밑천을 다 보였는데 그렇게 휑 하니 가버리면 어쩌자는 겐가?"

장한들과 곽산은 굳이 저 소년을 잡아두려고 하는 이유가 뭔지 조금은 의아했다. 소년이 무슨 말인지 몰라 잠시 어리둥절할 무렵 남궁호상이 다시 말을 꺼냈다.

"흠, 내가 비록 그 경지는 아는 바가 없다 하나 무릇 무학은 말과 글로는 설명할 수 없는 터, 그것이 아니라면 내가 자네에게 도움이 되어

줄 수도 있을 것 같네만."

일천이 다시 어리둥절해하며 물었다.

"어떻게 절 도와주신다는 거죠?"

"노부처럼 일단 어느 정도의 경지에 이른다면 더 이상의 수련은 불필요하지. 그 이상의 성취를 이루려면 깨달음을 얻어야 하네. 그 깨달음은 누군가가 깨우쳐 줄 수도 있지만 실전이나 대련, 비무를 통해서도 가능할 수도 있다네. 자네처럼 반박귀진의 경지에 이르렀다면 더욱 그렇지."

그 말에 어느덧 몰려온 다른 식솔들과 제자들, 곽산과 아까의 장한들이 또다시 입을 벌렸다.

"바, 반박귀진?"

자신이 쌓아온 기운을 모두 안으로 갈무리하여 겉으로 보기에는 무공을 익히지 않은 사람과 다를 바 없을 정도로 보이게 하는 경지이다. 거기에서 조금의 성취를 더 이루면 영원히 늙지 않는다는 반로환동의 경지까지 가능한 것이다. 그제야 아무런 기운도 내뿜고 있지 않은 소년을 남궁호상이 왜 굳이 잡아두려 하는가에 대한 궁금증이 풀렸다. 하지만 대부분은 아직도 설마 하니 하고 생각할 따름이었다. 모두의 눈이 소년에게 집중되자 일천이 말을 꺼냈다.

"그것도 그렇군요. 좋소, 시간 끌고 자시고 할 것도 없이 지금 당장 합시다."

"헛헛, 젊은 사람이 성격이 급하구먼. 좋네. 아삼(阿參)아, 이분을 연무장으로 안내하거라. 난 도복으로 갈아입고 오리다. 그럼."

말을 마친 남궁호상은 황급히 안채로 들어갔다. 소년에게 성격이 급하다고 했지만 자신도 느긋한 성격은 아니었다. 아삼이라는 평범한 이름의 제자가 소년을 연무장으로 안내했다. 물론 곽산과 장한들, 제자들이 그를 따르고 있었다. 잠시 시간이 있어서인지 소년에게 이 건물, 저 건물에 대해 설명해 주면서 안내했기 때문에 잠시의 시간이 지나서야 그들은 연무장에 도착할 수 있었다.

역시 남궁세가답게 넓은 마당의 가운데에는 단단한 반석들이 반듯하게 놓인 연무장이 세 개나 자리 잡고 있었다. 그리고 그 가운데의 연무장에는 이미 소식이 전해졌는지 약 백여 명의 제자들이 둥그렇게 자리를 잡고 앉아 있었다. 당연히 장내로 들어서는 소년을 보고 어이없다는 듯이 한마디씩 떠들고 있었다. 개중에 곽산을 알아보고 인사를 나누는 사람도 꽤 있었다. 일천은 주위의 시선은 아랑곳없이 연무장 한가운데로 올라가 떡하니 서 있었다.

"여보게, 저 소년이 가주님이 인정했다는 소년인가?"

푸른 도복을 입은 한 제자가 일천과 같이 들어온 다른 제자에게 물었다.

"그렇네. 가주께서 말씀하시길 반박귀진의 경지에 올랐다고 하더군."

"허, 내가 보기엔 그냥 평범한 꼬맹이 같으이."

그러자 옆에 있던 다른 제자가 참견했다.

"평범한 꼬맹이는 아닌 듯싶으이. 저 수려한 용모를 보게. 같은 남자인 나로서도 부러울 정도구먼."

"그럼 평범한 꼬맹이가 아니라 잘생긴 꼬맹이로구먼. 하하하!"

그 말에 주위의 사람들이 모두 소리 내어 웃었다. 정작 그 잘생긴 꼬맹이는 아무 표정이나 미동도 없이 여전히 연무장 한가운데에 서 있을 뿐이었다.

잠시 후 활동하기 편한 도복으로 갈아입은 남궁호상이 연무장에 모습을 드러냈다. 그러자 순식간에 장내가 조용해지며 제자들이 모두 일어서 시립하기 시작했다. 남궁호상은 가볍게 그들에게 목례한 후 소년이 올라 있는 가운데의 연무장으로 올랐다.

"오늘은 평생 가도 한두 번 보기 힘든 비무가 될 것이니 모두들 잘 봐두어 자신의 실력 향상에 도움이 되도록 하라!"

역시 그 와중에도 한 세가의 가주답게 제자들을 신경 쓰는 모습이 인자한 할아버지를 보는 듯했다.

"자, 그럼 시작할까?"

"그러지요."

남궁호상은 자신의 애검인 청명소검(淸明小劍)을 들고 검집을 제자에게 건넸다. 보통 무림인들끼리의 생사 결전에서는 검집을 버린다는 것이 목숨을 걸고 싸운다는 뜻이기도 하지만 이와 같은 비무 시에 검집을 놓았다는 것은 상대가 그만큼 만만치 않다는 의미이기도 했다. 그것을 알기에 장내의 모든 제자들의 얼굴이 굳어졌다. 보기엔 별 볼 일 없는 잘생긴 꼬맹이가 정파 십대고수인 자신들의 가주와 거의 동일한 실력임을 의심치 않았던 것이다.

일천은 등 뒤의 헝겊을 풀어 무기를 꺼냈다. 그것을 본 사람들이 의아해했다.

"저, 저건 뭐지? 도(刀)… 같기도 하고?"

"도… 로 보기엔 날이 서 있지 않은 것 같으니 그냥 몽둥이가 아닐까?"

"게다가 전체가 묵빛이라니……."

그랬다. 도는 분명 도일진대 날이 없는 도였다. 보통 도라 하면 한쪽은 날이 서 있는 반면 한쪽은 날이 없어서 적의 무기를 막기에 용이하게 되어 있으나 베기 같은 단순한 동작밖에 할 수 없으니 검처럼 현란한 동작을 보이기는 어려웠다. 그래서 도를 이용하는 자들은 주로 압도적인 신력(身力)을 가지고 있어서 상대의 무기를 쳐내거나 하는 공격법을 이용했기 때문에 도는 검에 비해 무거웠고 도를 이용하는 자들은 덩치가 우람한 편이었다. 일천이 반박귀진의 고수라니 내공을 이용해서 무거운 도를 가볍게 사용할 수 있다 쳐도 날이 없는 것은 어째서인가?

"흠, 묘하구만, 묘해. 자네의 사문은 어찌 되는가?"

궁금증이 크게 인 남궁호상이 일천에게 물었다.

"사정이 있어서 말할 수 없으니 이해 바라오."

사람들이 술렁거렸다. 상대가 사문을 밝히기 싫다면 묻지 않는 것이 강호의 관례였다. 물론 그들은 일천이라 부르는 소년의 사문과 내력도 궁금하기는 했지만 거침없이 가주에게 평대를 하는 것을 보고 더욱 놀라움을 금치 못했다. 곽산이야 대문 앞에서 봤기에 그나마 적응이 되었다고나 할까?

남궁호상은 인자한 웃음을 거두고 자신의 검으로 기수식을 취하며 예를 표했다.

"노부는 현 남궁세가의 가주인 남궁호상이라 하며 남궁일검이라는 별호로 불리고 있네."

일천도 한 자 반이나 되는 도를 위로 세우며 대답했다.

"일천이라 하오. 아직 별호는 없소."

"후배인 자네에게 선공을 양보함세. 자, 어서 오게나."

좌중은 다시 놀랄 수밖에 없었다. 이러한 비무 시에는 보통 삼 초 정도를 후배에게 양보하는 것이 도리였지만 남궁호상은 선공만을 양보한 것이다. 그로 보아 남궁호상이 일천을 얼마나 대단하게 보고 있는지 다시 한 번 깨달을 수 있었다. 그러나 일천은 조용히 고개를 저었다.

"난 무림의 관례는 잘 모르오. 하나 양보한 이상 먼저 손을 쓰겠소."

말이 끝나자 일천은 자신의 도를 비스듬히 아래로 늘어뜨렸다. 일반적인 하단세(下段勢)를 취한 것이다. 남궁호상도 자신의 검을 가슴 어림께에서 비스듬히 치켜세우며 다가올 공격에 대비했다.

"하!"

한마디 외침과 함께 일천의 도가 아래에서 위로 쳐들어지며 순식간에 거리가 좁혀졌다. 사 장 정도 거리를 두고 있던 그가 어느새 일 장 앞으로 달려들어 오며 도를 올려친 것이다. 그 속도는 놀라운 것이어서 대부분 경악에 찬 얼굴로 뜬 눈을 감지 못했다. 그러나 정파 십대고수인 남궁호상은 역시 달랐다. 오히려 한 걸음 내디디며 올려치는 도를 검으로 비껴낸 것이다. 순식간에 그 둘은 얼굴을 마주 보는 자세가 되었다.

"역시 명불허전!"

일천이 한마디 짧게 지르며 물러서 이 장 정도로 다시 거리를 벌였다. 좌중의 대부분은 과연 이 일격을 막을 수 있을까 생각해 보았다. 곽산도 피하거나 한다면 어찌어찌 이 일격을 막을 수 있을 것 같았지만 남궁호상처럼 앞으로 다가서며 막을 자신은 없었다.

비록 아직은 무기에 내력을 싣지 않고 초식으로만 대결하고 있었지만 내력을 싣는다면 틀림없이 검이 부러지거나 큰 상처를 입을 것이다. 상대가 하단세를 취함으로써 올려친다는 것을 알고 있었다 해도 말이다. 대부분이 그런 생각을 하고 있었는지 한숨을 내쉬며 고개를 가로

젓는 모습이 간간이 보였다.

"흠, 방금 그건 일반적인 하단세의 올려치기인데도 굉장한 쾌도(快刀)로군. 이번엔 노부가 가지."

일천은 긴장한 모습으로 다시 검을 하단세로 내렸다.

섬전십삼검뢰(閃電十三劍雷), 육성(六成) 섬전쾌(閃電快).

이것은 다분히 탐색의 의미를 지니고 있었지만 내력이 실리지 않은 육성인데도 그 위력은 대단했다. 남궁호상의 가슴에서 뻗어온 검은 마치 빛줄기처럼 가닥가닥 일직선으로 뻗어 나오며 열세 개의 그림자를 만들어냈다. 열세 개의 빛줄기는 하단세를 취한 일천의 상단을 노리며 달려들었다.

일천은 잠시의 머뭇거림도 없이 방금 전과 같은 올려치기를 했다. 누가 봐도 막을 수 없을 것이라 생각했지만 뻗어온 빛줄기는 타다닥 소리를 내며 모두 가닥가닥 부러지듯이 하늘로 흩어져 버렸다.

"놀랍군. 같은 일초에 이 일식이 무너지다니……. 방금 전의 그 일초는 무엇이라 하는가?"

남궁호상이 놀란 표정으로 자세를 수습하고 뒤로 물러서며 말했다.

"이름은 없소. 단지 내가 느끼는 대로 도를 휘두른 것뿐. 굳이 이름을 붙인다면 이형도의 승천세라고 하지요."

"허!"

남궁호상의 눈에 감탄이 일었다.

"벌써 그 나이에 반박귀진을 이루고 무형(無形)의 형(形)까지 이루었단 말인가? 만류귀종도 요원한 일은 아닐 것 같네."

일천은 또다시 고개를 저었다.

"아니오. 아직 사람들이 말하는 심검의 경지는 아니오. 다만 형을 잊으려고 노력하는 것뿐.”

“그럼 이제 본격적으로 해보도록 하지. 어쨌든 절정의 무공을 쓰려면 초식만으로는 내가 어려울 것 같군.”

말이 끝나자 남궁호상의 검에서 울렁거리는 기운이 뭉쳐 흘러나왔다. 그 기운은 한순간 검끝에 둥글게 몰려 있다가 맑은 청색의 기운이 되어 한 자나 되는 검강(劍剛)을 만들어냈다.

“아, 검강이다! 저렇게 뚜렷한 검강이라니!”

사람들이 술렁거렸다. 검기(劍氣)를 만들어내려면 한 갑자의 내공이 필요하고 검강을 이루려면 거의 이 갑자의 내공이 필요하다. 게다가 저렇게 뚜렷한 모양의 검강은 그만큼 남궁호상의 내력이 정순하다는 증거이다. 하나 그것을 보는 일천의 눈에는 아무런 감흥이 없어 보였다. 일천도 자신의 도에 내력을 집중하기 시작했다.

“어엇! 저, 저게 뭐야?”

한 제자의 외침에 남궁호상에게 쏠려 있던 이목이 일천에게 집중되었다. 일천의 검은 도에서도 도기(刀氣)가 어리기 시작한 것이다. 그러나 일반적인 도기와는 달리 원래 도의 날이 있어야 할 부분으로 검은 기운이 몰려 세 치 정도 뻗어 나왔고 도의 끝 부분에는 약 네 치 정도의 기가, 도의 등 부분으로는 두 치 정도의 도강이 어렸다.

그 도강 자체도 검은색인데다가 마치 도 전체를 둘러싸듯 맺혀 있어서 어찌 보면 도가 늘어나 커진 것이 아닌가 하는 생각마저 들 정도였다. 남궁호상의 검은 길이가 늘어난 것처럼 검강이 맺히고 일반적으로 도강을 사용해도 검강과 비슷하게 나오기 때문에 기이한 일이 아닐 수 없었다.

“놀랍군. 도강을 그런 식으로 사용할 줄이야! 정면으로 부딪친다면 어떤 보검이라 해도 두 토막이 날 정도일세."

과연 그랬다. 도의 날 부분으로 도강이 집중되어 있는 형태이므로 검의 날로 맞부딪친다면 바로 뎅겅 소리와 함께 검이 반 토막으로 줄어들어 버릴 것이다. 보통의 검기는 검이 늘어난 것과 같은 효과를 주는 것이고 날 부분에도 검강이 어리긴 하나 살짝 둘러싼 정도일 뿐이어서 도강이 집중된 부분과 부딪치면 견딜 수가 없을 것이다. 그야말로 도의 공격법인 베기를 극대화한 것이라 볼 수 있었다.

게다가 저런 모양으로 도강을 맺을 수 있다는 것은 그야말로 자유로이 어떤 모양으로든 쓸 수 있다는 증거가 아닌가? 일천은 한순간에 자신의 공격법을 알아낸 남궁호상의 말에 시인하듯 고개를 끄덕였다.

"이번엔 내 차례이니 가겠소."

남궁호상이 일천의 말에 고개를 살짝 끄덕이며 방어 자세를 취했다.

"핫!"

여자처럼 뾰족한 목소리로 다시 한 번 한마디 일갈을 외친 일천은 도를 허리로 가져가더니 크게 휘둘렀다. 실수하면 큰 빈틈이 있을 만한 자세였으나 도의 휘두름이 너무나 빠르기 때문에 아무도 그런 생각을 하지 않았다. 찰나, 휘두른다 생각했던 도는 어느새 쭉 펴져 있었고 남궁호상이 뒤로 크게 물러서는 바람에 살짝 스치듯 지나갔다.

그러나 공격은 계속 이어졌다.

이번엔 한마디 기합 소리도 없이 팔을 안으로 접은 일천은 그대로 몸을 솟구쳐 올려 공중에서 팔을 휘둘렀다. 아니, 휘두르는 것을 본 사람이 없기 때문에 휘두르는 것 같았다는 표현이 옳을지도 모른다. 심지어는 남궁호상조차도 그 움직임을 보지 못했으니 말이다. 남궁호상은 다급한 나머지 가내의 전수 신법인 무한보(無限步)를 극성으로 펼쳐

다시 한 번 뒤로 물러났다.

　그 순간 끼아앗 하는 여인의 외침 같은 소리가 하늘을 갈랐다. 내공이 그다지 높지 않은 사람들은 크윽 하는 소리와 함께 귀를 틀어막을 정도였다. 남궁호상도 예외는 아니어서 얼굴을 잠깐 찌푸렸다. 그때 일천의 한마디가 들려왔다.

　이형도(離形刀), 오성(五成) 천하이분(天下二分).

　그리고 연무장이 남궁호상과 일천을 경계로 쩌억 소리를 내며 깨끗하게 두 갈래로 갈라지는 것이 아닌가! 워낙 급하게 신법을 전개했는지라 기혈이 진탕되는 것을 느끼며 남궁호상이 굳은 얼굴로 힘겹게 입을 떼었다.

　"천하이분이라……. 얼마나 도가 빨랐으면 한참 후에 파공음이 일어난단 말인가!"

　천하이분. 공중에서 하늘을 찢는 소리가 날 정도로 도를 최대한 빠르게 휘두르는 단순한 일초였다. 방금의 귀곡성(鬼哭聲)은 너무나 빨리 도를 베었기에 공기가 찢어지는 소리가 극단적으로 후에 들린 것이다. 게다가 오성의 내력에 연무장이 반으로 갈라질 정도이니 십성 이상이라면 아마도 땅이 갈라질지도 모르는 일이었다.

　"도를 써서 그 정도의 쾌검을 구사하기도 쉽지 않거늘 도의 이점을 최대한 살려 쾌검을 쓴다면 막을 수 있는 사람은 흔치 않을 것이다. 도를 검처럼 쓴다고 해서 그것만으로는 만류귀종을 이룰 수는 없을 터, 하나 그 가까이에 근접했다는 것만은 부인할 수가 없겠구나."

　어느새 기혈을 안정시킨 남궁호상이 다시 한 번 자세를 바로잡았다. 여기서 만일 진다 해도 부끄러울 것이 없었다. 실로 천하를 양분할 만한 일초를 본 것만으로도 그의 가슴은 어린아이처럼 뛰었다.

"이 노부가 말년에 홍복(洪福)이 있어 이와 같은 후배를 볼 수 있었으니 어찌 명예에 연연할 수 있단 말이냐? 내 오늘 가진 기술을 모두 펼쳐 맞서보겠느니라. 조심하거라. 이번엔 노부의 절학인 제왕검으로 상대할 것이야."

제왕검은 오늘의 남궁호상을 있게 한 검법이었다. 제왕답게 장엄하고 패도적인 검법으로 그의 정순한 내력이 바탕이 되어 펼쳐지는 당금 최고 절학이라 할 수 있었다. 원래 가주들에게만 내려오는 검법이었으나 극성으로 익힌 사람은 현 가주 남궁호상이 처음이라고 한다.

말이 끝나자 남궁호상의 검강이 한 자나 더 늘어나는가 싶더니 주위의 공기가 사뭇 무거워졌다. 더불어 그의 도복 또한 팽팽하게 부풀며 늘어나더니 주의의 돌 조각과 흙먼지들이 하늘로 솟구치며 거대한 회오리를 만들어냈다.

일천도 이번엔 경시할 수 없었던지 내력을 끌어올렸으나 주위에 별다른 움직임은 일어나지 않았다. 하나 구경하는 이들은 달랐다. 휘몰아치는 작은 돌 부스러기에 이마가 찢긴 사람이 있는가 하면 숨 쉬기가 너무 곤란해 뒤로 멀찌감치 물러서는 사람이 태반이었다. 심지어는 곽산마저 기세를 누르기 위해 내공을 극성으로 끌어올려야 할 정도였다.

일천은 언뜻 보면 그저 가만히 도를 앞으로 세우고 있는 듯싶었으나 남궁호상과 대치하는 중간 부분에서는 기가 대립하여 이글거리며 자그마한 불꽃들이 타오르고 있었다. 일천의 내공은 약 이 갑자 정도. 어린 나이에 그 정도 성취라면 누구라도 놀랄 만하건만 남궁호상은 거의 사 갑자에 육박하는 내공을 가지고 있어서 기의 불꽃들은 점차 일천 쪽으로 밀릴 수밖에 없었다. 기의 대치 상태에서 먼저 공격할 수밖에 없었던 것은 일천이었다.

이형도(異形刀), 구성(九成) 삼형환위(三形換位).

일천의 몸이 순식간에 세 개로 분리되더니 각각의 몸체에서 세 방향으로 도를 찔러갔다. 그것은 각각 미간에 있는 인당혈(印堂穴)과 가슴 한가운데의 옥당(玉堂), 그리고 단전 어림께의 중극(中極)을 노리고 있었다. 이제 뒤질세라 남궁호상도 최대의 절기를 펼쳐 보였다.

제왕검형(帝王劍形), 극십이성(極十二成) 제왕천하(帝王天下).

남궁호상은 천천히 검을 앞으로 질러냈다. 마치 세 군데로 날아들어오는 도에는 관심도 없는 듯이 그저 앞으로 검을 뻗은 것이었지만 그 무게는 가히 천하를 뒤집고도 남을 지경이었다. 순간 일천의 도는 무언가에 가로막힌 듯 더 이상 앞으로 뻗지 못했고, 일천은 급히 다시 도를 회수했다. 남궁호상의 일검은 마치 검막을 두른 것처럼 전 방향의 도세(刀勢)를 물리친 것이다. 이어 승기를 잡은 남궁호상의 검이 일천에게 작렬했다.

제왕무적검강(帝王無敵劍剛), 십성(十成) 천하군림백팔제왕검(天下君臨百八帝王劍).

그것은 마치 거대한 절벽이었다. 온 천하를 덮을 듯한 백팔 개의 검영(劍影)이 일천의 사방을 둘러싸 검 이외에는 아무것도 보이지 않았다. 이미 폐허가 되어버린 연무장의 바닥에서 튀어나온 돌들마저 그 기세에 휘말려 같이 날아들고 있었다. 검이 한 치 한 치 다가올 때마다 땅바닥은 깊숙이 패였고 그 흙과 작은 돌들마저 다시 일천에게 날아오니 좌중들의 눈에는 흙과 돌, 검만 희끗하게 보일 뿐 일천은 이미 보이지도 않을 지경이었다. 일천은 그 기세에 눌려 기혈이 들끓는 것을 억지로 누르며 다시 도법을 전개했다.

이형도(異形刀), 구성(九成) 지룡승천세(地龍昇天勢).

일천이 오른발로 내딛는 진각에 연무장의 바닥이 쾅 소리를 내며 둥글게 패이는 순간 몸을 굽히고 쏜살같이 앞으로 달려나가며 도를 크게 옆으로 그었다. 하단으로 오는 검세는 옆으로 크게 휘두른 도세에 막혀 파훼되고 있었으나 그 순간에도 이미 몸 여기저기에서는 옷이 조금씩 잘려 나갔고 자잘한 검흔에 실 같은 피가 언뜻 비쳤다. 남궁호상과의 거리가 일 장 남짓 남았을 무렵 일천은 갑작스레 몸을 세우며 옆으로 휘두르던 도를 처음과 같은 수법으로 위로 치켜들었다. 그야말로 양패구상(兩敗俱傷). 어느 한쪽이 힘을 거두지 않으면 둘 다 크게 위험할 수 있는 지경이었다. 순간 남궁호상의 눈에 일천의 잘려 나간 옷소매 부위로 묵옥으로 된 흑색의 팔찌가 살짝 비쳤다.

"헛, 저 팔찌는?"

남궁호상은 급히 검을 거두며 뒤로 물러섰다. 일천도 그의 동작을 보자 의아해 급히 도를 추슬러 같이 한 걸음 물러섰다. 그러나 급히 내력을 거두었던 터라 둘 다 안색이 파리해지며 한 움큼의 죽은 피를 토해냈다. 남궁호상은 피로한 빛이 완연한 중에도 일천에게 전음을 날렸다.

─자네, 마극천과는 어떤 관계인가?

일천은 놀란 눈을 애써 감추며 남궁호상을 노려보았다. 자신이 쓴 무공은 마도와는 관계없이 모두 자신이 창안한 것으로 누군가가 알아볼 수 있을 리가 만무했다. 하나 이미 들통난 이상 어쩔 수 없으리라 생각하며 담담히 전음을 날렸다.

─우리… 아버지이외다.

그렇다. 일천은 사실 마극천의 골칫덩어리 자식이었던 것이다. 강호에 출두한다고 아버지를 졸라서 나온 지 한 달여도 채 안 되어서 벌써 정체가 탄로났으니 낭패도 이런 낭패가 없었다. 그 자신이 만류귀종의 오의를 깨닫기 위해 강호에 나왔지만 십대고수 중 서열이 낮은 자부터 찾아볼까 하여 처음으로 남궁세가에 들른 것인데 일이 이렇게 될 줄이야. 일천은 죽음을 각오하고 내공을 끌어올려 도를 꽉 그러쥐었다. 하나 의외로 남궁호상은 껄껄 웃는 것이 아닌가?

　—너무 경계하지 말거라. 아버지께 아무 말도 못 들었단 말이냐? 지금 네가 차고 있는 팔찌는 네가 태어난 일 년째 되는 날에 내가 선물한 것이다. 상고의 보물은 아니지만 천하에 하나밖에 없는 것이니 내가 몰라 볼 리가 없지 않느냐?

　곽산을 비롯한 좌중들은 어안이 벙벙했다. 죽어라고 싸우다가 갑자기 물러서서는 서로를 잡아먹을 듯 노려보다가 이제는 껄껄 웃기까지 하니 그저 전음으로 뭔가 이야기를 나눈다는 것밖에는 생각할 수 없었던 것이다. 실상 마극천은 교 내에서는 강호 활동에 대해 부끄럽다 하며 일천에게도 거의 이야기해 주지 않았기 때문에 아버지의 지인에 대해서는 아무것도 모르고 있었던 것이다. 이제는 어느덧 인자한 할아버지의 미소로 돌아온 남궁호상이 일천에게 계속 질문을 던졌다.

　—한데 어째서 그런 꼴을 하고 다니는 것이냐? 내가 알기론 그때는 여아(女兒)였던 것 같은데……. 마 교주에게는 일녀(一女)밖에 없을 터, 내 기억으로는 본래 이름이 마설련(魔雪蓮)이었던 걸로 기억한다만…….

　일천은 경계의 빛을 풀고 한숨을 쉬며 자신의 오른손에 찬 팔찌를 내려다보았다. 이미 소매가 덜렁거리며 팔찌가 묵옥의 찬란한 빛을 내뿜고 있었다.

―그렇군요. 내 이름은 마설련이 맞아요. 어려서부터 여자로 태어난 것이 분해서 철이 들면서부터 내내 남자 행세를 했죠.

어느덧 조금씩 존대를 하는 일천을 남궁호상이 찬찬히 뜯어보니 남자라고 하기엔 뭔가 빠진 듯한 모습을 여자로 생각하고 보니 과연 절세의 미인이 될 듯도 해 보였다. 고개를 끄덕이는 남궁호상이 다시 한마디 했다.

―허허, 노부가 보기엔 아직 철이 안 든 것이 아닐까 하는 생각이 든다. 남장을 하지 않았다면 넌 너희 어머니를 닮아 무척 미인이었겠구나.

―내, 내 어머니를 알아요?

마설련이 눈을 둥그렇게 뜨고 반문했다.

―알다마다. 네 어머니는 당시 천하오미(天下五美) 중에서도 으뜸으로 꼽힐 정도였으니… 내 모를 리가 없지 않느냐? 지금은 어디에 있는지 생사조차 모른다만…….

―그렇군요. 아버지도 당시 교로 들어오면서 찾지 못해 데려올 수 없었다고 하더군요. 그래서 이번에 나온 김에 찾아보려고도 했건만…….

아직 어린 여자 아이임에는 틀림없었다. 고개를 떨구고 눈물을 그렁이는 모습이 너무 애처로왔다. 심지어는 비무를 관전하던 남궁세가의 제자들까지도 마설련이 그러는 모습을 보고 이유도 모른 채 가슴 아파하는 이가 있었다. 곽산도 왠지 모를 가슴의 요동을 느끼며 설련을 쳐다보고 있었다. 남궁호상은 그런 설련이 안타깝다는 듯 쳐다보며 그의 모친에 대해 알려주었다.

―음, 네 어머니는 하북에서 유명한 팽가의 자손이었다. 팽가에서도

아는 사람은 없지만 혹시나 그쪽에서 뭔가를 얻을 수 있을지 모르니 가보는 것도 좋을 것이다. 그리고 너도 이제 보니 마교주를 많이 닮긴 했다만 네 아버지에 대해 아는 사람은 많으나 너에 대해 아는 사람은 적을 것이니 크게 걱정하지 말거라. 나도 네 일에 대해서는 함구하고 있을 테니. 마 교주 덕택에 마교에 대한 인식이 많이 바뀌었다고는 하나 아직도 대부분의 강호인들은 마교인을 보면 살의를 일으키고 있는 데다가 요즘 들어 마교와 정파 내의 움직임이 심상치 않다고 하니 모든 일에 주의하도록 해라. 특히나 강호는 험한 곳이니…….

마치 다정한 할아버지의 말처럼 포근한 말투가 이어지자 설련은 어느새 눈물이 가득 고여 버렸지만 애써 꾹 참으며 말했다.

―말씀 고맙습니다. 그럼 전 이 길로 가볼 테니… 건강하세요.

―각별히 몸조심하고 어려운 일 있으면 다시 날 꼭 찾아오거라.

―네.

짧은 대답과 함께 그 길로 마설련은 몸을 돌려 신법을 전개해 밖으로 뛰어나갔다.

아무도 그를 제지하지 않았지만 곽산만은 그를 따라갔다. 왜인지는 알 수 없었다. 만류귀종을 찾는 자이면서 그에 맞는 실력이 있다. 그것만으로도 호기심을 끌기에 충분했지만 어쩌면 자신이 수련 중 막힌 부분을 알게 해줄지도 모른다는 생각이 들었다. 보통은 남의 무공 수련은 돕지도 않고 보여주지도 않는 것이 강호의 관례였지만 저 소년은 다를 것 같았다. 어쨌든 그런 것을 차치하고서라도 끌리는 이 느낌의 정체를 알 수 없었기에 일단 일어서서 따라간 것이다. 물론 가기 전에 숙부에게 인사하는 것은 잊지 않았다.

"숙부, 나중에 다시 올게요."

남궁호상은 그런 곽산을 멍하니 보고 있다가 허허 하고 너털웃음을 터뜨렸다.

"녀석, 자신보다 어린 나이에 높은 무공을 지닌 사람을 보고 완전히 혼이 나갔구나. 허허허!"

남궁호상은 곽산의 뒷모습이 아련하게 보이는데에도 천리전음술(千里傳音術)을 이용해 전음을 날렸다.

―나 죽기 전에는 돌아오너라, 이 녀석아.

그러자 놀랍게도 모습이 거의 보이지도 않는 곽산에게서 전음이 들려왔다.

―숙부님은 아마 이백 세까지는 사실 터이니 오히려 제가 죽기 전에 찾아뵈어야겠죠. 하하하!

남궁호상은 적잖이 놀랐다. 천리전음술은 내공이 이 갑자 이상은 되어야 겨우 시전할 수 있는 최고의 전음술이었다. 그가 알기로는 곽산의 내력은 일 갑자를 약간 상회하는 정도였다.

'녀석, 그사이에 실력이 일취월장했구나. 저 두 녀석이 함께 있다면 당금 무림에서 당할 자가 거의 없겠구나. 어쩌면 저 아이도 아버지처럼 협의 길을 걸을지도 모르겠군. 허허허.'

남궁호상은 아직 정신을 차리지 못하고 있는 그의 제자들과 마치 전쟁이 난 듯한 연무장을 보고 탄식 비슷한 말을 내뱉었다.

"허어, 지금 내 자식들이 여기에 없는 게 아쉽구나. 견문을 크게 넓힐 기회였거늘……."

한편 밖으로 뛰쳐나간 일천은 여러 가지로 머리가 아파왔다.

"우리 아빠가 예전에 강호에서 활동한 것은 알고 있었지만 처음부터 알아볼 사람이 있을 줄은 몰랐다. 그것도 내가 어렸을 적에 나를 봤던 사람이라니……."

일천은 어쩐지 묘한 감흥이 일었다. 사실 아버지인 마극천은 그에게는 자상하나 아무것도 알려주지 않았다. 마극천이 강호 활동할 당시는 물론이고 어머니에 대해서도 가타부타 말이 없었다.

그 일에 대해 수차례 묻곤 했지만 무슨 연유인지 마극천은 때가 되면 알게 될 것이라며 알려주지 않았다. 다만 떠도는 소문이나 수하들을 윽박질러서 알아낸 것이 그가 알고 있는 전부였다. 어머니가 하북 팽가의 자손이라는 것과 뛰어난 미인이어서 천하오대미인에 속했다는 것만 알고 있을 뿐이었다.

그리고 강호 활동 당시 마극천이 수많은 여인들과 정분을 쌓았다는 것 또한.

"왜 정과 사로 나뉘어서 사람들은 서로 싸우는 걸까? 그리고 보니 팽가에서 아빠가 엄마를 데려오려는 걸 엄청나게 반대했다지? 그럴 수밖에 없었겠구나. 명문세가의 후손이니……."

일천은 발걸음을 빨리했다.

"어쨌거나 지금은 하북으로 가는 수밖에 없겠다."

중얼거리며 발을 더욱 빨리 놀리는 그의 뒤에서 누군가 부르는 소리가 들렸다.

"어이, 기다려 봐! 같이 가자고!"

일천이 자리에 서서 뒤를 돌아보니 키가 자기보다 머리 두세 개는 더 있고 덩치도 꽤 큰 사내가 자기를 쫓아오고 있었다.

일천은 눈을 치켜뜨며 물었다.

"넌 뭐냐?"

곽산이었다. 그는 일천의 말에 움찔하더니 태연하게 대답했다.

"난 나야."

일천의 한쪽 눈썹이 순간적으로 꿈틀거렸다. 여기가 아마 마교의 총단 내였다면 지금 저 사내는 반쯤 맞아 죽었으리라. 다행히 밖으로 나온 후부터 일천은 말투는 몰라도 최소한 행동만큼은 자제하고 있었다.

일천은 아무 말 없이 뒤돌아 가버렸다. 곽산은 어라 하는 표정으로 잠시 일천을 보다가 다시 뒤를 따랐다.

"어이, 왜 그냥 가? 같이 가자고!"

하나 일천은 묵묵히 걷고 있는 중이었다. 곽산은 할 수 없다는 듯 어깨를 한번 으쓱하고는 그의 뒤를 쫓았다.

어느새 저녁이 다 될 무렵이었다. 일천은 우선 잠자리를 정하려 이리저리 객잔을 찾고 있었다. 곧 산을 넘어야 하므로 내일 하루 정도는 쉬며 준비할 예정이었다. 하북으로 빠르게 가려면 태행산(太行山)을 넘어야만 했다. 관도로 잇는 길은 있었으나 좀 더 빨리 도착하고 싶었기 때문이다. 총관이 넘겨준 지도가 있어서 길은 그리 문제되지 않을 것 같았다.

문제는 아직까지도 뒤를 쫓아오는 저 불쾌한 녀석이었다.

"아직도 따라오나?"

"응."

일천은 깜짝 놀랐다. 뒤쪽 멀리 있어서 조그맣게 중얼거렸을 뿐인데 녀석이 대답한 것이다. 귀가 그렇게 밝다면 무림인임이 확실했다. 무림인은 오감(五感)이 무공에 비례해서 발달하게 되므로 일반 사람이 듣거나 보지 못하는 것을 듣고 보는 일이 가능했다.

그제야 일천은 몸을 돌렸다. 상대는 기척을 숨기지는 않았으나 자신을 줄줄 쫓아오는 게 왠지 꺼림칙했다.

"죽을래?"

곽산은 헉 하는 소리를 내더니 조심스럽게 일천의 앞으로 왔다.

"입이 너무 거칠군. 난 너보다 나이도 많고, 그리고 널 해하려는 마음도 없어. 게다가 무당파의 대제자니까 신원도 확실하단 말야."

"그런데?"

일천도 무당에 걸출한 제자가 있다는 소문을 들었다. 교 내에서도 남들이 익히지 못할 난해한 검법을 이십 대 중반의 나이에 칠성까지 익혔다는 소문으로 자자했다.

"그러니까 그렇게 경계하지 말라는 거지이~"

곽산의 말투와 행동은 그렇게 명문 제자 같은 느낌이 없었다. 그것도 이미 소문으로 듣고 있어 알고 있던 일이었지만.

"근데 왜 따라오냐구!"

일천이 소리를 버럭 질렀다. 곽산은 의외의 뾰족한 목소리에 놀라 잠시 머뭇거렸다.

"그게 말야, 내가 할 일이 별로 없거든……."

곽산의 말은 끝으로 갈수록 조그맣게 기어들어 갔다. 반대로 일천의 눈썹은 점점 치켜 올라갔다.

"그래서? 너랑 놀아달라는 말이냐? 그럼 놀아주지."

그 말을 끝으로 일천은 단숨에 곽산의 가슴으로 일장을 날렸다.

"흐엑!"

곽산은 급히 뒤로 몸을 젖혔다. 그의 코끝으로 강한 바람이 지나가는 것이 느껴졌다.

"야! 야, 임마! 나니까 다행이었지 다른 사람이었으면 죽었……."

그 말은 이어지지 못했다. 자신의 일격을 피해낸 곽산을 보니 더 맘이 비틀린 일천의 공격이 이어진 것이다.

일천은 몸이 뒤로 기울어 있어 겨우 자세를 잡고 있는 곽산의 다리를 오른발로 차올렸다. 곽산은 놀라서 발을 굴러 뒤로 한 바퀴 재주를 넘었다. 그 상황에서 그런 도약을 할 수 있다는 것이 놀라웠지만 일천은 더욱 열받았을 뿐이다.

"야! 왜 갑자기 공격하는 거야! 허걱!"

일천은 곽산이 재주를 넘어 일 장 정도 거리를 유지한 것을 보자 앞으로 달려오며 주먹을 세 번 휘둘렀다. 가느다란 팔로 때리면 아파봐야 얼마나 아플까 하는 생각이 드는 공격이었다. 곽산도 그걸 보고 맞아줄까 생각하다가 상대는 자신의 숙부와 비등하게 겨룬 무림인이라는 것을 떠올려 내고 잽싸게 몸을 틀고 허리를 굽혀 세 번의 공격을 피해냈다.

쿵—

곽산의 뒤에 있던 담의 위쪽이 무너졌다.

"헉! 내가 저걸 맞아주려 했단 말야?"

"검 들어."

놀라서 뒤를 보고 있는 곽산에게 일천이 말했다. 곽산은 성급히 팔을 내밀어 그를 제지했다.

"잠깐!"

"뭐냐?"

"지금 나를 때린 수법은 뭐지? 처음 보는 수법이라……."

일천은 피식 웃었다.

"난 그런 거 몰라."

곽산은 의아했다.

"모른다고라? 분명 내가 피하기 어려운 틈만 파고들던데? 이런 신기한 수법은 처음이다."

"난 초식 같은 거 배운 적이 없어."

곽산은 그제야 아까의 대련을 떠올렸다. 분명 일천은 기본적인 자세만을 유지하고 있었을 뿐 일정한 초식 없이 상대의 허점만을 노렸다. 만류귀종의 오의를 깨닫기 위해 모든 형식을 최대한 잊으려고 했다는 말이 생각났다.

"허, 그렇군. 도법뿐만 아니라 장법, 권법까지 그러한 뜻을 따르고 있단 말인가?"

혼잣말을 하는 곽산을 일천은 잠시 그냥 처다보고 있었다. 곽산은 한참 고개를 갸웃거리다 일천을 처다보았다. 그러더니 고개를 좌우로 흔들었다.

"보통은 그러한 초식의 극의를 깨달은 후에 다시 잊는 게 아닌가?"

일천의 대답은 간단했다.

"그러거나 말거나 너랑 상관없잖아? 빨리 날 따라온 이유를 말해라."

곽산도 질 수 없다는 듯 다른 쪽을 보며 대꾸했다.

"내가 널 따라다니거나 말거나 너랑 상관없잖아?"

말이 끝나기가 무섭게 일천은 버럭 화를 내며 검은 천으로 싸인 도를 풀지도 않고 휘둘렀다. 강맹한 기운과 극악한 속도로 도가 곽산의 목을 베어왔다.

"이젠 상관있겠지!"

"크악!"

곽산은 칼을 꺼낼 수 있는 입장이 아니라서 몸을 굽혀 피할 수밖에 없었다. 도를 휘두르는 속도가 어찌나 빠른지 이번에는 맞아줄까 하는 생각도 들지 않았다.

서걱―

곽산의 뒷머리가 살짝 잘려 나가며 그의 뒤에 조금 무너졌던 담장의 반이 아예 갈라지며 쿵 소리와 함께 땅으로 떨어졌다.

"도를 꺼내지도 않았는데 도기(刀氣)만으로 돌로 된 담장을 갈라?"

검으로 자른다면 자신도 자신있었지만 이건 그게 아니라 천으로 돌돌 싸인 채였다. 그러나 곽산이 오랫동안 생각할 시간은 없었다.

"으악! 어떤 놈이 우리 집 담장을 다 부숴놨어!"

담장이 무너진 집주인이 소란에 나와 보고서는 자신의 집 담장이 무너진 것을 보고 소리친 것이었다.

곽산이 일천을 보니 일천은 자신을 향해 따라오면 죽인다는 듯 주먹을 꽉 쥐어 보이고는 얼른 자리를 떴다. 조그만 주먹이 귀엽기는 했지만 아까 저 주먹에 담장이 부서진 걸 떠올리면 절대 그런 생각이 안 들었다. 할 수 없이 곽산도 일천을 쫓아 도망갈 수밖에 없었다. 마음이 찔리기는 하지만 무당의 제자가 아무개의 집 담벼락을 부쉈다고 할 수는 없는 것 아닌가! 자신이 부순 것은 아니지만 믿어줄 사람은 없을 터였다. 보통 명문정파의 사람이라면 그때 최소한 돈이라도 두고 갔겠지만 곽산은 도사(道士)의 신분임에도 불구하고 그냥 튀어버린 것이다.

그래도 미안한 마음은 있는지 뒤를 한번 힐끔 보더니 무량수불 하며 한마디 남긴 후 경공으로 일천을 쫓았다.

일천이 객잔에 자리를 잡자 곧 곽산도 따라 들어와서는 일천의 바로 앞에 앉아 주문했다. 일천이 눈을 부라렸지만 곽산은 생글생글 웃으며 일천의 비위를 맞출 뿐이었다.

"사실 내가 뜻한 바가 있어 강호에 나왔는데 어찌나 심심하던 지……."

그 말은 아까와 다를 바 없었다.

"아니… 그게 아니라 이 술이나 한잔 받으라고."

곽산이 일천의 눈을 피해가며 죽엽청을 일천에게 권했다.

"안 마셔."

"어허, 남자는 모름지기 이 술에 모든 것을 담을 줄 아는 큰 그릇을 지녀야 하는 법! 자아, 그러지 말고 어서 한잔 받어."

그 말에 일천이 호기를 느껴 잔을 받았으나 결과는 암담했다.

"우웩! 퉤! 뭐야? 뭐가 이렇게 써?"

일천은 술을 마셔본 적이 없었다. 그의 나이 이제 십육 세. 술에 관심도 없었고 마실 일도 없었던 것이다. 그런데 마셔보니 이건 무슨 맛으로 먹는지 알 수가 없었다. 그도 그럴 것이 죽엽청은 그렇게 좋은 술이 아니라 그저 흔히 찾는 일반적인 서민의 애주(愛酒)였을 따름이기 때문이었다.

혹시 독인가 해서 운기를 시켰으나 몸에는 아무 이상이 없었다. 그 모습을 본 곽산이 웃는 것은 당연했다.

"푸하하하! 너 혹시 여태까지 술 한번 안 마셔본 거야? 그냥 부잣집 도련님이라 이런 싸구려 술 못 마시는 줄 알았는데 운기까지 하네. 이게 무슨 독인 줄 알어? 푸하하하!"

일천은 얼굴이 빨개져서 더 이상 말없이 음식을 먹고는 방으로 올라가 버렸다.

그는 한참을 곽산에 대한 욕을 하다가 피곤하여 겨우 잠이 들었다.

다음날 아침, 객잔을 나서는 그의 앞에 싱글벙글 웃고 있는 곽산이 보였다.

"여어, 잘 잤어?"

제2장

태행산(太行山)의
만변답혼진(萬變踏魂陣)

태행산(太行山)의 만변답혼진(萬變踏魂陣)

산서와 하북을 잇는 경계의 역할을 하는 태행산. 그 위용은 과연 천하의 허리라고 일컬어질 정도로 장엄하고 광대했다. 산서성의 진성현(晉城縣)에서 시작되어 끝도 없이 이어진 산맥들이 만리장성 근방까지 이어지는 그 모습은 역사를 그림으로 표현한 듯 아름답고 웅장했다.

하나 태행산의 끝자락에서 이어진 어느 작은 산맥의 두 인영(人影)은 그런 것은 아무 상관도 없다는 듯 자신들의 이야기에만 열중하고 있었다. 아니, 정확히는 한 사람만이 주절주절 이야기하고 있을 뿐 다른 한 명은 그것조차도 관심없다는 듯 걸음을 재촉하고 있었다. 곽산과 일천이라는 가명을 쓰는 설련이었다.

"이봐, 벌써 사 일이나 지났는데 아직도 그렇게 냉담한 거야? 그러지 말고 가르쳐 달라니깐. 응?"

곽산은 나이에 맞지 않는 웃음을 지어 보이며 일천의 비위를 맞추고 있었다.

"……."

일천의 얼굴에 찌푸림이 나타나더니 곧 사라졌다. 일천으로서는 짜증스럽기 그지없었다. 가뜩이나 숨기는 것이 많아 혼자 여행하는 것이 편했는데 어디서 굴러먹던 떨거지 같은 녀석이 자꾸 자신의 뒤를 쫓아다니며 이것저것 가르쳐 달라고 조르는 것이다.

나이는 자신보다 십여 살이나 많으면서 자신이 반말을 써도 아무렇지 않게 대꾸하는가 하면 길을 가던 중에 사건이 생기면 꼭꼭 끼어들어서 시간을 지체시키곤 했다. 덕분에 그의 별호가 호협검이라 불리며 평소에는 유들유들하여 느끼할 정도였으나 불의를 보면 참지 못하고 욱하는 성질이라는 것도 알게 되었다. 어쨌거나 자신은 남장까지 하고 다니는 터라 불편하기 그지없었다.

"좋아, 그 대신 네가 묻는 말에 답해주면 이제 나 안 따라다닐 거지?"

곽산의 말에 참지 못한 일천이 짜증을 삼키며 조용히 말했다.

"아니."

곽산은 싱글싱글 웃으며 아무 고민 없이 바로 대답했다. 일천은 어이가 없어 곽산을 한번 쳐다보고는 아리따운 이마에 솟는 핏줄 한 자락을 조용히 손가락으로 눌러 집어넣으며 말했다.

"그럼 말 안 해준다."

"그럼 말해 줄 때까지 따라댕기지 뭐."

곽산은 이제 거의 즐기는 듯한 표정이었다. 일천은 끓어오르는 살기를 누르느라 엄청난 심력을 소비하고 있음에도 불구하고 상당한 빠르기로 걷고 있었다. 보통의 무림인이라면 따르기만도 힘에 겨워 헉헉대며 말할 기운조차도 없을 터인데 곽산은 그런 기색도 없이 바로 뒤를 따르며 싱글싱글 웃으며 말을 건네왔다.

"근데 말야, 숙부와의 비무에서 네가 사용한 초식이 달랑 두 가지잖아. 올려치는 자세가 세 번, 옆으로 휘두르는 자세가 세 번. 그런데 그 숙부의 공세를 모두 파했다는 게 믿어지지가 않아. 나라도 백 초 정도는 겨루어야 했을 텐데."

"백 초 안에 네가 진다는 소리겠지, 물론?"

"아니, 백 초 후에 내가 이긴다는 거지."

곽산은 아무렇지도 않은 얼굴로 말했다. 놀라운 일이었다. 후기지수 중의 일 인이라 부르는 곽산이 정파 십대고수인 남궁호상을 아무렇지 않게 백 초 만에 이길 수 있다고 말하다니……. 남궁호상은 자신과 손을 섞기 전에도 이미 일천이 반박귀진의 경지에 올랐다는 것을 알고 있는 듯했다.

하지만 자신의 일 때문인지도 모르나 남궁호상은 곽산을 오랜만에 보는 것 같았음에도 불구하고 곽산의 무공 수위를 알아채지 못했었다. 그렇다면 곽산이 일천보다 내공이 극강한 고수란 말인가? 일천은 곽산이 자신보다 강할지도 모른다고 생각했다. 하지만 원래 초식을 위주로 하는 무공은 상대적이기 마련이다.

예를 들어, 변화를 위주로 하는 환검은 강력한 한 번의 발도술에는 약하기 마련이며 또한 그러한 발도술이라도 더욱 내공이 강한 자의 환검에는 따르지 못하는 상반됨이 있었다. 듣기로는 곽산이 익힌 양의태극검은 그 변화가 오묘하기 그지없는 환검에 속하며 그의 숙부인 남궁호상의 검은 변화는 있었지만 강맹함을 이루는 초식이 주를 이루었다. 그렇다면 원래는 내공이 강한 남궁호상이 곽산을 이기는 것이 당연하건만 양의태극검이 그것을 뛰어넘을 정도로 뛰어난 검법이란 소리였다. 그런데 그러면서도 자신을 쫓아다니는 이유는 무엇이란 말인가?

"야, 너, 솔직히 말해. 왜 자꾸 날 따라다니는 거야? 너 정도 실력으로 나한테 뭐 얻을 게 있다고!"

별안간 일천이 곽산을 쳐다보고 소리를 버럭 지르며 자리에 멈춰 섰다. 곽산은 찔끔 놀란 표정으로 말했다.

"아니… 그게… 사실… 너랑 다니면 재미있을 것 같아서 말이지. 험험."

"……."

"그리고 나도 지금 한 가지 막힌 데가 있는데 너랑 다니면 뭔가 알아낼 수 있을 것 같아서 말이지."

"호오, 그러니까 날 따라다니면서 아무 힘도 안 들이고 떡고물을 주워 먹겠다 이거지?"

일천의 눈이 가늘어지며 곽산을 째려보았다. 마치 선녀가 새초롬이 쳐다보는 듯한 모습에 곽산은 왠지 얼굴이 빨개지며 더듬거렸다.

"아, 아니, 그러니까 난… 어, 아니… 내가 뭐 도울 수 있는 것도 있을 것 같고… 너 혼자 다니면 위험할 것 같아서 도움을 줄 수 있을 것 같기도 하고… 어… 그러니까……."

'내가 왜 이리 횡설수설거리지? 저 녀석은 남자인데다가 나보다 나이도 많이 어린데…….'

곽산은 알 수 없는 자신의 모습을 생각하며 고개를 갸웃거렸다. 그런 그의 모습에 처음으로 씨익 웃는 일천의 얼굴이 들어왔다.

"그래, 그렇단 말이지?"

"이야~ 너 웃으니까 완전 절세미… 남이 따로 없구나. 여자들이 반해서 흘랑흘랑 넘어가겠다. 거봐, 웃으니까 좋잖아."

하마터면 곽산은 절세미녀라고 할 뻔한 자신의 입을 책망하며 일천을 치켜세웠다.

"그럼 저 앞에 쓰레기들 좀 치워."

"에에~ 나 혼자?"

곽산은 고개를 돌리지도 않고 일천에게 다시 말했다, 일천은 곽산의 그러한 행동이 당연하다는 듯.

"당연하지. 날 도와준다며? 나랑 같이 다니려면 이 정도는 해야지."

"쩝, 저기엔 꽤나 고수도 있어 보이는데……. 그럼 내가 처리할 테니 계속 너 따라다니게 해주는 거다?"

일천은 고개를 끄덕였다. 귀찮기는 하지만 악의도 없어 보이고 둘이 다니면 그다지 심심하지 않을 것 같기도 했다.

"단 몇 가지 조건을 걸지. 물론 네가 저놈들을 다 처리한 다음에 말이지."

"좋아, 그럼 약속한 거다. 그럼 간만에 몸 좀 풀어볼까?"

곽산은 온몸을 뿌드득거리며 준비 운동을 하고는 한 발을 앞으로 내디디며 크게 허공을 향해 소리를 질렀다.

"거기 숨어 있는 스무 명, 어여 나오지 그래!"

그 말이 끝나자마자 숲 속에서 검은 옷을 입은 스무 개 정도의 인영이 쏜살같이 튀어나왔다.

"야, 스물한 놈이잖아!"

뒤에서 일천이 비웃는 표정으로 말했다. 곽산은 어리둥절해하며 흑의인영의 수를 세기 시작했다.

"하나, 둘… 열아홉, 스물! 야, 스물 맞는데?"

곽산이 일천을 뒤돌아보며 말했다. 일천은 간단하게 한마디를 날렸다.

"네 위."

그 말이 끝나기가 무섭게 곽산이 있던 자리에서 콰직 하는 소리가 들리며 검은 인영 하나가 칼을 휘두르며 뛰어내렸다. 하나 곽산은 이미 그 자리에 없었다. 어느새 그 인영의 혈도를 제압하고 뒷덜미를 잡고 서 있었던 것이다.

"깜짝 놀랐네. 난 또 이게 새인 줄 알았지."

곽산은 천연덕스럽게 웃으며 말했다. 그러나 흑의인들은 그것을 감탄만 하고 있을 입장은 못 되었다. 그중 한 흑의인이 앞으로 나서며 말했다.

"대단하군, 대단해. 우리의 잠복을 이렇게 쉽게 알아채고 그렇게 자연스럽게 행동하기까지 하다니."

그 흑의인은 그중의 대장인 듯 과연 여타의 사람들과는 달라 보였다. 살기가 전혀 뻗쳐 나오지 않으면서도 깊숙이 갈무리된 안광이 그가 절정에 이른 고수라는 것을 말해 주었다.

"댁이 대장이슈?"

곽산이 잡고 있던 흑의인을 땅에 털썩 내려놓으며 물었다.

"훗, 곧 죽을 놈들이 그것 알아 무엇 하겠는가?"

곽산은 어이없다는 듯이 일천을 보며 말했다.

"야, 너 어디서 무슨 원한을 사가지고 이런 고수들이 널 위해 버글거리며 몰려다니냐?"

"난 이번에 처음 강호에 나온 거야."

일천의 짤막한 한마디에 곽산이 뭔가를 떠올리려는 듯 고개를 갸우뚱거리며 말했다.

"그럼 나 때문인가 보네?"

그러나 그 여유는 오래가지 않았다. 앞에 나와 있던 흑의인의 손짓에 뒤에 있던 인영들이 모두 달려들었던 것이다. 흑의인들의 동작은 민첩하고 신속했다. 다섯 명은 긴 장검으로 곽산의 전 방위를 제압하며 달려들었고 뒤의 다섯 명은 공중으로 몸을 날리며 각기 두 자루의 비도를 날렸다. 대장인 듯한 흑의인과 나머지는 곽산과 일천의 퇴로를 차단하며 뒤로 돌아 들어왔다. 그러나 곽산은 절체절명의 위기인데도 불구하고 웃으며 중얼거렸다.

"허어, 대장은 거의 이 갑자에 육박하는 내공이 있고 나머지는 거의 일 갑자나 되는 내공을 가지고 있네? 쩝."

흑의인들은 그 말에 잠시 움찔거리는 기세를 보였다. 그것을 알면서도 태연한 저 모습은 무어란 말인가? 자신들의 합격을 막을 수 있는 것은 정파는 물론이거니와 사파의 십대고수 중에서도 그리 흔치 않을 것이라 믿어 의심치 않았던 것이다. 그러나 그 움찔거리는 찰나를 놓칠 곽산이 아니었다.

"으랴차차!"

곽산은 검집째 공중으로 몸을 띄워 날아오는 비도를 향해 둥글게 휘둘렀다. 열 자루의 비도는 순식간에 그 검의 기세에 말려 힘을 잃어버리곤 다시 장검을 든 흑의인들에게 날아들었다. 눈 한 번 깜박할 시간의 순간이었건만 일천은 그의 행동을 모두 보고 있었다.

'흐음, 저게 무당의 태극검이란 것의 운용인가 보군. 적의 기세를 다시 상대에게 배로 돌리는 무공. 듣던 것보다 간단한 동작이면서 복잡한 묘를 가지고 있구나.'

장검을 든 흑의인들도 의외의 상황에 놀란 듯했으나 그들 역시 고수답게 자신들을 향해 날아오는 비도를 검으로 쳐내어 떨어뜨렸다. 순간 곽산의 외침이 들렸다.

양의태극검(兩儀太極劍), 오성공력(五成功力) 비산검망(飛散劍鋩).

곽산은 순식간에 몸을 돌려 땅으로 착지하고는 사방으로 검기를 휘둘러 댔다. 그 검세는 곽산으로부터 오 장 거리에 이르기까지 전 방향으로 빛처럼 뻗어 나갔다. 흑의인들은 저마다 호신강기를 끌어올리며 곽산의 검기에 대항하기에 정신이 없었다. 순간 곽산은 최대의 신법을 발휘하며 일천을 손을 잡고 냅다 뛰었다. 일천은 곽산이 자신의 손을 잡자 깜짝 놀라 손을 뿌리치고는 곽산의 뒤를 빠르게 뒤따랐다.

"크윽! 쫓아라!"

대장인 듯 보이는 흑의인의 외침에 곽산 일행이 자신들의 머리 위로 날아가는 것을 멍하니 보던 흑의인들이 정신을 수습하고 그들을 쫓기 시작했다. 그중 다치거나 피해를 입은 자는 아무도 없었다. 곽산은 최대한 화려한 검기로 그들의 이목을 끌고는 번개처럼 도망가 버린 것이다.

"야, 쟤들 다 죽여 버리면 될 걸 왜 힘들게 도망가는 거야?"

일천이 경공을 발휘하여 앞으로 내달으며 곽산에게 짐짓 화가 난 듯 째려보며 말했다.

"사람을 함부로 죽이는 건 좋은 일이 아닌 데다가 저들을 다 죽이고 나면 나도 팔다리 하나는 줬어야 될걸. 난 아직 장가도 못 갔는데 말야."

곽산은 짐짓 너스레를 떨며 그들이 무섭다는 듯 어깨를 움츠렸다. 일천은 그 말이 반은 농담이라고 생각했지만 반은 맞다고 생각했다.

자신이 상대했어도 큰 피해를 입고 이겼을 것이다. 물론 자신은 얼떨결에 곽산과 도망가게는 되었지만 혼자라면 결코 물러서지 않았을 터이니 혼자 산중에서 죽어갔을지도 모른다. 그 생각을 하니 곽산이 그다지 밉게 보이는 것만은 아니었다.

"게다가 약속대로 도망가기 쉽게 앞을 치워놨으니 이제 같이 다니는 거다. 쿠헤헤헤!"

일천은 아이 같은 곽산의 모습에 피식 실소를 머금을 수밖에 없었다. 치우라는 의미는 사실 그들을 전부 없애라는 의미였지만 이렇게 해석한다면 다른 말을 할 수도 없었다.

"그래, 하지만 몇 가지 조건이 있는데 그건 나중에 말하도록 하지. 저들이 아직 쫓아오거든."

과연 뒤쫓아오는 흑의인들 중 내공이 딸리거나 경공이 부족한 자는 이미 뒤처지고 있었지만 아직도 열두어 명이나 남아 쫓아오고 있었다.

"저 정도의 고수들이 한꺼번에 이렇게 많이 몰려오다니, 내가 무슨 죽을죄를 지었던가? 음……."

"넌 끼어들기를 좋아하니 어디서 누가 널 죽이려고 청부라도 했나 보지."

그 말에 곽산은 고개를 끄덕이며 솔직히 시인했다. 둘은 이 갑자가 훨씬 넘는 내공에 뛰어난 경공 실력까지 갖추었기 때문에 이토록 말을 하며 뛴다 해도 별 무리가 없었다. 문제는 저들이 어디까지 따라오느냐였다. 이윽고 그들의 앞에 가운데로 오솔길이 나 있는 야트막한 동산이 눈에 들어왔다. 오솔길의 옆으로는 울창한 나무들이 우거져 있어서 기습을 당할 수도 있는 지형이었다. 앞으로 달리던 곽산이 뒤를 돌아보며 말했다.

“야, 여기 매복이 있을까? 내가 보기엔 없는 것 같은데……. 아무 기운이 없어 보이거든.”

일천은 아무 말 없이 긍정한다는 의미로 고개만을 끄덕였다. 둘은 속도를 더 내어 동산의 위까지 한걸음에 오르려는 듯 내달았으나 곧 멈춰 서야 했다. 어제저녁에 잠시 비가 와서 땅이 젖어 있었기 때문에 바닥이 조금 질퍽거렸는데 문제는 그 오솔길에 한 사람의 발자국이 남아 있었던 것이다. 그런데 그 걸음은 마치 술에 취한 사람마냥 이리저리 흩어져 있었다. 보폭도 일정하지 않고 위치도 제각각이었다.

“어쩌지?”

일천이 처음으로 먼저 말을 꺼냈다. 곽산은 그게 놀랍다면서 뒤를 보더니 다시 어깨를 으쓱거렸다.

“뒤를 보니 얼렁 앞으로 가라고 손짓하는데?”

일천과 곽산은 눈빛을 교환하더니 길을 다시 뛰어가기 시작했다.

“히야, 저 사람들, 아직도 오네. 이제 그만 좀 가지. 헉!”

달리던 곽산이 뒤를 돌아보며 투덜거리다가 갑자기 멈춰 서는 바람에 일천은 곽산의 등에 부딪치며 하마터면 박치기를 할 뻔했다.

“야! 갑자기 왜 서고 난리야? 하마터면…….”

일천 역시 말이 끝나기도 전에 곽산의 시선을 쫓아 뒤를 돌아보더니 말을 멈추고 말았다.

“허어, 이게 웬일이래?”

그들의 시선에는 그들을 쫓아오던 흑의인들의 무리가 있었다. 기이하게도 그들은 동산 밑에서 올라오지 못하고 마치 바둥거리는 듯 헤매고 있었다. 같은 자리를 맴돌면서도 곽산과 일천을 살기 어린 눈으로 째려보고 있었는데 마치 보면서도 어쩔 수 없이 못 올라오는 듯했다.

"여긴… 진법 안인가?"

곽산이 주위를 조용히 탐색했다. 일천도 긴장을 늦추지 않고 주위를 경계했다.

"그런데 어째서 우리들은 무사히 올라왔지? 누가 우리를 도우려 한 건가? 게다가 진법의 흔적은 어디에도 없었는데……."

곽산은 일천의 대답을 원한다기보다는 습관적으로 중얼거리고 있었다. 그때였다. 숲 속에서 부스럭거리며 토끼가 뛰쳐나온 것이다. 곽산과 일천은 순간 놀랐던 가슴을 진정시키며 토끼를 쳐다보았다. 토끼도 그들을 보고 놀란 듯 서 있다가 언덕 위로 도망가듯 뛰어올라 갔다. 곽산은 입맛을 다시며 쳐다보았다.

"오늘 저녁은 토끼나 구워 먹도록 하지. 맛있겠다. 쩝쩝… 헉!!"

"헉!"

곽산과 일천이 동시에 소리를 지르며 경악에 찬 눈으로 토끼가 오르던 길을 쳐다보았다. 원래 한 사람밖에 없던 발자국에 토끼의 발자국이 생기며 순간적으로 길이 변화된 것이다. 그들이 올라야 할 동산의 끝과 토끼의 모습은 아직도 보이는데 길은 여러 갈래로 흩어져 있었다. 토끼가 지나간 곳은 여지없이 두 개, 세 개의 갈림길로 변화하고 있었다. 그제야 그들은 밑의 상황을 이해할 수 있었다.

"서, 설마 발자국으로 진법에 영향을 주는 건가? 그래서 우리가 남긴 발자국이 진을 변화시켜서 저들이 뒤쫓아오지 못하는 것인가?"

일천의 혼잣말에 곽산이 불같이 성질을 내며 버럭 소리를 질렀다.

"젠장, 그렇다면 저놈의 토끼 때문에 우리의 길이 막혀 버린 거 아냐! 내가 저놈을 오늘 밥상에 올리지 않으면 성을 갈겠다!!"

"일단 여기를 어떻게 빠져나갈 것인지 생각해 보자고."

일천이 침착한 모습으로 되돌아오며 말했다. 곽산은 아직도 투덜거리고 있었지만 함부로 움직이지는 않고 있었다. 만에 하나 함부로 움직였다가 발자국이 더 어지러이 남게 되어 진법에 더 영향을 주게 되면 큰일이기 때문이었다.

일천이 뒤를 내려다보니 그를 쫓던 무리들은 아직도 그 자리를 뱅글뱅글 돌며 헤매고 있었다. 자신들을 쏘아보던 눈빛은 어디 가고 당황한 눈빛으로 나갈 길을 찾는 듯했다. 곽산이 그런 그들을 보더니 박장대소했다.

"우히히히! 저놈들, 저러고 있으니까 정말 웃기네. 헙!"

곽산은 불현듯 한심하다는 눈으로 보는 일천의 눈빛을 알아채고는 입을 다물었다. 따지고 보면 자신들도 이제 그런 신세가 아닌가!

사방은 이미 어슴푸레 땅거미가 지고 있었다. 어느덧 반 시진 정도의 시간이 흘렀을까? 진법이 어찌 될지 몰라 자리에도 앉지 못한 채 아직도 고민하는 그들의 머리 위로 낮게 비행하는 산새의 모습이 보였다.

"쩝, 배도 고픈데 저놈이라도 구워 먹어야겠다."

곽산은 이 와중에 먹을 것 생각이 나냐는 듯한 일천의 눈빛을 무시한 채 땅에 있는 자그마한 돌멩이를 집어 들었다. 그리고 탄자결(彈字訣)을 이용하여 산새에게 쏘아 보냈다. 하나 거리가 있어서인지 조금 빗맞고 말았다. 새는 어지간히 놀랐던지 산 위를 날아 도망가 버렸다.

"한심하다, 한심해. 여길 어떻게 나가야 될지 고민하기도 바쁜 와중에 먹을 거 생각이나 하질 않나, 그나마도 놓치질 않나……."

곽산은 쑥스러운 표정을 짓다가 놀란 표정으로 탄성을 질렀다. 일천도 엇 하는 소리와 함께 그를 쳐다보았다. 새는 동산의 위로 날아가고 있었는데 빗맞은 자리에서 피를 조금씩 흘려 땅에 떨구고 있던 것이다.

그리고 그 핏방울은 갈래갈래 갈라진 길 중 정확히 산 위로 오르는 길을 가리키고 있었다. 아마도 지상의 것만 진(陣)의 영향을 받는 듯했다. 일천은 저도 모르게 기쁜 소리로 말했다.

"이야, 네가 멍청한 것도 도움이 되는구나! 내 기분 좋은 의미로 다음 마을에서 한턱 내지!"

"움하하하! 다 내가 계산하고 한 일인데 당연하지. 아까 그 토끼는 운이 좋은 거야. 내 저녁거리가 안 되었으니."

"그러게. 덕분에 너도 성을 갈지 않아도 되었으니……."

둘은 신법을 펼쳐 산 위로 오르기 시작했다. 길을 보지 않고 땅에 떨어진 핏자국만 보며 가면 되었다. 산 정상에 이르자 더 이상의 갈림길은 보이지 않았다. 대신 산을 오르기 전 보았던 예의 그 발자국이 남아 있었다. 곽산은 이를 뿌득 하고 갈았다.

"뭔지 몰라도 이거 만든 놈 만나기만 해봐라. 당장 모가지를 부러뜨리고, 아냐, 그전에 발모가지를 부러뜨리고……."

그러나 그 상상은 오래가지 않았다. 바로 아래쪽의 길 옆에 있는 평퍼짐한 돌멩이에 앉아 있는 문사(文士)의 모습이 보였던 것이다. 진에서 빠져나온 기쁨에 그 둘조차도 미처 알아채지 못했던 것이다. 그리고 발자국은 정확히 거기까지 이어져 있었다. 이번에는 곽산보다 일천이 두 눈에 형형한 살기를 띠며 먼저 앞으로 나섰다.

"죽여 버린다, 이놈!"

그 문사는 그 둘이 살기와 분노를 담아 앞으로 오는데도 아랑곳 않고 땅에 나뭇가지로 무언가를 그리는 데 열중하고 있었다. 곽산이 그답지 않게 일천을 제지했다.

"가만있어 봐, 일단 말이라도 들어보게. 일단은 우리를 도와준 셈이기도 하잖아. 그 토끼만 아니었으면 말이지."

일천도 그 말에 수긍한다는 듯 아무 말 없이 그 자리에 철퍼덕 주저 앉았다. 곽산도 그 문사가 입을 열 때까지 기다려 주려는 듯 일천의 옆에 주저앉았다.

"야, 절루 가. 누가 내 옆에 이렇게 가까이 앉으래?"

일천이 으르렁거리며 곽산을 노려보았다. 곽산은 왜 그러냐는 표정으로 두 손을 들어 보였다.

"왜 그래? 이젠 동료가 됐는데. 여자도 아니고 신경이 예민하기도 하지. 참내."

"뭐얏? 너두 죽어볼래?"

이렇게 둘이 투닥투닥거리기를 또 반 시진이 지났다. 아직도 그 문사는 땅에 열심히 도형을 그리며 뭔가를 골똘히 생각하고 있었다.

"야, 이거 언제까지 기다려야 돼? 날이 더 어두워지기 전에 마을에 도착해야 되는데."

곽산이 급한 성격을 더 이상 참지 못하고 투덜거렸다.

"기다리자고 한 건 너잖아. 뭐야, 이랬다가 저랬다가."

"아니, 뭐, 말이 그렇다는 거지."

곽산은 자기가 한 말 때문이라는 것을 알고는 조용히 입을 다물었다. 그러기를 약 이각가량 지났을까. 예의 그 문사가 눈빛을 번득이며 자리에서 일어섰다.

"아, 그렇구나. 하하하! 사실 그렇게 어려운 것은 아니었군. 어?"

문사는 그제야 그 둘을 알아본 듯 깜짝 놀란 표정을 지었다. 그런데 그 두 사람의 눈빛이 예사롭지 않았다.

한 사람은 덩치가 크고 몸이 탄탄해 보이며 도인의 복장을 했는데 왼쪽 허리춤에 한 자루 검을 차고 있었다. 생긴 것도 남자답게 선이 굵어서 멋진 인상을 주었다. 그 옆에 있는 사람은 열대여섯 정도 되어 보이는 어린 소년이었는데 옆 사람에 비해 여린 몸을 지닌 것이 툭 건드리면 부러질 것 같은 몸매였다. 기이한 것은 자신의 몸만큼이나 기다란 헝겊에 싸인 뭔가를 등에 지고 있다는 것이었다. 얼굴은 상당히 예쁘장해서 많은 사람들의 부러움을 족히 살 만했다. 상반되어 보이는 그 둘의 얼굴에 공통점이 있다면 씹어 먹을 듯한 표정으로 자신을 쳐다보고 있다는 것이었다.

"본인에게 무슨 하실 말씀이라도……."

문사는 저도 모르게 그 기세에 눌려 뒷말을 흐렸다.

곽산과 일천은 그제야 그의 얼굴을 자세히 볼 수 있었다. 깔끔하고 고급스러워 보이는 비단옷을 입었는데 얼굴이 허옇고 병색이 완연한 것이 마치 병자 같았다. 어느 부잣집 아들이 여행을 나온 듯했다.

얼굴도 병색만 아니라면 귀공자라 불릴 만큼 잘생긴 얼굴이었다. 하지만 일천은 그런 것을 신경 쓸 이유가 없었다. 얼굴에 살기가 가득 차 있는데 곽산이 앞으로 나섰다.

"이 기생오라비 같은 녀석이 대체 뭔 짓을 한 거냐?"

그러자 그 기생오라비가 굳은 얼굴로 소리쳤다.

"말씀을 삼가시오! 어째서 귀하들은 본인을 처음 보는데 그런 말투를 쓰시는 것이오!"

곽산은 어이없다는 듯이 고개를 한번 휘젓고는 그 문사의 뒷덜미를 잡고 번쩍 들어 올려 산 위로 데리고 갔다. 곽산이 그보다 머리 하나 반 정도는 더 컸기 때문에 그 문사는 바락바락 대들면서도 할 수 없이 그가 하는 대로 몸을 맡기었다.

"자, 봐라. 너 때문에 우리들은 저기에 갇혀 죽을 뻔했단 말이다. 이
게 무슨 진이냐?"

곽산이 노한 얼굴로 문사에게 물었다. 문사는 산 아래를 쳐다보았
다. 좁은 오솔길에는 자신과 이들이 올라온 것으로 보이는 발자국이
보였고 산 아랫자락에는 어렴풋이 사람들이 헤매는 모습이 보였다. 문
사는 이내 한숨을 쉬고 곽산을 향해 부탁했다.

"내려주시오."

곽산은 코웃음 치며 거칠게 그를 내려주었다. 문사는 굳은 얼굴로
허리를 깊게 숙이며 말했다.

"죄송합니다. 실은 제가 최근에 어떤 진을 연구하고 있었는데 그 생
각을 골몰히 하며 올라오다 보니 저도 모르게 진이 발동되었나 봅니다.
두 분 대협에게 정말 죄송한 짓을 범했습니다. 더불어 저 아래에 있는
사람들에게도……."

곽산은 의외로 그가 정중하게 사과하자 머쓱한 표정으로 두 손을 모
아 포권하며 대답했다.

"아, 저 아래사람들은 신경 쓰지 마시고……. 저희는 그런 줄도 모
르고 너무 소협을 욕보였구려. 조금 전의 저의 행동을 용서해 주시기
바랍니다."

진류영은 그가 그렇게 예의 바르게 나오자 처음 일은 잊고 왠지 호
감을 느끼게 되었다. 곽산은 원래 성질이 급하기도 하지만 그의 잘못
에 대해서는 확실히 인정하고 뒤끝이 없어 사람들이 그를 좋아했다.
게다가 상대가 저렇듯 먼저 미안하다고 나오는데 더 몰아붙이는 성격
이 아니었다.

그러나 일천은 달랐다. 무남독녀로 자라나 아무것도 거칠 것이 없는

그였다. 그의 아버지는 마교의 교주인 마극천이었으며 그의 할아버지는 현존하는 마교의 제일고수인 절대마존(絶對魔尊) 마상회(魔上誨)이었다. 그는 오늘 처음으로 쫓기는 입장도 되었으며 진법에 갇히는 아찔한 경험까지 하게 된 것이다. 그런 그의 입에서 좋은 말이 나올 리 없었다.

다행인 것은 그나마 문사가 환자같이 병색이 완연한 얼굴이라 일천이 왠지 불쌍하다고 생각한 거랄까.

"야, 너, 비리비리한 놈, 이름이 뭐야?"

"저것은 만변답혼진(萬變踏魂陣)이라 하며 발자국만으로 진세를 발동시키는 것으로 제가 근래에 심심풀이로 창안한 것이기도 합니다. 저 진의 무서운 점은 사람이 지나면 지날수록 그 진이 강해지는 데 있지요. 물론 오늘처럼 땅이 젖어 있거나 하지 않으면 사용하기 힘듭니다만."

그 문사는 자기보다 어려 보이는 소년이 말을 함부로 하자 깜짝 놀란 와중에 진법의 이름을 물어본 줄 알고 진법에 대해 설명을 주저리주저리 늘어놓았다.

곽산은 저 진이 발자국만으로 이루어진다는 데에 어느 정도 예상은 하고 있었지만 깜짝 놀랐다. 게다가 움직일수록 더욱 진세(陣勢)가 강해진다니, 더 놀라운 것은 그것을 심심풀이로 만들었다고 하는 저 문사의 태도였다. 곽산은 그제야 기인을 만났다고 생각하여 공손히 물었다.

"저는 무당의 대제자로 곽산이라고 합니다. 남들이 호협검이라는 부끄러운 별호로 부릅니다만 저에게는 과분한 이름이지요. 옆에 이 친구는 일천이라고 하는 제 동행입니다. 그런데 소협의 존성대명은 어찌 되시는지……."

"아, 저는 진류영이라고 합니다. 별호 같은 것은 없고 그저 이번에 세상 구경이나 할까 하고 여행을 다니던 중이었습니다."

그 문사는 황궁에서조차 천하기재로 불리던 진류영이었다.

*   *   *

떠다니는 구름조차 잠든 깊은 밤. 둥근 창밖으로 달빛이 새어 나오는 것을 느끼며 그 늦은 밤까지 책상 위의 서류들을 돌보며 인상을 찌그리고 있던 중년의 인물이 있었다. 그 중년의 인물은 무언가의 기척이 느껴지자 서류에서 손을 떼며 몸을 돌려 조용히 입을 열었다.

"일은 어찌 되었느냐?"

그러자 놀랍게도 어느샌가 그의 앞쪽에 부복하고 있는 한 인물이 눈에 들어왔다. 그가 천천히 입을 열었다.

"그게… 하북으로 향하는 태행산의 허리 부근에서 종적을 놓쳤다 합니다. 기묘한 진이 설치되어 있어서 도저히 종적을 쫓을 수가 없었다고 합니다."

중년의 남자는 눈빛을 빛내며 물었다.

"그래? 천하에 추적술로는 따를 자가 없다는 비사대(秘査隊)가 종적을 놓치다니……. 비사대의 황 대주라면 능히 어떤 진이라도 파훼할 수 있다 여겼는데……."

"처음에는 일단의 무리들이 공자 일행을 쫓고 있었는데 그들마저도 그 진에서 세 시진을 헤매다가 다시 나오고 말았다고 합니다. 그들이 나온 후에 황 대주가 진입을 시도했으나 그의 실력으로도 도저히 파훼

할 수 없는 처음 보는 기이한 진이었다고 합니다."

"놀랍군. 나조차도 흥미가 생기는군. 교 내의 일만 아니라면 나도 구경해 보고 싶은 진이구나. 그 진에 대해 좀 더 알아낸 바는 없나?"

"네, 전해온 바에 따르면 진 안에서 헤매면 헤맬수록 더욱더 복잡해지는 진이었다고 합니다. 어떻게 발동되는지, 어디가 생문(生門)인지조차 알 수 없었다고 합니다. 의아한 것은 뒤로 돌아오는 길은 전혀 어렵지 않아 나오려고 마음만 먹으면 쉽게 나올 수 있었다고 합니다. 게다가 누군가를 해치려는 의도가 아니어서 사문(死門)은 없었다고 하더군요. 게다가 황 대주의 말에 따르면 완성되어 있는 진도 아닌 것 같았다고 합니다. 확실히는 모르겠지만 그런 느낌이 드는 진이었다고 하더군요."

"그런 위력의 진인데도 미완성이라……. 완성된 진이라면 얼마나 무서운 위력일 것인가? 여하간 그 진에 대해 좀 더 조사해 보도록 하게. 대체 어떤 고인이 그 같은 진을 무슨 연유로 그곳에 설치했는지도 알아보고. 참, 공자를 뒤쫓던 무리들은 누구라고 하던가?"

부복하고 있던 인물은 더욱더 깊이 고개를 숙이며 어쩔 줄 몰라 하며 대답했다.

"그게 황송하옵게도 알 수 없었다고 합니다. 대부분 내공이 일 갑자가 넘는 이십일 명의 고수들로 이루어져 있었는데 기척을 남기지 않아 추적에도 어려움이 있어 시간이 많이 지체될 듯싶습니다."

중년의 인물은 고개를 끄덕이더니 입가에 웃음을 지으며 말했다.

"천하의 비사대가 모르는 일이 하루에 두 가지나? 하하, 재미있군. 그 정도의 고수들이 떼로 몰려다니다니……. 그 정도의 힘을 발휘할 수 있는 곳이 있었던가? 그들을 뒤쫓는 일도 소홀히 하지 말라고 황 대주에게 전하게. 그리고 공자는 어차피 하북으로 갈 테니 그곳을 예의 주시하고 있으면 찾아낼 수 있을 터, 조급해하지 말라고 이르게. 그 정도야 황 대주도 이미 알고 있는 사실이겠지만. 이만 가보게.”

“그럼 속하 물러가겠나이다.”

부복하고 있던 인물은 어느새 기척도 없이 사라지고 말았다. 중년의 인물은 얼굴을 다시 서류 쪽으로 돌리며 혼잣말을 중얼거렸다.

“무당의 최고 골칫덩어리이자 그 무위를 알 수 없는 곽산과 비사대에서도 모르는 정체 불명의 무리들이라……. 그동안 조용했던 무림이 다시 흔들리는 것인가? 이십 년 전의 그 일만 아니었으면 나도 다시 강호에 나가고 싶은 마음이 간절하구나. 게다가 남궁호상이 벌써 아가씨를 알아보다니… 일이 쉽지 않겠군. 후후, 그나저나 일천을 가명으로 쓰다니… 교주께서 알고 얼마나 웃었던지……. 핫핫. 교주의 이름인 극천보다 한 단계 높은 이름이 아닌가? 하늘에 다다른 마(魔)가 아닌 하나의 하늘이라. 어찌 보면 참으로 광오하지만 평범한 이름이구나. 하하하!”

그는 누구길래 남궁호상과 곽산, 일천의 일을 모두 알고 있는 것일까? 게다가 남궁호상이 일천을 한눈에 알아본 사실은 아무도 모를 터인데 어찌 알고 있는 것일까? 이내 웃음을 멈추고 한숨을 쉬며 고갯짓을 하던 그의 얼굴이 창밖을 바라보자 달빛에 완연히 드러났다. 혈해적인(血海積人) 북등연(北쬳燃). 바로 마교의 총관인 그였다.

제3장

진류영, 천양묘(穿陽猫)를 얻다

진류영, 천양묘(穿陽猫)를 얻다

　새로이 진류영과 길을 동행하게 된 일행은 걸음을 재촉해서 산을 넘어가고 있었다. 어느새 산은 거의 넘었지만 아직도 나무들이 좁은 길가로 무성하게 뻗어 있어서 자연의 냄새가 물씬 풍겨왔다. 진류영은 말 그대로 세상도 둘러볼 겸 유람을 나온 것이었기 때문에 별일이 없는 한 곽산과 일천을 따라다니기로 했다. 곽산은 이미 그의 놀라운 지혜에 탄복하고 있어서 일행에 합류한다고 해도 과히 나쁠 것 같지 않았지만 일천의 눈치를 살피느라 대답을 못하고 있었다. 곽산도 사실 일천을 따라다니는 것에 불과하기 때문이었다. 일천은 물론 더 귀찮겠구나 싶었지만 곽산의 느끼한 언변에 넘어가 결국 승락하고 말았다.

　"저는 올해로 십팔 세가 되었으니 두 분께서는 말을 편하게 놓으셔도 됩니다."

　진류영이 언제나처럼 조용하고 가라앉은 목소리로 말했다. 하나 그로서는 걷는 것 하나만으로도 벅찬지라 말끝이 조금씩 떨리고 있었다.

"흠흠, 그럼 그렇게 하세. 난 올해로 이십육 세가 되었으니 편하게 놓지. 그런데 옆의 얘는 몇 살인지 몰라. 그러니 자네 맘대로 불러."

곽산은 원래 격식에 구애받는 것을 좋아하지 않아 말의 처음은 예의가 있었으나 후반부로 갈수록 편한 동생을 대하듯 했다.

"난 열여섯 살."

일천의 말이 끝나기가 무섭게 놀라는 진류영의 얼굴이 들어왔다. 그리고 더불어 조금 눈썹을 찌그려뜨린 곽산도.

"너, 왜 인상 찌그려? 내가 열여섯 살이라 기분 나쁘니? 여태까지 말 놨는데 나이를 알았다고 갑자기 높이기도 뭐하잖아. 안 그래? 그러니까 진가(陳家) 너도 나한테 말 편하게 해. 옆에 산이한테는 말을 놓든가 말든가 맘대로 하고."

곽산은 자기 이름을 막 불러대는 꼬맹이가 솔직히 기분 나쁘기는 했지만 그것은 어디까지나 자신이 일천을 따라다니는 것이 재미있을 것이라고 판단하여 내린 결정이었기 때문에 그리 마음에 두지는 않았다. 하나 새로 동행하게 된 녀석마저 일천처럼 자신에게 막말로 대한다면 그야말로 제지할 명분도 없을 뿐더러 앞으로 만나는 모든 사람이 자신을 그렇게 대할까 봐 걱정되기도 하였다.

특별히 사문이나 명예에 대해선 그리 중히 생각하고 있지 않았지만 대무당파의 첫째 제자로서 남들에게 그렇게 불린다는 건 사문의 명예를 위해서도 그리 좋은 일은 아니기 때문이었다.

곽산이 나중엔 자신이 모두의 동생이 되는 게 아닌가 하고 이리저리 고민하고 있을 때 진류영은 고맙게도 그의 걱정을 덜어주었다.

"하하, 전 괜찮습니다. 오랫동안 관에서 일해와서 그런지 저절로 입

에 존대가 붙었으니 그냥 저 편한 대로 두 분께 말하도록 하지요. 헉
헉."

일천은 인상을 찌푸렸다.

"그래, 그건 니 맘대로 하고, 너, 남자 주제에 몸이 꽤 허약하구나.
이깟 길에 벌써 헉헉대다니……. 벌써 날이 어두워졌는데 이러다간 성
에도 못 들어가고 노숙해야 할 판이잖아."

그 말을 듣고 자기도 남자면서 이상한 놈일세 하고 갸웃거리던 곽산
이 진류영에게 물었다.

"혹시 어디 아픈 겐가? 아까부터 안색이 창백해 보이는데 갈 길이
급하니 자네만 괜찮다면 나에게 업히는 게 어떤가? 일단 마을에 도착
하면 의사에게 가보고."

"아닙니다. 세상에 나와 처음으로 먼 길을 걸은지라 몸이 조금 피곤
한 것뿐입니다. 두 분께 방해만 되니 저로서는 죄송할 따름입니다. 두
분께서 먼저 입성(入城)하시면 제가 내일 아침에 찾아뵐 테니 먼저 길
을 재촉하시지요."

"가만 내버려 두면 밤에 호랑이가 물어가도 꼼짝 못하겠구만 뭘 믿
고 그래? 차라리 산한테 업혀 가는 게 낫지. 체면 차리지 말고 업혀. 그
게 차라리 낫겠다. 아님 내가 확 들고 가버린다?"

남들의 입장에서 보면 일천의 말은 상당히 기분 나쁘고 자존심도 상
하는 말이었지만 진류영은 자기 때문에 노숙을 하게 될지도 모른다는
미안한 마음에 기분 나쁜 생각이 전혀 들지 않았다. 오히려 처음 강호
에 나와 동행이 된 두 사람의 마음이 고마웠다.

사실 황궁에 있을 때에는 황제와 그의 누이를 대하는 일 말고는 항
상 서고(書庫)에 틀어박혀 있어서 대인 관계가 그리 넓지 않았던 까닭

이다.

"그럼 염치 불구하고 부탁드립니다."

진류영이 말을 마치고 곽산의 등에 업히려던 찰나였다. 순간 앞쪽 나무 뒤에서 무언가가 휙 튀어나오는 것이 아닌가? 곽산과 일천 같은 고수조차도 알아채지 못할 만큼 빠른 동작이어서 둘은 순간 긴장하고 그 물체를 살펴보았다.

그것은 불그스름한 털로 복실복실 뒤덮인 귀여운 느낌의 작은 동물이었다. 뒷다리는 마치 토끼처럼 발달되어 있었고 앞다리는 길쭉한 것이 영락없는 토끼의 형태였으나 귀는 고양이를 닮았고 동그란 눈은 사람의 눈동자처럼 흰 바탕에 눈동자가 검은색인 것이 괴이했다. 전체적인 생김새는 마치 고양이를 닮은 듯했으나 크기는 어른 남자의 주먹 세 개 정도의 자그마한 크기였다. 진류영의 갖가지 지식으로도 알 수 없는 생물체였다.

"우왓, 귀여워라. 이게 뭐지? 고양이인가? 토끼인가? 사슴은 아니고. 정말 너무너무 귀엽다."

일천이 귀여워 죽겠다는 듯 함박웃음을 지으며 그 동물을 자세히 살펴보려 앞으로 걸음을 내딛자 그 동물은 날카로운 이빨과 앞발의 손톱을 내밀며 으르렁거렸다. 그런데 자세히 보니 그 동물에게서는 뜨거운 기운과 차가운 기운이 번갈아 뻗쳐 나오는 것이 아닌가!

게다가 몸에 상처 자국이 여러 군데 나 있는 것이 영락없이 누군가에게 쫓기다가 상처를 입은 모양이었다. 그렇게 잠시를 으르렁대던 동물은 뻗쳐 나오는 기운을 이기지 못했는지 갑자기 비틀거리며 앞쪽으로 다가오다가 주저앉아 버렸다. 일천은 계집애처럼 군다는 곽산의 중얼거림을 무시하며 걸음을 옮기려 했다.

"잠깐! 뒤에 쫓는 인기척이 있다. 그건 잠시 그냥 두는 게 좋겠어."

곽산의 말이 끝나기가 무섭게 그들의 앞쪽으로 십여 명의 그림자가 하늘에서 뛰어내리듯이 홀연히 나타났다. 몸놀림으로 보아 아까의 흑의인들보다 훨씬 더 고수들의 집단인 듯했다. 게다가 그들이 이 작은 동물을 어떤 연유에선지 쫓는 것은 분명하고.

"웬 놈이냐!"

그들 중에서 앞쪽에 있던 사내가 소리쳤다. 목소리로 보아 삼사십 대의 중년인인 듯했다. 이게 웬일인가 하고 놀란 채 서 있는 진류영을 뒤쪽으로 물러나게 한 후 곽산과 일천이 앞으로 나섰다.

"그건 내가 할 말이오. 갑자기 나타난 것은 그대들이니 우리가 그렇게 묻는 것이 당연하지 않겠소?"

곽산이 안색을 굳히며 내뱉듯이 한마디 하고는 일천에게 전음을 보냈다.

―아까 그 녀석들보다 더 무시무시한 놈들이군. 오늘은 대체 뭔 일로 고수들이 이렇게 몰려다니는 거냐?

그의 말에 흥분한 사내가 앞으로 불끈 화를 내며 튀어나오려는 찰나 뒤의 사내가 그를 만류했다.

"우리는 그 앞에 있는 영물(靈物)만을 원할 뿐이다. 어차피 너희들과는 상관없는 일이니 가던 길을 계속 가면 너희에게 해를 끼치지 않겠다. 피차 피를 보는 건 원치 않는 일이 아니겠는가?"

"영물? 저게 영물이라고?"

곽산이 놀란 눈으로 반문하자 방금 그 사내는 아차 싶었던지 말을 돌렸다.

"너희에게는 하등 상관없는 일이다. 어서 결정해라! 피를 볼 테냐,

그냥 가던 길을 갈 테냐?"

그 말에 일천이 입을 삐죽거렸다.

"피를 보는 게 어느 쪽일지 모르겠군. 건방지게."

그 말에 앞쪽의 사내들이 전부 인상을 굳히며 병장기를 쥐어 잡는 모습이 눈에 들어왔다. 곽산이 놀라서 일천을 만류했다.

"야, 너 저 사람들 다 죽일 자신 있어? 난 못한다, 난 못해. 아직 장가도 못 갔단 말이다."

그 말에 몇몇 사내들이 흠칫거리는 모습이 보였다. 그중 뒤에 가만히 서 있는 중년의 두 사람이 전음을 나누는 듯 입을 달싹거리는 모습이었다. 아마도 그 둘, 아니면 그중 한 명이 무리의 우두머리인 듯했다. 그중 한 사람은 단출한 붉은 마의(麻衣)를 입고 있었으며 한 사람은 회색 옷에 흑색 실로 갖은 모양을 수놓은 깔끔한 장포를 걸치고 있었다.

그때까지도 진류영은 놀란 가슴을 진정하느라 정신을 수습하지 못하고 있었다. 다만 속으로 무림인들은 정말 신선처럼 그 움직임이 신묘막측하구나 하고 생각할 따름이었다. 그런 그의 눈에 아까 그 귀여운 동물이 바들바들 떨며 죽어가는 모습이 들어왔다.

그는 아무 거리낌 없이 앞으로 다가가 그 동물을 안아 들었다. 거리상 진류영은 일단의 무리들과는 이십여 장 정도 떨어져 있었고 그 사이를 곽산과 일천이 막고 있었기에 별다른 제지 없이 동물을 안아 들 수 있었다.

"뭐 하는 짓이냐? 그건 우리의 것이란 말이다! 어서 내놓지 못할까!"

한 사내가 그의 병기인 듯한 검을 들고 앞으로 나서며 소리쳤다. 그때서야 진류영은 일단의 인물들을 자세히 볼 여유가 생겼다. 대부분은 활동이 가벼운 의복에 손에는 각자의 병기를 들고 있었는데 검뿐 아니라 도, 창 등 여러 가지 무기를 쥐고 있었다.

기이한 것은 몇몇을 제외하고는 옷이 불에 탄 듯 까맣게 그슬려 있다는 점이었다. 그중에서도 심한 사람은 까맣게 타버린 의복 사이로 몸통과 팔다리가 불에 덴 듯한 화상마저도 엿보였다.

진류영이 아무 말이 없자 동요하던 사내들이 갑자기 살기를 풍기기 시작했다. 진류영은 그 살기에 몸이 굳고 가슴이 답답해지는 것을 느꼈으나 가만히 안고 있는 동물을 관찰하고 있었다. 그 동물은 양기(陽氣)와 음기(陰氣)를 번갈아 내뿜고 있었는데 음기를 내뿜을 때에는 괴로운 표정을 짓고 양기를 내뿜을 때는 조금 편안한 표정으로 돌아왔다.

진류영은 유심히 관찰한 끝에 동물이 원래 가지고 있는 양기를 음기가 서서히 제압하려 한다는 것을 느꼈다. 원래 음과 양은 서로 조화가 되어 있어야 하는데 이 동물은 양기만을 가진 동물인 듯했다. 그것을 억지로 음기에 중독되게 하여 죽어가고 있는 듯했다. 이렇게 한창 고민하고 있을 때에 우두머리인 듯한 회색장포인이 천천히 팔짱을 끼더니 낮은 목소리로 말했다.

"어차피 줄 생각이 없는 모양이군. 아무래도 좋다. 이 사실이 무림에 알려질 수는 없으니 모두 죽어줘야겠다."

그 말에 일천이 발끈하여 살기를 크게 내뿜었다. 어려서부터 오냐오냐하며 자란 그로서는 자기가 그 말을 내뱉었다면 모를까 누가 자신을 죽이겠다고 하는 말은 참을 수 없는 모욕이었다.

"다 죽고 싶은가 보군. 영물이고 뭐고 난 관심도 없지만 이렇게 나오면 가만있지 않겠다!'

일천이 내뿜는 무형(無形)의 살기는 가공할 만한 것이었다. 내공은

이 갑자의 수준이었지만 이미 도(刀)의 극의(極意)를 어느 정도 깨닫고 있었기 때문에 그 기세는 결코 만만한 것이 아니었다. 마치 실제로 그들을 향해 도가 날아가 꽂히는 듯했다.

그 무리 중 일부는 그 기세를 견뎌내지 못하고 입으로 선혈을 내뿜거나 뒤로 한 걸음씩 물러나 그 자리에 주저앉아 버리는 자도 있었다. 우두머리로 보이는 두 사람만이 팔짱을 낀 채 몸을 부들부들 떨며 견뎌내고 있을 뿐이었다. 그 순간 홍마의인이 앞으로 한 발을 내디디며 일갈했다.

"갈(喝)!!"

그가 내력을 끌어올려 소리치자 그들을 압박하던 살기가 순식간에 사그라졌다. 마의인이 침중한 표정으로 조용하게 옆의 회색장포인에게 말했다.

"이 나를 기세만으로 떨게 하다니, 오늘은 아무래도 득보다 실이 많을 것 같군. 저기 저 덩치 큰 녀석은 무당의 곽산이다. 듣기로는 양의태극검을 칠성 이상 익혔다고 하더군. 우리 둘을 제외한다면 댓 명은 거뜬히 막아낼 수 있을 거고 저 흑의를 입은 꼬마는 한 가지 도법(刀法)을 극한(極限)까지 깨달은 것 같군. 내공 대결이라면 모를까 초식으로는 어림없겠어. 저 둘은 어떻게든 처리할 수 있겠지만 문제는 저 아무런 기운도 없는 병자 같은 녀석이다. 내 눈에도 보이지 않을 정도의 무위를 가졌거나 아무 무공도 익히지 않았거나……. 저 녀석이 만일 무공을 숨기고 있는 것이라면 우린 오늘 크게 낭패를 볼 것이다."

상대의 무위를 논(論)할 때는 상대보다 무위가 깊지 않으면 상대의 무위를 알아볼 수 없다. 단순히 내공만 높다거나 초식의 극의를 깨달았다고 해서 알아볼 수 있는 것은 아니다. 그 두 가지를 어느 정도까지 성취를 이루었느냐에 따라 내뿜는 기세도 달라지기 마련이다.

또한 상대의 무위를 알아본다고 해서 반드시 그를 이길 수 있는 것은 아니지만 같은 맥락에서 본다면 곽산과 일천이 진류영을 만나기 전에 쫓기게 된 이유인 흑의인들의 내공은 모두 일 갑자가 넘었고, 그중 대장으로 보이는 자는 이 갑자에 다다르는 내공을 지니고 있어서 곽산과 일천에 비견할 만했다. 그럼에도 곽산과 일천이 이길 수 있다고 했던 것은 그들이 풍기는 기세로 보아 내공에 비해 초식의 성취가 낮았던 것을 알아챈 까닭이다.

여하튼 우두머리로 보이는 두 사람은 곽산과 일천의 무위를 한순간에 자세하게 파악한 것으로 보아 결코 만만한 상대는 아닌 듯했다. 곽산의 등에서는 한줄기 땀이 흐르고 있었다.

'진(陣)은 허약하기 이를 데 없는 아이이다. 저들이 한번 손을 겨루어보면 반드시 알게 될 터이니 오늘 여기에서 뼈를 묻을지도 모르겠구나. 하나 무림인으로서, 무당의 제자로서 자존심을 굽힐 수는 없는 일이다. 사문을 욕되게 하느니 크게 한번 싸우다 죽는 것은 두렵지 않으나 아직 못다 한 일이 천추의 한으로 남는 것이 아쉬울 뿐이다.'

곽산은 어느새 안정을 되찾고 다시 입가에 언제나처럼 여유있는 미소를 띠기 시작했다. 일천은 여전히 화를 내며 서릿발 같은 눈초리로 저들을 쏘아보고 있었기에 그것을 보지 못했지만 저들은 달랐다. 곽산의 정면으로 대치 중이었기 때문에 곽산이 웃는 것을 보고 기이하게 여기고 있었다. 회색의 장포인이 크게 껄껄 웃으며 곽산을 손가락질하며 말했다.

"네놈은 네가 무당파의 제자라서 우리가 너를 건드리지 못하리라 생각하고 있는 것이냐? 그렇다면 잘못 생각해도 크게 잘못 생각한 것이

다. 우린 무당파 따윈 전혀 무섭지도 않은 데다가 구대문파 모두에게
원한을 산다 해도 전혀 두렵지 않다. 알겠느냐!"

"그런 게 아니오. 남자로 태어나 무인(武人)으로 크게 한번 싸우다
죽는 것은 기쁘기 그지없는 일이나 아직 장가를 못 간 것이 아쉬워서
그러오. 내 비록 오늘 사문의 명예를 떨어뜨리게 될지는 모르나 사문
의 이름에 기댈 만큼 소인배(小人輩)는 아니오이다."

곽산은 이제 여유를 되찾았기 때문에 웃음을 잃지 않으며 대꾸했다.
그러자 홍마의인이 크게 웃으며 앞으로 나섰다.

"역시 무림에서 호협검이라 불리는 네 명성이 결코 헛되이 나불댄
것이 아니로구나. 내 너를 보아 한 가지 제안을 하겠다. 들어보겠느
냐?"

곽산은 갸우뚱했지만 일단 들어보는 것은 손해가 없으므로 기꺼이
승낙했다. 일천도 역시 한 걸음 뒤로 물러나 사내를 관망했다. 진류영
도 영물에게서 눈을 떼고 마의인을 쳐다보았다.

"노부는 악주앙(岳疇樣)이라 한다."

곽산과 일천은 깜짝 놀랐다. 일천은 강호의 경험이 그리 풍부하지
않았으나 어려서부터 들은 것이 있어 놀랐고, 곽산은 그가 적수취혼(赤
手取魂)이라 불리며 사파(邪派)에서도 손에 꼽는 장법(掌法)의 고수라는
것을 알았기 때문에 놀란 것이다. 그의 손은 특수한 무공을 익혀 항시
붉은색을 띠고 있으며 한번 휘둘러질 때마다 한 명의 목숨이 사라진다
해서 그와 같은 별호가 붙은 것이었다.

'아까 구대문파가 어쩌구 할 때부터 짐작은 했지만 저런 고수일 줄
이야! 근래에 사파가 정파의 기세에 눌려 활동이 없다 했는데 어쩐 일
로 저런 영물을 쫓는 것일까?

곽산의 의문과는 달리 일천은 기쁜 마음에 들떴다.

'잘됐다. 저 사람과 싸워본다면 뭔가 깨달음을 얻을 수 있을지도 모르겠구나. 남궁세가에서는 의외의 일로 별 깨달음을 얻지 못했는데 정말 다행이다.'

악주양이라 자신의 이름을 밝힌 마의인은 말을 계속했다.

"저기 저 소년이 나의 삼 장(三掌)을 받아낸다면 나 악주양은 이 일에서 손을 떼겠다. 그리고 너희의 한 가지 궁금증을 풀어주겠다."

"누구? 누구?"

일천은 그가 자신을 보고 한 말인 줄 알고 좋아했다가 그가 뒤의 진류영을 말하는 것임을 알고는 실망하는 기색이 완연했다. 그 모습을 적수취혼이라 불리는 악주양마저도 피식 웃음을 지을 정도로 천진난만한 행동, 달리 말하면 철없는 행동이었다.

그런 것은 차치하고서라도 이것은 참으로 파격적인 제안이 아닐 수 없었다. 만일 전후 사정을 모르는 이가 들었다면 다수가 소수를 핍박하지 않는다면서 그를 칭찬하는 말을 했을지도 모르겠다. 가장 강한 무공을 지닌 두 사람 중 한 사람이 빠지는 것만으로도 상황은 크게 호전될 것이다. 그러나 이는 악주양이 그의 옆에 있는 장포인과 전음을 나눈 끝에 꺼낸 철저히 계산된 말이었다.

삼 초를 겨루는 것이 아니라 삼 장을 받아내라 했으니 그의 공격을 몸으로 받아내야만 하는 것이다. 만일 진류영이 악주양이 알아볼 수 없을 정도의 무공을 숨긴 고수라면 그의 삼 장을 받아낼 것이니 어차피 그들은 뜻한 바를 이루지 못하게 되어 일을 포기해야 할 것이다. 그렇지 않다면 진류영은 그의 장에 목숨을 잃을 것이니 그 후에는 나머지 둘을 처리하면 된다는 계산이었던 것이다.

또한 이 제안을 받아들이지 않으면 진류영이 자신의 삼 장을 받을 만큼 고수가 아니라는 이야기도 되니 그로서는 어떠한 경우라도 불이익은 없었던 것이다.

곽산은 잠시 아무 말을 할 수가 없었다. 진류영은 자신에게 업혀 가야 될 만큼 약했으니 무공을 익히지 않았을 것이다. 이 제안을 승낙하거나 말거나 어차피 그들 셋은 결전을 피할 수 없는 운명이었고 또한 진류영을 먼저 내보낼 수도 없었다.

자기 한 몸 피하자면 가능할지도 모르겠으나 그는 그렇게 하기가 싫었다. 셋이 다 몸을 피한다면 모를까 자기 혼자 목숨을 부지하는 것은 부끄러운 짓이라 여겼던 것이다.

'처음부터 저 영물을 돌려주면 목숨은 부지할 수 있었을까? 아마 그들은 이 일이 알려지지 않기를 원해 살인멸구(殺人滅口)했을 것이다. 어차피 이래저래 한판 붙어야겠구나.'

곽산이 일천을 보니 일천도 같은 생각을 한 듯 곽산을 힐끔 보더니 등 뒤의 도를 싼 헝겊을 풀 준비를 하고 있었다. 곽산은 입가에 웃음을 지우고 결연히 말했다.

"귀하의 제안은 거……."

"그렇게 하지요."

곽산과 일천은 의외의 대답에 고개를 돌려 진류영을 바라볼 수밖에 없었다. 진류영은 영물을 자신의 발 아래 조용히 내려놓고 앞으로 터벅터벅 걸어나왔다.

"진 소제(少弟), 어쩌려고 그래? 네가 그런다고 해도 저들은 어차피 우리를 살려 보내지 않아. 우리가 저들을 막을 동안 너 혼자라도 목숨을 구해보도록 해."

급한 상황이라 그런지 곽산은 자연스럽게 진류영에게 하대를 했다. 일천도 곽산을 거들었다.

"그래, 내가 저들이랑 싸울 동안 네가 있으면 방해가 되니까 조용히 도망가라고. 우린 죽지 않아."

곽산이 피식 웃으며 일천에게 농을 건넸다.

"너도 나랑 같이 한바탕 놀게? 네 성격에 이런 일에 끼지 않고 그냥 가버릴 줄 알았더니 별일이네."

일천은 당연하다는 듯 고개를 끄덕였다.

"저기 저 사람, 강하잖아. 그러니까 한번 붙어봐야지. 내가 강호에 나온 이유가 바로 그거거든."

곽산이 다시 한마디를 건네려는 찰나에 진류영이 그의 말을 끊고 앞으로 나섰다.

"두 분께 더 이상 폐를 끼칠 순 없습니다. 저도 생각이 있으니 두 분 몸을 보중하십시오."

사실이었다. 진류영은 일행을 본 지 얼마 지나지도 않았는데 그들에게 피해를 끼치는 것이 못내 미안하기 그지없었다. 게다가 실은 믿는 구석이 하나 있기도 했다.

"껄껄껄, 잘 생각했다. 노부는 한 가지 장법으로 세상을 거침없이 살아왔다. 바로 열화혼인장(熱火混印掌)이다. 처음부터 강하게 나갈 터이니 잘 방비하도록 해라."

상황이 이렇게까지 되자 곽산과 일천은 뒤로 물러날 수밖에 없었다. 일천은 여전히 투덜거렸다.

"쩝, 저 사람은 내 건데… 저 비리비리한 병신하고 싸우게 되다니."

아주 작은 소리였지만 고수인 악주양은 그 말을 놓치지 않았다. 그는 자신의 판단이 맞았다 여기며 절기를 사용하기로 마음먹었다. 만에 하나를 생각해서 뒤탈이 없게 하기 위함이었다. 하나 그런 소리를 들은 만큼 뒤의 두 사람을 후에 상대하기 위해서라도 힘을 남겨놓아야 했기에 손에 여유를 두었다.

"조심해라!"

악주양은 내력을 끌어올려 옷을 풍선처럼 팽팽하게 부풀어 오르게 만들고는 진류영에게 충고하듯 말했다. 어디까지나 후배에게 예의상 한마디 건넸을 뿐 결코 걱정되어서가 아니었지만 말이다.

악주양은 내력을 두 손으로 집중하기 시작했다. 그러자 삽시간에 그의 붉은 손이 빛나듯 더욱 붉은색으로 변해갔다. 악주양은 다시 한 번 진기(眞氣)를 가다듬더니 크게 소리치며 뛰어올랐다. 진류영과 악주양의 거리는 이십여 장에서 순식간에 십여 장으로 줄어들었다.

열화혼인장(熱火混印掌), 제팔층(第八層) 겁화진진(劫火盡塵).

그의 두 손이 허공으로 어지럽게 교차하는가 싶더니 그의 쌍수(雙手)에서 두 줄기 강맹한 붉은 기운이 허공을 격하며 진류영의 가슴으로 날아들었다. 마치 불꽃이 물줄기처럼 타오르며 뻗어가는 느낌이었다. 동시에 세찬 바람과 함께 귀를 따갑게 하는 거친 소리가 진류영의 가슴에서 터져 나왔다.

퍼펑!

"컥!"

진류영은 짧은 소리를 내지르며 뒤로 일 장 정도를 나뒹굴었다. 옷이 타는 냄새와 함께 자욱한 먼지가 사방으로 비산했다. 곽산은 놀라 소리를 지르며 달려가려고 했으나 일천이 그를 말렸다.

"꼬마, 협기(俠氣)는 있으나 명이 짧은 게 안타깝구나! 하하하!"

적수취혼 악주양이 큰 소리로 웃으며 땅으로 사뿐히 내려섰다. 그의 무공을 증명이라도 하듯이 그의 안색은 조금의 미미한 땀방울조차 없었다. 그는 사파에서도 일류로 쳐주는 절정고수였던 것이다. 그리고 그가 손을 들어 공격을 명할 때였다.

"기다리시오. 헉… 헉… 아직 이 장이 남지 않았소? 내가 명은 짧아도 운은 꽤나 긴 모양이오."

진류영은 옷에 붙은 흙먼지를 털어내며 힘든 기색으로 다시 앞으로 나섰다.

"뭐, 뭐야!"

악주양은 기절할 듯이 놀랐다. 놀란 것은 비단 그뿐만이 아니었다. 장내에 있던 모든 이들이 그 사태에 경악했다. 조금 전에 힘들다고 등에 업히려 했던 그였기에 곽산과 일천은 벌린 입을 다물지 못했다.

진류영은 아무런 방비 없이 몸으로 악주양의 쌍장을 받아낸 데다가 피를 토하거나 하는 내상의 흔적도 없이 그저 얼굴을 찌푸리며 일어서고 있지 않은가! 믿을 수 없는 일이었다. 전 무림에서 그의 장을 몸으로 받아낼 수 있는 초절정고수는 정, 사파를 통틀어도 다섯이 채 되지 않았을 것이다. 한데 이 병색이 깃든 소년은 그것을 해낸 것이다.

악주양의 장법은 원래 현란한 동작과 강맹한 위력으로 상대가 허초를 파악해 내기 전에 그의 장에 맞아 죽는 일이 허다했을 정도였다. 방금 전의 한 수는 모든 허초를 배제하고 그 힘을 하나로 모아 한순간에 펴낸 것으로 일종의 변초였다. 악주양은 일이 뜻대로 되지 않는 것에 화가 난 것이 아니라 자존심에 불이 붙었다. 게다가 일천이 한 말에 손에 여유를 둔 것이 결과적으로 속은 셈이 되어 그는 이를 부득부득 갈며 말을 씹듯이 내뱉었다.

"그래, 네놈이 얼마나 더 받을 수 있는지 보겠다. 방금 전 노부가 잠시 손에 여유를 둔 것이 멍청한 짓이었구나. 네놈이 그 정도로 힘을 숨기고 있을 줄은 몰랐다."

말이 끝나기가 무섭게 그의 주위로 기류가 휘몰아쳤다. 조금 전과는 비교도 할 수 없을 만큼 뜨거운 바람이 그의 주위로 팽배했다. 그 기운을 느낀 탓인지 뒤에서 지켜보던 악주양의 일행조차 뒤로 삼 장을 물러섰고 곽산과 일천도 뒤로 삼 장을 물러섰다.

악주양은 두 손을 마주 보듯 가슴으로 모으고는 이마에 핏발을 세우며 내력을 끌어 모으고 있었다. 진류영은 파리해진 안색으로 주춤 한 걸음 물러나려고 했다.

고수들의 대결에서는 뒤로 한 걸음 물러서게 되면 그만큼 기세를 감당할 수 없다는 뜻이 되므로 악주양은 진류영이 겁을 집어먹고 있다는 사실을 깨달았다. 그래서 최고의 절기를 사용하는 대신 지금 모은 기운만큼의 절기를 쓰기로 마음먹었다. 어쨌든 진류영을 쓰러뜨린 후에는 뒤에 서 있는 곽산과 일천도 상대해야 하기 때문이었다.

기운을 끌어 모으기를 한 호흡 정도 한 후에 악주양의 두 손바닥 사이에서는 하나의 화염구(火焰球)가 형성되었다. 어른 남자의 주먹만한 그것은 이글이글 타오르는 것이 여자들이 보면 아름답다고 할지 모르겠으나 그 속에 담긴 위력은 경천동지(驚天動地)할 것임을 중인들은 믿어 의심치 않았다.

어느 정도 크기를 이루자 악주양은 물건을 들어 올리듯 그 화염구를 머리 위로 들어 올렸다.

열화혼인장(熱火混印掌), 제구층(第九層) 염겁멸진구(炎劫滅盡球).

악주양이 두 손을 진류영 쪽으로 뻗었다 싶은 순간 믿을 수 없는 속도로 회전하며 화염구가 폭사되어 갔다.

콰쾅—

조금 전과는 비교할 수 없을 만큼의 굉음이 울리며 다시 진류영은 사 장 정도를 떼굴떼굴 굴러갔다. 그 위력이 어찌나 강했던지 화염구가 지나간 자리는 일직선으로 땅마저 검게 타오르고 불꽃이 일렁거렸다. 중인들은 이번만은 진류영이 살아날 수 없을 것이라 여겼다. 악중양은 거기에 더해서 그가 일어나지 않았으면 하는 바람이었을 것이다.

그러나 그 예상은 틀렸다.

"쿨럭! 이놈의 운은 지겹게도 길구려. 쿨럭!"

아직도 옷에 붙어 타오르는 작은 불꽃들을 진류영이 소매로 대충 휘저어 끄면서 일어났던 것이다. 가슴 쪽은 온통 시커멓게 그슬렸으며 얼굴에도 검댕이가 묻어 있어 소매로 문지를수록 얼굴이 더 꺼멓게 변해갔다. 곽산은 어이없어 실소를 터뜨렸다.

"하하하!"

진류영은 매캐한 냄새와 연기 때문에 잔기침을 몇 번 하더니 이어 의연한 자세로 그들 앞에 섰다.

"세 번째는 포기하려 하시는지요? 아직 한 번의 기회가 더 있습니다. 쿨럭."

악주양에게는 아찔한 순간이 아닐 수 없었다. 이번에도 상대는 전혀 내상을 입지 않은 것처럼 보였다. 하나 속으로 핏덩이를 삼키고 있을지도 모를 터, 악주양은 고수답게 침착한 면모로 돌아왔다. 하나 말끝의 미미한 떨림은 어쩔 수 없었다. 그것은 두려움뿐 아니라 자신의 절기를 마음껏 쏟아 부을 수 있는 상대를 만났기 때문이기도 했다.

"대단하구나. 내 여태 뒷일을 생각하여 힘을 아꼈건만 이젠 더 이상 그럴 수도, 그럴 필요도 없게 되었다. 너를 제거하는 것이 오히려 더 큰일이 되었으니 말이다. 이번에는 좀 전과 같지 않을 것이다."

그 말에는 회색장포인도 미간을 조금 찌푸렸다. 그는 악주양의 실력을 능히 다 알고 있다고 여겼고 방금 전과 같은 위력의 공격이라면 자신도 낭패를 보았을 거라는 걸 의심치 않았다. 그러나 악주양은 힘을 다하지 않았다고 하지 않는가?

일천도 마찬가지였다. 실제의 대결에서는 저 정도의 힘을 모으기가 쉽지 않겠지만 저 정도의 빠르기와 위력의 공격은 솔직히 자신이 없었다.

'저 늙은이의 공격은 우리 할아버지보다 조금 못할 뿐이다. 아빠와 붙는다 해도 능히 천초지적은 되겠구나.'

"자아, 내 필생의 공력을 받아보거라, 아가야!"

악주양은 끌어 모을 수 있는 대로 내력을 끌어올려 마지막 한 수를 준비했다. 주위는 온통 잔잔한 물결이 이는 듯 공기마저 울렁거렸다. 진류영은 공기가 뜨거워져 호흡하기 곤란함을 느꼈다.

'내 한 가지 술수만 믿고 앞으로 나섰거늘 이번엔 차마 목숨을 부지하지 못할지도 모르겠구나."

"노부는 아직 무공의 끝을 보지는 못하였으나 이것은 내 팔십 년의 공력을 모두 쏟아 넣어 완성에 이른 것이다. 아직 강호에 선보인 적도 없으며 받을 만한 사람도 찾지 못했다. 네가 이것을 받는다면 난 더 이상 보여줄 것도 없다. 크크, 준비되었느냐?"

진류영은 두려움에 떨면서 고개를 끄덕였다. 온갖 무공을 이론적으로는 섭렵하였지만 사실 경험을 해보는 것은 이번이 처음이었기 때문에 두려움이 없다면 거짓말일 것이다. 두려움에 떤 나머지 중년의 나이로 보이는 남자가 팔십 세라고 자신의 나이를 밝혔음에도 알아채지 못할 정도였다.

악주양은 좀 전과는 달리 큰 기세를 보이지 않고 조용히 손을 들어 올렸다. 마치 폭풍 전의 고요함이랄까. 주위의 사람들조차 이런 고요함이 더 두려운 듯 잔뜩 긴장하고 있었다. 순간 악주양의 입에서 기대와는 달리 나지막한 음성이 흘러나왔다.

열화혼인장(熱火混印掌), 제구층극한공력(第九層極限功力) 절대염옥(絶對炎獄).

순간 진류영의 주위 이 장여가 폭발하듯 새빨간 불꽃으로 타올랐다. 진류영뿐 아니라 그 주위의 공간을 모두 한순간 일소(一掃)하듯 태워 버린 것이다. 이 모양이 마치 상대를 불꽃으로 된 감옥에 가두어 태워 죽이는 것 같다 하여 악주양은 그 이름은 염옥이라 칭하였다.

그는 자신에게 잠시의 시간이 있어 절기를 발할 여유가 주어지게 된다면 그 누구라도 절대 이 한 수를 피하거나 막을 수 없을 것이라 여겼다. 사방을 태워 버리니 막고 자시고 할 것도 없는 일인 것이다. 하나 그는 그 순간 놀라운 광경을 목격해야 했다. 진류영의 주위로 타올랐던 불꽃이 모두 그에게로 흡수되듯 빨려들어 가버린 것이다.

"이, 이런… 이런 일이… 어, 어찌 이런 일이……."

악주양은 놀란 나머지 말까지 더듬었다. 나머지 중인들은 아연실색한 표정으로 아무런 말조차 하지 못했다. 진류영조차 이 사실에 놀란 듯 눈을 동그랗게 뜨고 깜박깜박거리고 있었다. 곽산과 일천은 이 사람이 방금까지 걸으면서 숨이 차 헉헉거리던 그 사람인가 하고 긴가민가하고 있었다. 그 뒤로 서 있던 십여 명의 인물 중에는 뺨을 꼬집는 사내도 있었다.

그 외중에 가장 먼저 정신을 차린 것은 악주양이었다. 그는 허탈감
과 허무함, 기이함, 궁금함을 모두 담은 눈빛으로 진류영을 쏘아보며
물었다.

"네 이름이 무엇이냐?"

진류영이 그 말에 정신을 차리고 대답했다.

"진류영이라 합니다."

"네 사문과 네가 사용한 기이한 무공의 이름을 알 수 있겠느냐?"

"그게 저……."

진류영은 원래 무공을 정식으로 배우지 않았으므로 사문이라고 부
를 수 있는 것이 없었다. 그래서 그가 망설이자 악주양이 한숨을 내쉬
며 손을 내저었다.

"말하기 힘들다면 말하지 않아도 좋다. 강호에서 사문을 밝히지 않
는 자에겐 묻지 않는 것이 도리이거늘. 약속대로 너희에게 한 가지 궁
금함을 풀어주고 난 이 일에서 손을 떼겠다."

"이 영물이 뭐라고 하는 동물이지?"

"사파에서는 대체 무얼 도모하고 있는 것이오?"

곽산은 궁금증을 참지 못해 일천과 동시에 말을 꺼냈다가 마주 보고
서는 피식 웃었다. 일천은 당연히 웃지 않았다. 자신의 물음보다 곽산
의 물음에 대답을 하면 기분 나쁘니까.

"진류영이라는 저 소년의 물음에만 대답하겠다."

곽산과 일천은 입맛을 쩝 하고 다시고는 진류영을 쳐다보았다.

"진 아우, 이 일은 매우 중요한 일이야. 대답 여하에 따라서 사파의
음모가 밝혀질지도 모른다고. 무림의 안녕이 아우의 질문 하나에 달렸
으니 신중히 하도록 부탁해."

곽산은 어느새 진류영을 아우로 부르고 있었다.

"진아, 저 영물이 대체 뭔지 너무 궁금해. 알게 해줘!"

일천은 그를 진아라고 자기 편한 대로 부르고 있었다.

진류영은 고민이 되었다. 이 한 번의 질문에 모든 것을 다 알아내야 하는 책임이 생긴 것이다. 솔직히 그는 무림의 안녕이든 평안이든 아무 상관이 없었다. 자신은 그저 세상을 더 돌아보기 위해 다닐 뿐이다.

게다가 이 년 후면 그의 짧은 생을 마치게 되니 그런 것에는 처음부터 관심도 없었다. 하나 두 사람의 의견을 무시할 수는 없었다. 진류영이 잠시 생각한 후 물었다.

"이 영물은 대체 어찌 된 겁니까?"

악주양은 그의 물음에 흠칫했다. 물음의 범위가 너무 방대했다. 이 물음에 대답을 하려면 자신들이 왜 쫓고 있는지까지 말해야 했고 또 모든 것을 말해야 될 질문이었다.

그렇지만 진류영이 생각하기에는 이것은 하나의 모험이었다. 만일 그가 '우리가 우연히 발견해서 쫓다가 상처를 입혔네' 라고 말해 버린다면 그것으로도 대답은 될 터였다. 그가 그렇게 말하지 않기를 바라고 물었던 질문이다. 반면에 곽산과 일천은 고개를 끄덕이며 그의 재치에 감탄했다. 순간 회색의 장포인이 나섰다.

"악 형, 그것을 말해서는 안 되오. 그것을 말하게 되면 어떤 처벌을 받을지 알지 않소. 그냥 이것들을 모두 죽어 버리면 될 것을 뭘 고민하는 것이오?"

악주양이 순간 노기를 띠며 크게 그를 나무랐다.

"닥쳐라! 너는 내 이름에 먹칠을 할 것이냐! 내 분명 이들과 약조를 했고 그것을 지키기로 했으니 처벌은 받아도 내가 받을 것이다. 그리고 나조차 어찌할 수 없는 자를 네가 어찌할 수 있을 성싶으냐!"

장포인의 얼굴이 크게 일그러졌다. 악주양은 그를 무시한 채 말을 이었다.

"이 영물은 천양묘(穿陽猫)라고 한다. 귀에 자그마한 구멍이 뚫려 있고 양기를 가진 영물이기 때문에 붙여진 이름이지. 이 영물의 내단을 취하면 이 갑자에 해당하는 내공을 얻을 수 있다. 때문에 우리는 지난 5년간 이 영물을 찾아 헤매다 얼마 전 음기를 가진 독초(毒草)를 복용하게 하는 데 성공했다. 그것이 아니었다면 아까 너처럼 쉽게 그것을 안아 들지도 못했을 것이다. 범인(凡人)이라면 일 경 내에 몸이 다 타버렸을 것이다."

악주양은 말을 잠시 끊은 채 진류영을 물끄러미 쳐다보았다.

"내 비록 임무를 완수하지 못하여 평생 독방에서 벌을 받을지 모르나 너와 같은 기재를 만나 기쁘기 그지없다."

나머지 말은 전음으로 이어졌다.

―너는 황상(皇上)께 한 가지 큰 빚을 지게 되었으니 혹시라도 네가 기연을 만나 명을 연장하게 되면 후에라도 황상을 보필하기를 바란다. 나 또한 예전에 황상께 한 가지 큰 은혜를 입어 너를 도왔으나 더 이상 도울 수 없음이 안타깝구나.

"아!"

진류영은 나지막이 탄성을 질렀다.

악주양은 말을 마치자마자 최대한의 신법을 이용해서 산 위로 훌쩍 사라져 버렸다. 그제야 진류영은 어느 정도 사태를 파악할 수 있었다. 악주양은 겉으로는 화려해 보이는 공격을 했지만 사실은 진류영의 비밀을 알고 적당하게 손을 쓴 것이었다. 특히 마지막 절기를 사용할 때에는 의도적으로 공격력이 없는 허식을 쓴 것이었다. 다만 어떻게 그가 황상에게 은혜를 입게 되어서 자기를 도왔는지는 모르나 황제가 미리 그에게 언질한 것임에는 틀림없었다.

아마도 비단 그에게뿐 아니라 강호에 있는 믿을 만한 심복들에게 자신의 일을 미리 알려놨음이 분명했다. 그리고 황제가 자기를 그만큼 생각해 주고 있다는 사실이 문득 고맙게 느껴졌다. 눈물까지 어른거려 앞이 잘 보이지 않을 지경이었다.

'황상, 다시 태어난다면 저는 평생 당신을 모시는 종으로 태어나겠습니다.'

진류영이 감정에 겨워 눈물을 닦고 있을 때였다. 그 순간이었다.

"난 승복하지 못하겠다."

회색의 장포인이 자신의 병기인 듯한 하나의 쇠로 만들어진 부채를 들고 진류영에게 달려들었다. 너무나 갑작스런 일이어서 곽산과 일천은 무기를 빼 들 시간조차 없었다.

회색의 장포인은 부채를 길게 쭉 뽑아내듯 앞으로 향하더니 일갈했다.

"죽어랏!"

순간 그의 부채에서 수십 가닥의 예리한 비침(飛針)이 진류영의 전신으로 쏟아졌다. 그제야 곽산은 검을 뽑아 달려들고 있었고 일천 또한 헝겊을 두른 채로 도를 휘두르며 달려오고 있었으나 거리가 있는 터라 진류영을 도저히 구할 수 없을 것 같았다.

진류영은 무림인이 아니었기에 어디선가 들려오는 죽어랏 하는 소리만 들었을 뿐 뭐가 자기에게 날아오는지조차 알 수 없어 어리둥절해하고 있을 때였다. 그 정도로 빠른 움직임이었다.

채채챙―

뜻밖에도 진류영이 몸을 털고 천양묘라는 영물을 안아 들고 있는 동작에서 들린 소리였다. 진류영의 주위로 파파팍 하는 소리가 들리며 뭔가에 팅겨 나간 암기들이 땅바닥에 꽂히는 모습이 눈에 들어왔다. 그리고 아직도 어리둥절해하는 진류영의 몸 주위로 무언가가 떠다니는 것이 보였다.

"어, 어의비도술(馭意飛刀術)!!"

장포인은 경악하여 땅바닥에 주저앉았고 그와 같이 달려들었던 십여 명의 인물들은 땅바닥에 박힌 듯 서서 움직일 줄을 몰랐다. 곽산은 검을 머리 위로 치켜든 채 굳어 있었고 일천은 도에서 헝겊이 끌러져 땅바닥에 떨어지는 것도 알지 못한 채 경악하고 있었다.

"서, 설마 현경에 다다른 고, 고수였단 말인가! 고, 공격을 않길래 내, 내공만 강한 애송이인 줄로만 알았더니……."

장포인은 더 이상 입을 열지 못하고 그저 진류영을 바라보고만 있을 뿐이었다.

진류영의 몸 주위로는 도신(刀身)이 손가락 세 마디의 크기이고 눈에 보이지도 않을 만큼 얇은 두께를 가진 삼십육 개의 비도가 진류영의 전방위(全方位)를 지키듯 자리하고 둥둥 떠 있었다.

보통 검을 수련하는 사람들의 꿈은 이기어검술(以氣馭劍術)을 익히는 것이다. 다른 단계도 많긴 하지만 현실적으로 해볼 수 있는 단계는 거기까지였기 때문이다. 도를 쓰는 사람이라면 어도술(馭刀術)이 될 것이고 곤을 사용한다면 어곤술(馭棍術)이 될 것이다. 지금처럼 던져서 사용하는 비도가 날아다닌다면 어의비도술이라 하며 그 경지는 이기어검을 사용하는 수준과 동일한 수준이었다. 물론 그 수준이라도 당금 무림에서 평생을 죽었다 깨어나도 보지 못하는 무인들이 수두룩했다.

비도는 진류영이 손바닥을 내밀자 스르륵 하며 합쳐져 하나의 작은 단도로 변하더니 진류영의 허리춤으로 빨려들어 가듯 사라졌다. 그 모습을 본 장포인은 더욱더 겁에 질려 덜덜 떨고 있다가 부채를 콱 비껴쥐고는 번개같이 일어서서 분노에 찬 얼굴로 한마디를 던졌다.

"내가 비록 오늘은 이대로 물러가지만 다음번엔 결코 놓치지 않을 것이다. 그리고 너희가 천양묘를 데리고 있다는 사실은 어차피 전 무림으로 퍼져 나갈 것이다. 그럼 너희는 죽을 때까지 전 무림인들의 추격을 받게 될 것이고 너희가 무공이 높다 하나 탐욕에 찬 전 무림을 상대로는 어림도 없을 것이다."

장포인은 힘겹게 한마디 한마디 하고는 잠시 진류영과 일천, 곽산을 차례로 훑어보더니 땅바닥에 침을 탁 하고 뱉고는 그대로 악중양이 간 방향으로 날듯이 사라져 버렸다. 그리고 그 모양을 지켜보던 나머지 사내들도 잠시의 망설임도 없이 그를 따라 몸을 날렸다.

그 모습을 본 곽산이 허허허 하고 웃었지만 일천은 그 딴 놈은 관심도 없다는 듯 진류영을 뚫어져라 쏘아보고 있었다. 아마도 아까의 연기력이 가증스러워서인지도 몰랐다. 극강의 무공을 일신에 지니고서도 병자처럼 연기하는 연기력.

그리고 삼십육 개의 비도를 의지만으로 조종하는 것을 뻔히 두 눈으로 보았는데도 이게 웬일이냐는 듯 어리둥절해하며 끝까지 속이는 모습이 너무 가증스러웠다. 처음부터 그랬다면 아마 잘생긴 얼굴에 무공까지 강하니 한눈에 반해 버렸을지도 몰랐다고 생각했다.

'내가 또 무슨 생각을 하는 거야, 이 빌어먹을 녀석을 앞에 두고?'

일천은 입술을 조금 내밀고 자신의 머리에 꽁 하고 알밤을 주었다.

곽산은 그 모습이 왠지 귀엽다는 느낌이 들었다.

사실 일천은 설련이라는 이름의 여자 아이였으니 그 동작이 지극히 자연스럽고 귀여운 느낌이 있었으나 교에 있을 때에도 남자처럼 행세하고 다니는 터라 그의 여자다운 면모를 본 사람은 극히 드물었다. 하나 이렇게 무슨 생각에 빠져 있을 때면 가끔 여자처럼 하고 있을 때의 행동이 나올 때도 있었다.

진류영은 천양묘라는 영물이 죽어가는 것을 알았다. 그래서 자신의 약지를 단도로 베어 영물의 입 안으로 피를 흘려 넣었다. 진류영은 어렸을 때부터 온갖 보약, 영약을 먹어왔으나 어쩐 일인지 몸에 그것이 흡수되지 않는 것을 알았다. 그저 약효 그대로 그의 혈액에 머물러 온몸을 타고 흐를 뿐이었다.

그것은 황궁에서도 마찬가지였다. 처음에 진류영의 병색을 보고 황제가 온갖 영약을 먹였으나 후에 그것이 소용없다는 것을 알았다. 덕분에 진류영의 피는 온갖 약이 섞이면서 그 피 자체가 영약이 되었다.

보통 사람이 그만큼의 보약, 영약을 취했다면 벌써 그 기운을 이기지 못하고 오히려 병이 나서 죽었으리라. 진류영은 그 사실까지는 몰랐으나 온갖 좋다는 약을 모두 먹은 터라 자신의 피에 좋은 성능이 있다는 것은 대충 짐작하고 있었기에 이처럼 영물에게 먹인 것이다. 만일 진류영이 자신의 피가 하나의 영약이 되었다는 것을 알면 누가 자기의 피를 모두 마셔 버릴까 항상 두려워해야 했을지도 몰랐다.

"얘는 왜 자기 피를 짜서 얘한테 줘?"

일천이 자못 궁금한 듯 곽산에게 물었다. 곽산이 너 바보냐 하는 표정으로 대답했다.

"그걸 내가 어떻게 알아? 나도 오늘 처음 보는데……."

일천은 곽산의 표정에 조금 열이 받았지만 맞는 말이었으므로 참을 수밖에 없었다.

"근데 얘는 왜 우리 말을 들은 척도 안 해?"

곽산은 그 말에는 뭔가 생각을 하는 듯하더니 곧 대답했다.

"아까 전에 진을 통과한 후에 봤을 때에도 뭔가에 집중하고 있었는데 그때에도 우리가 온 것은 물론이고 시끄럽게 떠들고 있을 때에도 몰랐잖아. 아마 집중력이 엄청 좋은가 봐. 그러니까 이 나이에 심심풀이로 진을 만들 정도로 천재가 되었겠지."

일천은 이상하다는 듯이 고개를 갸웃갸웃하다가 조용히 말했다.

"음, 나는 자다가도 뭔 소리가 들리면 발딱 일어나게 훈련했는데 얘는 저러다가 누가 등 뒤에서 칼을 찔러도 모르겠네? 무슨 고수가 이래?"

곽산은 씨익 웃음을 지었다. 간만에 일천이 어린애다운 말을 한 것이다. 그렇다고 해서 평상시에 어른처럼 구는 것도 아니었지만. 어쨌든 일천의 말이 어느 정도는 맞는 것 같았다. 진류영의 행동은 고수와는 거리가 멀었다. 그때 정신을 잃은 것 같던 영물이 가늘게 눈을 뜨며 깨어났다. 그런데 더 이상 양기와 음기는 흘러나오지 않았다.

이는 원래 양의 성질만을 가지고 있던 천양묘가 음의 기운이 있는 만년설삼(萬年雪蔘)이라는 희대의 약초를 꼬임에 빠져 먹게 됨으로써 발생했다. 만년설삼은 그 자체로도 큰 영약이 되지만 양기가 아주 충만해서 만년설삼의 음기를 누를 수 있거나 그렇지 않다면 음기가 충만한 자가 복용해야 했다.

천양묘가 영물이기는 하나 의외의 계략에 넘어가 만년설삼을 먹었으니 자신이 가진 양기로 그 음기를 다스리지 못하면 죽은 목숨이 되

는 것이다. 불행히도 그 음기는 비록 천양묘가 지닌 양기보다는 적었
으나 너무 강한 효능을 지닌 터라 쉽게 천양묘가 그 기운을 누르지 못
하고 죽어가고 있었던 것이다.

천하에 둘도 없을 영약이라는 만년설삼까지 동원한 것으로 보아 아
까의 그들이 이 천양묘를 잡기 위해 얼마나 애를 썼는지를 알 수 있었
다.

그러면 어떻게 죽어가던 천양묘가 살아나게 되었을까?

원래 진류영의 피는 온갖 영약이 모인 응집체라고 할 수 있으나 만
정지체의 몸은 음기에 속하는지라 영약의 효능들 자체가 진류영의 몸
속을 떠돌아다니면서 음성(陰性)으로 변해 버린 것이다. 따라서 천양묘
의 몸에 진류영의 음기가 섞인 피가 들어오게 되자 오히려 음양이 조
화로워져서 그 현상이 멈춘 것이라고 할 수 있었다.

진류영은 알지 못했으나 이때 천양묘의 몸에는 두 개의 내단이 생기
게 되었고, 하나는 만년설삼의 기운과 진류영의 기운을 합하여 음기를
지닌 내단이, 하나는 원래 천양묘가 지닌 양기를 가진 내단, 이렇게 두
개가 생기게 되었다. 더불어 천양묘는 뜨거운 양기와 차가운 음기를
동시에 조절할 수 있는 능력을 얻게 되었다. 그리고 양기의 상징이었
던 붉은 털이 점차 눈처럼 하얀 흰색으로 변하기 시작했다. 사람으로
치면 환골탈태(換骨脫胎)에 가까운 것이다.

천양묘는 정신을 차리자 진류영이 자신에게 피를 주입하고 있다는
것을 알고서는 그의 손가락을 혀로 핥았다. 그러자 지직 하는 소리가
나더니 상처가 불로 깨끗하게 지진 듯 흉터도 없이 붙어버리는 것이
아닌가!

피는 더 이상 흐르지 않았다. 이 사실에 진류영은 놀랐는데 이미 적

잖은 피를 주입한 데다가 아까 악주양과 대치할 때에 심하게 나뒹그라진 터라 그만 혼절하고 말았다.

"어? 얘 또 왜 이래? 또 연기하네? 기절까지……. 정말 가지가지 하는군."

일천이 진류영이 기절하는 모습을 보고 가증스럽다며 발을 동동 구르고 있자 곽산이 어쩔 수 없다는 듯 어깨를 으쓱했다.

"뭔가 사유가 있겠지. 정신이 들고 나면 말해 줄지 모르니 일단 업고 가야겠다. 솔직히 따지고 보면 우리를 두 번이나 생명을 구해준 게 되잖아."

"뭐가 두 번이야! 처음부터 천양묘를 돌려줬으면 그냥 끝났을 일이니 당연히 구해준 게 아니지. 그리고 처음에도 사실 우리가 그들을 싹 죽였으면 되었는데 너 때문에 도망가다가 그런 일이 생긴 거잖아. 안 그래? 그러니까 난 인정 못해."

일천이 뽀로퉁한 얼굴로 흥 하며 고개를 돌려 버렸다. 그러자 곽산이 일천을 살살 달랬다.

"잘하면 저 천양묘를 너한테 애완 동물로 줄지도 모르잖아."

그 말에 일천이 씨익 입가에 웃음을 걸었다.

"나보고 탐욕에 눈이 먼 사람들의 추격을 받다가 죽으라고? 하긴 그런 놈들 한 수레가 와봤자겠지만 말야. 그리고 난 남의 물건에 욕심을 내는 사람이 아니라서……. 저 녀석은 귀엽긴 하지만 이제 진이가 주인이 된 이상 내가 탐을 내서는 안 될 일이지. 나에겐 내단 같은 것도 필요없고 말야."

"하하, 아까 그놈이 한 말 너도 들었구나? 난 또 네가 진 아우만 보고 있길래 못 들은 줄 알았지. 하긴 나도 내공에 솔직히 욕심이 없는

건 아니지만 저 녀석을 살린 게 진 아우이니 엄밀히 말하면 천양묘는
진 아우가 알아서 할 일이겠지. 쩝.”

곽산은 못내 아쉬운 듯 천양묘를 한번 힐끔 보고는 입맛을 다셨다.

“벌써 어두워져 버렸네. 내가 진 아우를 안고 갈 테니 어서 가자고.”

곽산이 진류영을 안아 들고자 진류영에게 다가서자 진류영의 품속
에 있던 천양묘가 이빨을 드러내며 으르렁거렸다. 마치 이 사람에게
가까이 오면 가만두지 않겠다는 움직임이었다.

크르르르!

곽산이 깜짝 놀라 내밀었던 손을 거두자 이번엔 일천이 천양묘에게
손을 내밀었다.

“자, 이리 와봐. 우린 진이를 해치려는 게 아니라 데리고 가려는 거
야. 너도 같이 가려면 이리 오렴.”

과연 천양묘는 영물 중에서도 영물이었다. 인간의 말을 알아듣고 그
사람의 속마음을 읽어내는 것이다. 곽산에게서는 탐욕을 느껴서 그랬
는지 으르렁댔고, 아까 전에는 자신의 몸이 위급하여 만나는 이마다 경
계를 했으나 일천에게는 그런 것을 느끼지 못했는지 이빨과 손톱을 감
추더니 훌쩍 일천에게로 뛰어올랐다. 그리곤 일천의 가슴 안으로 파고
들었다.

“까악!”

아직 어린 나이이지만 엄연한 여자였다. 일천은 자기도 모르게 여자
처럼 비명을 질렀고 곽산은 깜짝 놀라 일천을 쳐다보더니 자지러질 듯
이 웃어버렸다.

“푸하하하! 까악이래, 까악! 무슨 남자애가 저렇게 여자 같냐? 말소
리도 그렇고, 우히히히… 푸헤헤헤……. 그냥 너 이번 기회에 여자 해

라, 여자! 낄낄낄……."

일천은 빨개진 얼굴로 분해서 어쩔 줄 몰라 했다. 그러자 천양묘는 그런 것을 눈치 챘는지 옷 사이로 고개를 삐죽이 내밀더니 곽산을 향해서 마치 사람처럼 한 손을 크게 내밀어서 위협하는 것이 아닌가!

크르르릉!

곽산은 웃다 말고 깜짝 놀라 얼른 진류영을 들쳐 안고는 앞으로 걸음을 옮기기 시작했다. 일천의 가슴 속에서 옷깃으로 고개를 삐죽 내밀었던 천양묘는 기분이 좋은지 눈을 가늘게 뜨고 냐옹 하는 소리를 내며 고개를 일천의 목 언저리에 비비다가 잠이 들었다.

"그놈 참, 고양이는 고양이일세, 야옹거리는 걸 보니."

곽산은 퉁명스럽게 한마디 하고는 경공을 사용해서 빠르게 달려갔다. 일천은 그의 뒤에 혀를 뾰족 내밀어서 메롱 하고는 그의 뒤를 따라 바람처럼 경공을 펼쳐 달려갔다.

*　　　　*　　　　*

하늘에는 어느새 둥근 달이 떠 있었다. 깊은 산중의 어느 암자. 자신의 발목까지 오는 검은 망토를 두른 한 사나이가 앞에 부복하고 있는 회색 장포를 두른 사내를 보고 나직하면서도 웅장한 목소리로 물었다.

"지금 일이 잘못되었다고 하는 것이냐?"

말투로 들어보아 나직하지만 화가 나 있는 상태의 음성이었다. 회색의 장포인은 더욱 고개를 조아리며 그때의 전체적인 상황을 설명했다.

"후후후, 어의비도술을 쓰며 적수취혼 악중양의 삼장을 맨몸으로 받고도 멀쩡할 정도의 내공을 소유한 자라니, 게다가 나이도 이십 세 안

쪽이라……. 어디서 그런 놈이 갑자기 튀어나왔단 말이냐?”

“죄송합니다. 드릴 말씀이 없습니다. 지존이시여, 속하 죽기 살기로 그자와 대적할 수는 있었으나 멍청한 악주양이 일을 그르치는 바람에 목숨만 부지해서 돌아왔습니다.”

장포인은 그가 두려운 듯 맨땅에 머리를 쿵쿵거리며 찧어댔다.

“크크크, 악주양의 일은 내버려 두어라. 어차피 그 정도의 고수였다면 그른 일이었을 터, 흠, 설마 정파의 위선자들이 우리의 계획을 눈치챈 것인가? 이제 시간이 없다. 만년설삼까지 써가며 힘들게 마련한 기회다. 이 기회를 놓치면 내가 무공을 찾을 길은 영영 보이질 않게 된다. 목숨을 버릴 각오로 꼭 되찾아와야 한다. 그날이 머지 않았다, 그날이……. 하하하하!”

깊은 산중에 낭랑한 웃음소리가 울려 퍼졌다. 그리고 아직도 계속 머리를 땅에 박아대고 있는 장포인의 쿵쿵거리는 소리도……. 천지를 환하게 비추고 있는 달만이 그들의 정체를 알 터였다. 그 달은 마교 총관인 북등연이 보고 있던 바로 그 달이었다.

제4장

필취정(必醉亭)에서 취하다

필취정(必醉亭)에서 취하다

정신을 잃은 진류영을 안고 바람같이 달리기를 한 식경이 넘었을까. 다행히도 경공을 발휘해 서둘렀기 때문인지 관문이 채 닫히기 전에 그들은 산동성의 재남에 이를 수 있었다. 보통은 자시 초(子時初)가 되면 관 내로 진입하는 문을 닫아버리기 마련이었는데 그날따라 다른 때와는 달리 그 시간이 조금 늦춰진 이유도 있었다. 실제로 곽산 일행이 재남에 도착한 것은 자시를 지나 축시(丑時)에 다다를 무렵이었다.

"휴우, 다행히도 노숙은 피하게 되었구나. 일단 객잔을 찾아보도록 하지."

최대한 빠른 속도로 달려와서인지 곽산의 얼굴엔 땀방울이 맺혀 있었고 일천도 숨을 고르고 있었다. 그 소리를 듣고 깼는지 진류영이 말을 꺼냈다.

"제가 좋은 곳을 알고 있습니다. 그쪽으로 가시지요."

진류영이 내려서서 걷기를 자청함에 따라 곽산은 진류영을 내려주었다.

"차라리 안고 가면 더 빨리 갈 수 있잖아. 난 목욕도 하고 싶고 밥도 빨리 먹고 싶고……."

"야, 우린 여기 지리를 제대로 모르잖아. 어차피 내일은 쉬는 셈 치고 진 아우가 가자는 곳으로 따라가자고. 성질도 급하긴……. 벽력탄을 삶아 먹었나?"

곽산과 일천이 투덜거리는 것을 보자 진류영이 빙그레 웃으며 말했다.

"여기서 그리 멀지 않은 곳입니다. 아마 하루를 지새는 데는 큰 불편이 없을 것입니다."

"헉! 설마 허름한 데로 데려가서 씻지도 못하고 그냥 잠만 자는 데는 아니겠지?"

일천이 불안한 눈빛으로 소리를 지르자 품에서 자고 있던 천양묘가 잠이 깼는지 냉큼 튀어나와서 진류영에게로 튀어갔다. 진류영의 어깨에 올라간 천양묘는 사방을 두리번거리더니 진류영의 뺨을 혀로 핥으며 재롱을 부렸다. 그걸 본 일천이 또 투덜거렸다.

"내가 지를 여기까지 데려오는 데 얼마나 힘들었는데 말야, 지 주인이 깨어났다고 냉큼 날 배신해? 세상에 믿을 놈 하나 없다더니 믿을 고양이 하나 없네. 쳇."

진류영과 곽산은 일천이 투정 부리는 것이 마치 어린애 같아 웃음만 지을 뿐이었다.

얼마 후 그들은 커다란 현판(懸板)이 걸린 어느 장원의 정문 앞에 도착했다.

“엉? 설마 여기가 진 아우가 말한 곳은 아니겠지?”

진류영이 웃으며 고개를 끄덕여 대답을 대신했다.

“중앙전장(中央錢莊)이라고 써 있는 걸 보니 돈을 빌려주거나 하는 전장인 모양인데?”

곽산이 뒤를 돌아보며 진류영에게 동의를 구하는 몸짓을 보냈다.

“멍청하긴, 전장이라 써 있으니 전장이겠지. 바보 아냐?”

“아니, 그게 아니고 난 그냥 우리가 하룻밤 묵을 곳이 여기가 맞나 해서…….”

곽산이 말꼬리를 흐리며 대꾸하자 진류영이 얼른 앞으로 나서더니 정문에 달린 문고리를 두드렸다.

쿵쿵― 쿵쿵―

그렇게 몇 번을 두드리자 아직 자고 있지 않았던지 두 명의 늙은 하인이 곧 문을 빼꼼이 열고 일행을 쳐다보며 물었다.

“뉘시오?”

그러자 진류영이 앞으로 나서며 대답했다.

“우린 여기서 하루를 묵을까 하고 지나던 길에 들렀소. 장주께 전해 주시오.”

그러자 두 명의 하인 중 한 명이 난처한 표정으로 대답했다.

“정말 죄송합니다만 여기는 과객(過客)을 모시지 않는 곳입니다. 이 근처엔 객잔이 여러 군데 있으니 번거로우시더라도 그곳을 이용하시는 것이 좋겠습니다.”

하인은 평소에 교육을 잘 받았는지 상당히 예의가 있어 보였다. 그러자 진류영은 가타부타 말도 없이 품속에서 하나의 옥으로 만들어진 패(佩)를 꺼내 보였다.

"장주에게 전해주시오."

하인들은 영문도 모르고 그 패를 바라보고 있다가 불현듯 소리를 질렀다.

"헛! 이것은 백옥패(白玉佩)!"

"이, 이보게. 난 먼저 들어가서 장주께 알리겠네."

한 명의 하인이 패를 가지고 허둥지둥 안으로 들어갔다. 남아 있던 하인도 공손히 고개를 숙이며 일행을 안으로 안내했다. 곽산과 일천은 영문을 몰라 어리둥절할 뿐이었다.

"허참, 진 아우를 만나고 나서부터는 알 수 없는 일투성이네그랴."

"완전 신비인(神秘人)이군."

그때 안에서 우당탕하는 소리가 들리더니 이 전장의 주인인 듯한 조금 통통한 중년의 남자가 맨발로 뛰어나왔다.

"어이쿠, 늦어서 죄송합니다. 미리 연락 주시지 않고요."

중년 사내는 허리를 굽히고 윗사람을 대하는 태도로 일행을 맞이했다. 그리곤 공손하게 두 손으로 패를 다시 진류영에게 돌려주었다. 전혀 예의에 어긋남이 없으며 지나치지도, 모자라지도 않은 태도였다. 그가 굽실거리고는 있으나 비굴한 태도는 전혀 보이지 않았다. 아까의 하인들의 태도로 보아 이 전장의 장주라는 사람은 성품이 곧으며 어질어서 평소 아랫사람의 관리를 잘하는 사람인 듯싶었다.

"우와, 진 아우, 중앙전장이라면 대륙 곳곳에 분점이 있는 엄청난 크기의 상단이라고 하던데 진 아우는 혹시 그 상단 주인의 아들이라도 되는 건가?"

곽산이 그들을 별채로 안내하는 장주의 뒤에서 입을 다물지 못한 채 진류영에게 물었다. 곽산의 형편 또한 넉넉한 편이어서 평소에 금전에 대한 것은 신경도 쓰지 않는 정도였지만 그 상단에 비하면 조족지혈(鳥足之血)조차 되지 않을 정도였다.

그 상단은 중앙회(中央會)라 하며 전장뿐 아니라 각종 이권에 개입하여 대륙에서 둘째가라면 서러울 정도의 부를 쌓고 있는 것으로 알려져 있다. 만일 그 중앙회의 수뇌부 아들이라면 돈으로 바닥을 깔면서 다녀도 될 정도의 부와 힘을 가졌다고 볼 수 있었다.

"쩝, 진 아우는 정말 좋겠네. 얼굴도 미남인데다 무공도 강하지, 게다가 이런 대상단의 고위급 자제이기도 하니 대체 모자란 것이 없구먼."

그 생각은 일천도 마찬가지였다. 처음엔 가증스러울 정도로 재수없게 몸이 약한 듯 연기했다고는 하나 그 재수없는 성격을 빼면 돈, 재화, 무공까지 삼박자를 고루 갖추었으니 그를 마다할 여자가 없겠다고 중얼거렸다. 물론 남자가 되고 싶은 자신은 제외지만.

"하하, 자제 분이라니요? 이분은 이 전장의 주인이시며 나아가 상단의 주인이시기도 합니다."

"엥!"

곽산과 일천이 놀라 동시에 소리를 질렀다.

"설마… 그럼 진 아우가… 대륙 제일의 부자란 말인가?"

"아까 공자께서 보여주신 백옥패는 그 자체의 가치만으로도 능히 한 성을 사고도 남음이 있습니다. 이 패는 모두 일곱 가지로 구분되는데 백옥패는 그중에서도 으뜸이며 세상에 단 두 개밖에 없는 보물이기도 합니다. 공자의 말 한마디로 이 전장에 있는 모든 돈을 다 긁어서 드릴 수도 있지요."

"그럼 나머지 하나의 주인은 누구입니까?"

곽산이 못내 궁금해 장주에게 물었으나 장주는 고개를 흔들 뿐이었다.

"저희도 알지 못합니다. 설사 안다고 해도 알려 드릴 수가 없는 일이기도 하지요. 자, 오면서 시비들에게 목욕물을 준비하라 일렀으니 천천히 둘러보면서 들어가시지요."

장주가 이런저런 설명을 하며 별채로 안내하는 동안 멋진 경치의 연못이 눈에 보였다. 일행이 감탄하듯 그쪽을 쳐다보자 장주가 눈치 빠르게도 다시 설명을 시작했다.

"이곳은 저희 전장의 자랑인 필취정(必醉亭)이라고 합니다. 이곳에서 한번 술을 마시면 그 풍취에 이끌려 취할 때까지 마실 수밖에 없다는 뜻이지요. 원래 이름은 유운각(流雲閣)이었으나 어느샌가 그렇게 불리기 시작하더군요. 헛헛."

뒤의 별채는 화려하기도 하거니와 그 앞에 인위적으로 만든 연못이 더욱 운치가 있어 보였다. 적당히 오래된 수목들과 가지런히 배치된 큰 바위들. 연못의 위로 지면에 걸쳐 놓인 정자는 정말 술을 마시지 않고는 못 배기게 할 정도로 풍취가 있었다.

"그럼 오늘은 이곳에 상을 차려 드릴까요? 마침 날씨도 선선하고 달빛이 환하니 이보다 더 좋은 날은 없을 것입니다."

역시 상인답게 그의 눈치는 대단했다. 그가 제의를 하기 전에도 그렇게 하고 싶었던 터라 일행은 말이 끝나기가 무섭게 고개를 끄덕였다. 어느새 별채에 들어서자 장주가 조심스럽게 물었다.

"밤이 늦어 많은 음식을 갑작스레 장만하기는 어려울 듯싶습니다만……."

그러자 진류영이 손을 내저으며 말했다.

"밤이 깊었으니 많은 음식을 준비할 필요는 없소. 다만 먼 길을 오느라 저녁을 걸렀으니 요기할 수 있을 정도로만 준비해 주시오."

"예, 공자님의 말씀에 따르겠습니다. 그런데 의복은 어떻게 하시겠습니까?"

장주의 질문은 사실 일천에게 국한된 질문이기도 했다. 오랫동안 장사를 하다 보니 눈썰미가 있어 대번에 일천이 여자임을 알아챈 것이다. 사정이 있어 남장을 하고 다니는 것일지도 모르는데 그가 여자 옷을 준비한다면 나름대로 곤란한 일이 될지도 모르는 것이다.

그 사실을 진류영은 아직 모르는 터라 질문의 요체를 파악하기가 어려웠다. 곽산도 마찬가지인 것이 일천의 무공을 직접 견식하지 못했다면 여자라는 것을 대번에 알아차렸을지도 몰랐으나 일천의 무공은 보통 무림의 여인들과는 판이하게 달랐던 것이다. 그리고 여자는 체질상 현재 일천의 수위만큼 무공을 익히는 것이 어렵기도 했다.

그러나 무림에서는 각종 기이한 무공이 많이 나돌아다녔으므로 곽산은 일천이 혹시 여자처럼 성정(性情)이 변해가는 이상한 무공을 익히나 보구나라고밖에 생각할 수 없었다.

진류영이 대답했다. 진류영은 일행에게는 존대를 하고 있었으나 오랫동안 관직에 있어서 그런지 지위가 낮은 사람에게는 하대가 자연스럽게 나왔다.

"지금 입고 있는 옷과 비슷한 옷으로 준비해 주시오. 나는 상관없으나 이분들이 불편할 것 같아 그러오."

"그렇게 하도록 하겠습니다. 그럼 준비가 되면 시비를 보내겠습니다. 편히 쉬시고 분부하실 것이 있으면 저를 바로 불러주시기 바랍니다."

장주가 그렇게 인사하고 물러가려 하자 진류영이 깜박 잊었다는 듯이 몇 마디를 더 했다.

"시중들 시비는 필요치 않으니 그냥 두시오."

곽산이 진류영을 불렀다.

"진 아우, 왜 시중들 시비를 물리는 거야? 아리따운 시비들이 옷도 입혀주고 그럼 좋잖아? 흐흐."

"하하, 두 분이 불편할 것 같아 그랬습니다만 다시 불러 드릴까요? 저는 두 분이 목욕 시중을 드는 시비들을 조금 꺼릴 것 같아……."

곽산이 헤벌쭉 웃으며 진류영에게 묘한 웃음을 보내자마자 한쪽에서 급격히 싸늘해지는 기운을 느낄 수 있었다. 일천이 싸늘한 표정으로 곽산을 째려보고 있었던 것이다.

"아닐세, 아냐. 하여간 얼른 씻고 술이나 한잔 하러 가자고."

곽산이 횡하니 자신의 방으로 들어가고 나서야 진류영도 피식 웃으며 방으로 들어갔다. 일천도 그걸 보며 천천히 발걸음을 옮겼다.

"흐음, 기분 좋다."

강호에 나온 지 얼마 만에 제대로 씻어보는 건지 기억이 잘 나지 않았다.

"한 열흘은 넘은 것 같네. 아, 개운하다."

따뜻한 물이 담긴 통에 들어앉아 일천이 중얼거렸다. 열 명이라도 들어갈 수 있을 만한 크기의 커다란 통에는 붉은 꽃잎이 둥둥 떠다니고 상쾌한 향기가 코를 간지럽혔다. 곽산이라는 괴짜와 진류영이라는 의문의 사내를 만난 후 뭔가 알 수 없는 일에 휩싸여 정신이 없을 지경이었지만 지금은 그저 아무 생각 하지 않기로 했다.

교에서도 자주 씻는 편이었지만 이렇게 갖은 향기가 나는 호화스러

운 목욕은 처음이었다. 게다가 자신이 머물 방도 갖은 장식으로 호화
스럽기 그지없어서 마치 자신이 일국의 공주가 된 듯했다.

"맨날 이런 데서 머물렀으면 좋겠다. 헤헤."

일천은 부끄러운 듯 조그맣게 중얼거리고는 물속으로 얼굴을 퐁 하
고 담갔다.

"히야, 이게 마시는 물이지 씻는 물이야?"

곽산도 편안한 자세로 통 안에서 중얼거리고 있었다. 얼떨결에 남자
인지 여자인지도 모르는 꼬마를 따라 여기까지 왔지만 진류영이란 사
내를 만난 것은 의외였다. 그리고 자신들을 쫓는 사내들. 대체 뭐가 어
떻게 된 건지 알 수가 없었다.

자신에게는 아직 할 일이 있었다. 하지만 방법이 없는 일이어서 고
민만 하고 있던 중이었다. 곽산은 이내 모든 생각을 떨쳐 버리고 그냥
앞으로 나아가기로 했다.

"어떻게든 되겠지 뭐."

일행이 씻기를 마치고 비단으로 된 깔끔하고 고급스러운 옷으로 갈
아입고 나자 시비로부터 밖에 음식이 준비되었다는 전갈이 왔다. 일행
은 배가 고파 서둘러 밖으로 나왔다. 예의 그 정자의 가운데에는 널찍
한 탁자와 의자가 놓여 있었는데 그 탁자 위에는 각종 산해진미가 놓
여 있었다.

"흐엑, 아까 진 아우가 간단하게 차리라고 하지 않았던가?"

"우와, 맛있겠다."

진류영은 옆에서 술 시중을 들 시비까지도 모두 돌려보내고 자리에

앉았다. 장주가 꽤 신경을 썼는지 보기만 해도 침이 넘어갈 만한 각종 요리들이 마치 산처럼 쌓여 있었다. 우양육(牛羊肉), 작장면(炸醬面), 포포유고(泡泡油雇), 진진피자(秦鎭皮子), 호로두(葫蘆頭), 산양육(山羊肉), 방선궁정채(仿膳宮廷菜), 담가채(譚家菜) 이외에도 일행이 알지 못하는 음식이 즐비했다.

곽산은 자리에 앉기가 무섭게 음식을 입으로 가져갔다. 진류영도 앞에 놓인 면 종류의 요리를 집어 들었고 일천은 여러 가지를 조금씩 맛보고 있었다. 천양묘는 그런 음식에는 눈도 돌리지 않은 채 정원을 뛰어다니며 혼자 장난치며 놀고 있었다.

"흠, 이 술은 뭐지? 향기가 그만인데?"

곽산이 탁자 위에 놓인 술을 한 모금 음미하더니 감탄해 마지않았다. 그 말에 술을 별로 좋아하지 않아서 입에도 대지 않던 일천도 조심스럽게 한 모금을 살짝 입에 머금어보고는 그 맛에 놀랐다.

사실 곽산과 동행할 때에 술을 처음으로 입에 댔던 적이 있었다. 하나 그것은 일반적인 객잔에서 파는 싸구려 술이어서 처음 입에 술을 댄 그녀로서는 감당할 수 없을 정도로 씁쓸함을 안겨다 주었고 구역질까지 하는 일천에게 곽산이 하루 내내 놀려대던 적이 있었다. 그런데 이 술은 굉장히 상쾌하고 깔끔한 맛이 있었다. 게다가 맑고 은은한 향기까지 풍기고 있었다.

"이것은 산서의 명주(名酒)라 불리는 분주(汾酒)인 듯싶습니다. 이곳은 산서성과 그리 멀지 않으니 이런 술을 준비할 수 있었나 봅니다. 게다가 이것은 그중에서도 특상품인 듯싶군요. 예로부터 분주는 삼절(三絶)이라 하여 맛과 향, 색이 어우러진 하늘에서 전해진 선물이라고 하지요."

"분주라면, 쩝쩝, 감천가양(甘泉佳釀)이라고 하여 좋은 샘물로 잘 빚은 좋은 술 중에 하나가 아닌가? 히야, 이런 것을 여기서 맛보게 될 줄이야! 쩝쩝, 내 공덕(公德)이 하늘에 닿았나 보군."

"공덕은 무슨, 이 말코도사야! 계집 좋아하고 술 잘 먹는 도사가 어디 있냐?"

일천이 곽산에게 쏘아붙였으나 곽산은 입 안에 있는 음식을 꾸역꾸역 씹으며 두 손을 합장하듯 가슴 앞으로 모으며 대답했다.

"무량수불, 무량수불, 쩝쩝, 우리 무당은 술과 여자, 육류(肉類)를 모두 금하고 있지 않거늘 소시주께서, 쩝쩝, 어인 연유로 본도를 핍박하는 것이오?"

"윽, 먹던 거나 마저 먹고 대답하시지? 도사가 아니라 완전 거지가 따로 없잖아! 큭!"

"세상의 어디에도 도(道)의 길은 숨어 있는 법, 내 이번엔 거지들의 생활에서 도를 찾아보려 하오. 소시주께서는 그 음식을 안 드실 것이면 나나 주시구려. 쩝쩝."

일행은 곽산의 능청에 한번 크게 웃고는 다시 먹기를 재촉했다. 사실 그들이 먹기에는 조금 과한 양의 음식들이었기 때문에 곽산의 행동은 식탐(食貪)을 하는 거지들의 행동을 비꼬아 장난한 것이었다.

어느 정도 배가 불러오자 곽산이 또 말을 꺼냈다.

"오늘은 하루 종일 쫓기다가 결국 이렇게 복을 받았으니 앞으로 매일 쫓겨다녔으면 좋겠구나."

그 말에 일천이 발끈했다.

"야, 너, 말이 씨가 된다는 거 몰라? 그렇게 매일 쫓겨다니면 귀찮아서 어찌 산단 말이냐? 매일 좋은 음식과 편안한 잠자리에서 잠이 든대도 해가 가기 전에 피골이 상접해서 말라 죽겠다.”

“흠, 아까 두 분을 쫓던 흑의인들과 나중에 만난 사람들 모두 그 정체를 알 길이 없으니 답답하긴 하군요. 아, 그런데 두 분은 앞으로 어디로 여행할 생각이신가요?”

곽산이 일천을 힐끔 쳐다보았다. 저기는 쫓아다니는 것에 불과하니 대신 대답하란 뜻이었다.

“그냥… 모르겠어. 지금은 일단 하북팽가로 가는 중이지. 아참, 그건 그렇고, 진이, 아까 일은 대체 어떻게 된 거야? 그런 무공을 숨기고 왜 허약한 척한 거지?”

일천이 조금 붉어진 얼굴로 물었다. 이것은 부끄러워서가 아니라 분주의 맛과 향에 취해 어느덧 병 하나를 모두 마셔 버린 탓이었다. 곽산도 그것이 궁금하다는 듯 진류영을 물끄러미 쳐다보았다.

“사실 전 무공을 익힐 수가 없는 몸입니다.”

“에에? 그럼 아까 그 일은 뭐야?”

그 말에 곽산이 안색을 굳히더니 진류영의 맥을 잡아갔다.

“진 아우, 잠시 팔을 줘보게.”

곽산은 진류영의 몸으로 내력을 흘러보내며 몸의 상태를 관찰했다. 그리고는 놀라서 얼른 손을 놓아버렸다.

“세, 세상에, 혈맥이 가닥가닥 끊겨 있다니……?”

“에엣? 그게 말이 돼? 그럼 죽어 있어야 할 사람이잖아!”

사실 곽산의 말처럼 혈맥이 모두 끊겨 있는 것은 아니었다. 진류영은 타고난 신체적 제약으로 보통 사람의 반도 안 되는 기가 미약하게 흐르고 있을 뿐이었다.

놀란 두 사람에게 진류영은 자신의 일을 천천히 털어놓았다. 이십 세까지밖에 살 수 없다는 이야기부터 자신이 어떻게 황궁에서 일을 하게 되었고 이렇게 강호로 나오게 되기까지를.

"그래서 전 죽기 전에 이 넓은 세상을 눈에 조금이라도 더 담아두고자 이번 여행을 나서게 된 것입니다. 아까 제가 보인 무위는 사실 황상께서 배려하셔서 제게 하사하신 몇 가지 보물 덕분이지요."

"보물?"

"예, 도검이 뚫지 못하고 어떠한 힘조차 흡수해 버리는 조끼 형식의 보의(寶衣)와 사용자의 의지와는 관계없이 몸을 지켜주는 보도(寶刀)가 그것입니다."

"허참, 그런 것들이 세상에 존재하고 있었다니……. 그럼 진 아우는 무적이라고 해도 과언이 아니겠군."

진류영이 하하 웃으며 말을 받았다.

"설마 그럴 리가 있겠습니까? 이것을 만든 사람의 내력을 능가하는 힘에는 어쩔 수가 없다고 하더군요. 이 물건들은 원래 황궁의 보고(寶庫)에 있던 것들인데 그중에서도 몸을 지키기에 가장 뛰어난 능력을 지녔다고 하더군요."

일천이 물었다.

"그런데 사용자의 의지와는 관계가 없다니?"

진류영이 대답했다.

"이 보도는 사용자와 피의 계약으로 맺어집니다. 그리고 그 주인이 살기를 받을 경우 울리면서 경고해 주고 주인이 죽을 정도의 위기에 처하면 그때서야 나와 위기를 막아주지요."

그러자 일천이 흐흐 하며 보기에 심난한 미소를 띠었다. 진류영은 서늘한 기운을 느끼며 애써 일천의 곁에서 피하려 했으나 이미 늦었다.

따악—

진류영의 눈에 불이 번쩍거렸고 일천은 그의 머리 위로 주먹을 들고 있었다.

"흐흐, 과연 이 정도에는 반응하지 않는군. 죽을 때가 되어야 나온다니……. 뭐, 별로 쓸데 있는 것도 아니군."

사실 좀 전에 일어났던 천양묘를 쫓는 무리와의 결전에서 적수취혼의 마지막 일장은 그 보의로 인해 막을 수 있었던 것이 아니었다. 보의가 아무리 뛰어난 능력을 지녔어도 사방이 타오르는 데야 보의를 입고 있는 부분을 제외하고는 전부 타버렸을 것이다.

분명 적수취혼 악중양이 뭔가 술수를 부려 마지막 공격을 무위로 돌린 것이 분명했다. 그런데도 모두가 알 수 없었던 것은 앞의 두 번의 공격은 진짜였기 때문이다. 마지막 공격은 최대한 분위기만 조성하고 실제 공격은 없었던 것이다. 그러나 그 뒷면에 숨겨진 황상의 이야기는 자신도 확실히 모르기 때문에 진류영은 그냥 슬쩍 말을 넘겼다.

일천이 그 말에 끼어들었다.

"그런데 진이는 몸이 약해서 얼마 걷지도 못한다며? 그런데 어떻게 이렇게 먼 길을 다닐 수 있었어?"

진류영이 방그레 웃으며 대답했다.

"제가 신고 있는 이 가죽신 덕분이지요. 이것은 사용자의 몸을 깃털처럼 가볍게 만들어주어서 먼 길을 걸을 때에도 몸에 무리를 주지 않게 하는 효능을 지니고 있습니다. 물론 제가 워낙 몸이 약한지라 보통 사람이 걷는 것만큼밖에는 효과를 보지 못하지만 말입니다."

"그럼 아까의 그 옥패는?"

"그것은 황상께서 지니고 있던 것을 제게 잠시 빌려주신 것이랍니

다. 원래 중앙회라는 상단은 황궁에서 조직하여 운영하고 있는 것이지
요."

　일천은 진류영의 무공이 그가 원래 지닌 것이 아님을 알았기에 조금
실망하기도 했지만 그의 인생이 얼마 남지 않았다는 것이 너무 슬퍼
자기도 모르게 눈에 눈물이 고였다. 물론 약간의 취기로 인해 감정을
절제할 수 없었던 탓이기도 했다.

　곽산 또한 그 사정을 듣고 나서 침중한 표정이 되었다. 그를 왜 황제
가 총애했는지 어렴풋이 느끼고 있었다. 이 소년은 자신이 죽을 때가
다 되었음을 알면서도 겉으로 내색하기는커녕 항상 담담한 웃음을 잃
지 않았던 것이다.

　"그럼 진이 살 수 있는 시간이 이 년도 안 남았단 말이야?"

　일천은 큰 눈에 눈물이 그렁그렁해서는 울음 섞인 목소리로 진류영
에게 물었다. 진류영은 그것을 보고 일천이 항상 투덜거리지만 마음은
상당히 여리고 착하다는 것을 알게 되었다.

　물론 술기운이 한몫했으리라. 곽산이 일천의 말을 받았다.

　"사실 이 년이 아니라 지금 죽는다고 해도 하등 이상할 것 없는 상태
야. 내 평생 이런 건 처음이라고."

　"사실 이 년이라는 시간이 적은 것은 아니지요. 무림인들은 칼을 쥐
는 순간부터 언제 어디서 어떻게 죽을지 모른다고 하더군요. 그에 비
하면 저는 적어도 제 자신이 언제 죽을지 아니까 그만큼 대비할 수 있
어 세상에 여한을 남기지 않을 수 있지 않겠습니까?"

　진류영도 자신이 어린 나이에 죽게 된다는 것을 슬퍼하고 한탄해 마
지않는 것은 아니었다. 그러나 황제가 내려준 보물들로 자신의 목숨을
어느 정도는 지킬 수 있고 금전에 얽매일 일도 없으니 편하게 세상을

유람하다가 주변을 정리하고 떠나면 될 것이었다. 자신을 위해 불공을 드리고 있을 어머니를 생각하면 가슴이 아프고 미어지는 듯했지만 어떻게 할 수도 없는 일이었다.

곽산이 침중한 표정으로 말을 건넸다.

"그런 일이 있었구먼. 내가 아우를 보기 오히려 부끄럽네. 세상에서 내가 가장 억울하고 슬플 것이라 생각했는데……. 휴우, 내가 아우의 입장이었다면 아마 미쳐도 벌써 미쳐 버렸을 거야."

그 말에 일천도 얼른 눈물을 소맷자락으로 훔치고는 얼굴에 궁금함을 띠고 곽산을 쳐다보았다.

"형님께서는 무슨 일로 그러시는지 여쭤도 되겠습니까?"

곽산이 크게 한 모금 술을 마시더니 한탄하듯 내뱉었다.

"그러지. 진 아우가 그렇게 모든 것을 밝힌 이상 내가 숨기고 있어야 할 일도 아닌데 숨길 필요는 없지."

항상 밝게 보이던 곽산의 얼굴이 그렇게까지 굳어지는 것을 보자 진 류영과 일천은 궁금하기 짝이 없었다. 곽산이 그렇게 말을 끊고 있는 동안 그들은 서너 번이나 술잔에 입을 갖다 대었다.

"난 부족하지 않은 가정에서 태어나 운이 좋게도 현재 무당의 장문이신 단리 진인을 사부로 모시게 되었다네. 그런데 그분에게는 속가제자로 받아들인 여제자가 한 명 있었다네. 난 그녀를 사매라고 부르면서 몇 년 동안을 함께 생활했지."

그때 일천이 눈을 찡그리면서 말했다.

"혹시 그 사매랑 둘이 눈이 맞았는데 딴 사람이 데려가 버렸다는 지루하고 짜증나는 애들도 보지 않을 동화책의 평범한 얘기는 아니지?"

곽산은 그런 일천의 물음에도 불구하고 화를 내지 않았다. 아니, 오히려 더 슬퍼 보였다.

"일단 곽 형님의 얘기를 더 들어보도록 하지요."

그런 진류영에게 곽산은 손을 내저으며 말했다.

"아니야. 아주 흔한 이야깃거리도 안 될 정도의 이야기일 뿐이야. 군이 위로할 필요도 없고 그저 웃으면서 들어도 괜찮아. 사실 나도 이런 이야기를 직접 당해보기 전에는 웃으면서 넘겼다네."

"그럼 가서 빼앗아오면 되잖아. 솔직히 무당의 대제자이면서 무공도 뛰어나잖아. 그리고 집안도 넉넉한 편이라면서 그 정도면 신랑감으로는 괜찮지 않나?"

곽산이 자조 섞인 웃음을 지었다.

"클클클, 보통 사람이라면 그랬겠지. 하지만 상대가 나빴어. 그녀의 부친이 멋대로 정한 것이기는 하지만 나였더라도 그들의 청혼을 뿌리칠 수 없었을 거야."

일천이 물었다. 확실히 여자답게 그런 것들이 재미있는 모양이었다.

"그들이 누군데? 응?"

"천하제일가(天下第一家)!"

그 말에 무림을 잘 모르는 진류영조차 표정이 굳었다. 천하제일가라고 하면 당금 정파에서 일존(一尊)으로 꼽는 벽력신검(霹靂神劍) 서문환(西門桓)이 있는 세가였다. 과거 일천의 할아버지이자 마교의 일존인 절대마존 마상회와 삼 일 밤낮을 겨루었으나 승부가 나지 않아 차일로 미루었다는 이야기가 있을 정도였다. 때문에 정파에서도 그를 일존이라 부르며 칭송해 마지않았다.

기실 마상회의 실력은 정파의 십대고수 중 5명 이상이 모여야 겨우 동수를 이룰 정도의 극강고수라 했다. 그러니 정파인들의 자존심을 크게 일으켜 세운 일이었기에 그의 가문의 이름은 원래 서문세가(西門世家)였으나 어느샌가 중인들의 입에서 천하제일가라 불리게 되었다. 거기에 그치지 않고 그의 아들조차 그 재능을 이어받았는지 벽력신검 서문환의 젊었을 때보다 무공의 성취가 빠르다 하였으니 가히 천하제일가라 불리는 것이 과장만은 아니었던 것이다.

일천은 그의 할아버지인 마상회가 어렸을 적에 그 이야기를 해주던 것이 기억났다.

"설련아, 네 비록 남자로 태어나지는 못했으나 너의 성취로 보아 여자의 몸으로 지존의 자리에 앉는 것도 가능하리라고 본다. 그때 가장 주의해야 할 것이 바로 벽력신검 서문환이란 자가 있는 서문세가이다. 당금 세상에서 그를 제외하고는 나를 막을 자가 없을 정도로 강하단다. 그의 아들인 서문제상은 그에 미치지는 못하나 네 아비와 천 초를 나눌 정도의 강자다. 네 아비도 힘을 숨기고 있기는 하나 젊었을 적에 외도로 빠지는 바람에 서문환의 일초를 채 받아내기가 힘들 것이다."

사실 그 정도의 집안에서 혼사를 제안했다면 거부하기가 어려운, 끌리는 것이기도 했다. 게다가 무당의 속가제자이기도 한 만큼 이는 곽산과 그의 사매 둘만의 문제가 아니라 사문에까지 영향을 미치게 되는 중대사인 것이다.

진류영과 일천은 뻔한 줄거리의 이야기라고 속으로 생각했던 것이 못내 미안해서인지 같이 술을 들이켰다. 어느새 그들 주위에 쌓인 빈 병들이 열네댓이나 되었다. 분주는 맛과 향기에 비해 사실 굉장히 독한 술이다. 맛과 향에 빠지다 보면 어느새 인사불성이 되기가 일쑤였

다. 게다가 이들이 있는 곳이 어딘가? 바로 취하지 않고는 견딜 수 없
다는 필취정이 아닌가? 그랬기에 그들은 자연스럽게 다른 일을 잊고
곽산의 이야기에 빠져들었다. 이미 반쯤 맛이 가버린 일천이 혀 꼬부
라지는 소리로 곽산을 졸랐기 때문이기도 했다.
　그 뒤로 곽산의 이야기가 계속 이어졌다.

제5장

곽산의 이야기

곽산이 무당에 입문한 지 어느새 칠 년의 세월이 지났다. 어릴 때부터 현 장문인인 단리 진인의 직전제자로 가르침을 받아왔기에 이제 그의 나이는 열두 살이 되었다. 아직은 상승의 공부를 익힐 때가 아니어서 심법과 체력 단련만 익히고 있었다. 조금은 지루하기도 하고 한창 뛰어놀 나이에 산에서 각종 힘든 수련이나 하고 있으니 꽤나 갑갑하기도 했다.

비록 자신의 아래로 항렬이 같거나 다른 제자들이 수두룩했지만 그는 사부에게 혼자서 무공을 배우고 있었기 때문에 평소에는 그들을 만날 기회가 별로 없었다. 그가 이대로는 심심해서 죽을지도 모른다는 엉뚱한 생각을 할 무렵 그런 그의 앞에 사부가 새로 거둔 제자가 나타났다. 갓 일곱 살이 된 어여쁜 소녀였다.

"사부님, 이 아이는……?"

그때도 열심히 수련을 하던 터라 얼굴에 흐르는 땀도 닦지 않은 채 곽산이 사부인 단리 진인에게 물었다. 단리 진인이 만면에 부드러운 웃음을 지으며 아이를 소개해 주었다.

"이 아이는 앞으로 너의 사매(師妹)가 될 것이다. 비록 속가제자이기는 하나 그 자질이 뛰어나 내가 가르치기로 했단다. 앞으로 잘 보살펴 주도록 하거라."

소녀는 얼굴 가득 수줍음을 띠고는 사부의 뒤에서 얼굴만 빼꼼이 내놓고 인사했다.

"저, 저는 위, 위지령아(尉遲玲娥)라고 해요."

그리고는 앙증맞은 두 손으로 사부의 옷자락을 꼭 잡고는 뒤로 확 하니 몸을 숨겨 버렸다. 곽산은 그렇지 않아도 심심하던 차에 귀여운 동생이 생긴 것 같아 기분이 아주 좋았다.

"난 곽산이라고 해. 이리 와, 내가 여기저기 구경시켜 줄게. 사부님, 괜찮죠?"

사부인 단리 진인은 엄할 때는 끝도 없이 엄했지만 평소에는 언제나 인자한 웃음으로 대답을 대신했기 때문에 곽산은 사부를 그렇게 어려워하지 않았다. 물론 곽산이 우직할 정도로 사부의 말을 잘 따른 이유도 있음이리라.

곽산은 사부의 허락이 떨어지기도 전에 아직 아이의 티를 벗지도 못한 소녀의 손을 잡고 경내 여기저기를 뛰어다녔다. 그를 본 사부가 너털웃음을 터뜨리며 혼잣말을 중얼거렸다.

"위지가(尉遲家)에서 소문난 말썽꾸러기라고 하던데… 산이가 잘 데리고 있으려나 모르겠군. 뭐, 산이 녀석이 워낙에 성품이 여리고 착한 녀석이니 잘해주겠지."

단리 진인은 장문인이라는 직책에 걸맞지 않게 모든 책임을 열두 살의 곽산에게 홀쩍 떠넘겨 놓고는 휘적휘적하며 자신의 처소로 돌아가 버렸다.

과연 그의 걱정은 옳았다. 주위에 어른들이 보이지 않는 것을 확인하자 위지령아는 자신의 손을 끌고 신나게 달려가던 곽산의 엉덩이를 힘껏 걷어찼다.

"아이쿠야!"

곽산은 뛰어가던 힘을 못 이겨 영문도 모른 채 그만 땅바닥으로 꼴사납게 나동그라졌다. 그리고 잠시 어리둥절해하다가 원인을 깨닫고는 어벙한 표정으로 령아의 얼굴을 쳐다보았다.

"씩씩, 남녀가 유별(有別)한데 감히 숙녀의 손을 함부로 잡아? 너, 죽어볼래?"

령아는 얼굴이 시뻘겋도록 화난 기색이 역력했다. 곽산은 그제야 자신의 잘못을 깨닫고 령아에게 사과했다. 꼬맹이가 자신을 숙녀라고 하는 것은 우스웠지만 자신이 함부로 손목을 잡은 것은 확실히 잘못한 일이었다.

"미안, 사매. 사실 그동안 같이 놀 친구가 없어서 내가 많이 심심했거든. 그래서 너무 성급했어. 용서해 줘."

곽산은 꼴사납게 나동그라지긴 했지만 상대가 아직은 아이였으므로 꾹 참고 용서를 빌었다. 그런데 령아는 아직도 속이 안 풀렸는지 볼이 탱탱 부어서는 입을 뽀족이 내놓고 있었다. 그리곤 잡혔던 손목을 내밀며 눈물까지 그렁거렸다. 그러더니 뭐가 그리 억울했는지 아예 대놓고 주저앉아 울기 시작했다.

"이것 봐, 손목이 빨개졌어! 훌쩍! 이러다가 피 나오면 나 죽는단 말야! 엉엉! 아파! 아프단 말야! 엉엉!"

물론 손목은 조금 빨개졌을 뿐 아무 이상도 없었다. 곽산은 조그만 여자 아이가 떼를 쓰며 우는 것을 보자 우선 사부에게 혼날 것을 생각했다.

'이거 야단났구나. 사부님이 이 아이를 첫날부터 울린 것을 아시면, 크윽, 나 제명에 못 죽는다.'

곽산은 황급히 아이를 달랬다.

"사, 사매, 울지 마. 내가 해달라는 거 다 해줄 테니 울지 마. 내가 피도 안 나오게 해주고 맛있는 것도… 어… 맛있는 거는 안 되고 무공도 열심히 가르쳐 주고, 그리고 어… 무당산 구경도 많이많이 시켜줄게."

그 말에 령아는 흐르지도 않던 눈물을 닦는 척하면서 곽산에게 되물었다.

"진짜지? 내가 해달라는 거 다 해줄 거지?"

곽산은 령아가 울음을 멈추자 마음이 바뀔까 봐 얼른 호탕하게 대답했다.

"그러엄. 남아일언(男兒一言)은… 어… 중천동(重千銅)이거든. 일구이언(一口二言)은 삼부지자(二父之子)고."

그 말에 령아가 혀를 낼름거리며 말했다.

"에에~ 오빠는 되게 무식하구나? 남아일언은 중천금이고 일구이언은 이부지자지."

곽산은 그 말에 얼굴이 빨개졌다. 사실 곽산은 몸으로 힘쓰는 것은 좋아했으나 책을 읽는 데는 영 흥미가 없었다. 타고난 무골이라 무공의 성취가 학문의 성취보다 월등히 앞섰던 까닭에 학문에 흥미를 잃은 까닭이었다.

그래서 어디선가 들은 말을 나름대로 만들어본 것이었는데 이 꼬맹이는 자신보다 더 많은 책을 읽었는지 곽산을 당황하게 했다. 그러나 곽산은 자신의 주장을 굽히지 않았다.

"아냐아냐, 남자의 입은 천금(千金)보다 무겁다고 하지만 사실은 동(銅)이 더 무겁거든. 그래서 난 동이라고 한 거야. 그리고 한 입으로 두 말을 하면 두 아비를 모시는 아들이라는 뜻보다는 세 아비를 모신다는 게 더 나쁜 말이 되잖아. 그래서 난 그렇게 맹세한 거라구. 네가 알고 있는 건 좀 더 맹세의 의미가 약한 거라고 할 수 있지."

"헤에~ 정말 그런 거야?"

"그, 그러엄~"

거짓말이었다.

곽산은 령아가 두 눈을 동그랗게 뜨고 쳐다보며 묻자 차마 거짓말이라고 할 수 없어서 정말이라고 말했다. 그러나 이 말로 인해 곽산은 다음날 하루 종일 사부에게 책 좀 읽으라는 꾸짖음을 들어야 했다. 당연히 령아가 사부님께 묻는 척하며 이른 것이었다.

"그럼 그건 그렇다고 하고 내가 해달라는 거 정말 다 해준댔으니까 이제 말한다?"

"그래, 뭐든지 말해. 내 다 들어줄 테니."

곽산이 한껏 거드름을 피우며 말했다.

"그럼 날 사형(師兄)이라고 불러."

"헉! 사매, 여자는 사형이 아니라 사저(師姐)라고 불러야 돼. 그리고 그렇게 불렀다가 사부님께 걸리는 날이면 난 정말 끝장이라구. 게다가 난 여기서 대사형이란 말야."

령아가 표독스러운 눈으로 곽산을 쏘아보며 말했다.

"그럼… 그래서 내 말을 못 들어주겠다는 거야?"

"아니… 그거 말고……."

곽산의 애원하는 눈빛은 령아의 한마디에 그대로 굳어버리고 말았
다.

"남자의 한마디는?"

"주, 중천동……."

"일구이언!"

"삼부지… 자……."

그때 곽산은 처음으로 여자가 무섭다는 생각을 가지게 되었다. 그러
나 령아의 핍박(?)은 여기에서 그치지 않았다. 그녀 또한 사부의 직전
제자와 마찬가지였기 때문에 다른 이들을 볼 수 없어 곽산이 그들의
몫까지 당해야 했다.

한 번은 언제나처럼 먹던 벽곡단에 모래가 들어 있어 멋도 모르고
삼켰다가 며칠을 탈이 나 고생한 적이 있었다. 그때에는 곽산도 화가
나서 령아에게 소리를 질렀었다. 그랬더니 령아가 하는 말이.

"난 사제가 닭처럼 아무거나 먹고도 탈나지 않게 모래주머니를 만들
어주려고 했지."

그러면서 사실은 이걸 먼저 먹였어야 되는데라면서 아쉽다는 듯이
손을 탁 치고는 헝겊으로 엉성하게 바느질해서 만든 조그만 주머니를
내밀어 보였다. 지금이라도 먹으라고. 그걸 본 곽산이 기겁해서 며칠
동안 령아의 곁에 접근조차 하지 못한 것은 당연한 일이었다.

그것뿐이 아니었다. 산에서 열매나 과실을 따서 나눠 먹을 때면 은
근히 곽산의 앞쪽으로 벌레 먹은 것만을 골라놓는 터에 몇 번이나 몸

통이 반으로 잘린 애벌레를 보아야 했다.

검술을 연습할 때 손잡이에 미끄러운 유액(油液)을 칠해놓아 위험했던 적도 있었고, 바지의 끈을 몰래 풀어놓아 낭패를 본 적도 한두 번이 아니었다. 신발에 고슴도치 넣어놓기, 의자에 앉을 때 갑자기 의자 빼기 등등 곽산의 고초는 말로 할 수 없을 정도였다.

그럼에도 사부에게 걸려 혼난 것은 몇 번이 채 되지 않을 정도로 영악해서 나름대로 잔머리를 굴리는 데 일가견이 있는 곽산은 알면서도 당하는 일이 허다했다.

그러던 어느 날이었다. 그 전날에 늦게까지 불장난을 했던 터라 곽산은 잠이 깊게 들었다. 그런데 새벽에 누군가 자기의 방문 앞에서 훌쩍거리며 울고 있는 것이 아닌가! 곽산이 놀라 얼른 문을 열어보니 령아였다.

"사매, 왜 그래? 무슨 일이야?"

"훌쩍, 나 어떻게 해? 훌쩍… 사제, 훌쩍… 사제……."

령아는 그 와중에도 곽산을 계속 사제라고 부르고 있었다. 곽산이 달래면서 계속 무슨 일이냐고 다그치자 령아는 그제야 자신이 이불에 실례했음을 밝혔다. 곽산은 옳다구나 싶어 자신이 죄를 대신 뒤집어쓰는 대신 사형이라고 부르는 것을 면제받을 수 있었다. 물론 그 다음날 사부에게 크게 혼난 것은 당연한 일이다. 하지만 다른 사람에게 알리거나 하지 않은 것으로 보아 사부는 일의 진상을 어느 정도 눈치 채고 있는 듯했다.

나이가 들어가면서 그런 짓궂은 장난은 어느 정도 줄어들었지만 령아는 여전히 곽산에게 어려운 존재였다. 하지만 그런 정이 쌓이면서 둘은 남는 시간에는 산에 올라가 비무를 하거나 폭포 아래서 발을 담그고 물장구를 치며 둘만의 시간이 많아졌다.

그러던 중 곽산이 이십 세, 위지령아가 십오 세가 되던 해의 어느 날이었다.

"사매, 실력이 많이 늘었는걸. 오늘은 봐주지 않고 상대해 주지."

"흥, 나야말로 오늘은 꼭 사형을 이기고 말겠어요."

그날도 여느 날처럼 둘만의 비밀 장소에서 대련하던 중이었다. 그리 크지 않은 폭포가 사방을 시원하게 물들이며 떨어지고 그 아래로는 조그마한 못이 자리 잡고 있는 멋진 경치의 장소였다. 그 옆에는 널찍한 공터가 있어 검술을 연습하는 데는 전혀 무리가 없었다.

"자, 갑니닷! 태청검법(太淸劍法) 제이식(第二式) 만변일화(萬變一花)!"

"좋아, 좋은 수법이다. 난 양의태극검(兩儀太極劍) 이성 공력(二成功力)으로 맞서주맛!"

곽산은 무당의 최고 기대주였으며 령아 역시 단리 진인의 눈에 든 기재였다. 둘의 실력은 처음에는 백중지세였으나 곽산이 무당 최고의 양의태극검을 어느 정도 성취를 이루면서 그 평형은 깨어지기 시작했다. 하지만 령아도 승부에 강한 집착을 보이는 터라 둘의 대결은 언제나 쉽게 끝나지 않았다. 령아의 실력도 무당의 후기지수 중 5위 안에 드는 터였다.

령아의 검이 수십 개의 검영(劍影)을 그려내며 곽산에게 쇄도했다. 너무 많은 검들이 날아오는 듯 어느 것이 허상이고 어느 것이 진짜인지조차 알기가 어려웠다. 곽산은 일순 눈빛을 빛내더니 그 수많은 검영들 중에서 머리와 목, 가슴을 노리고 들어오는 실초를 골라 간단하게 쳐냈다.

까깡―

령아의 신형이 뒤로 물러서더니 다시 자세를 잡고 다음 한 수를 준비했다.

“쳇, 오늘만은 꼭 이기고 말 거야! 내가 얼마나 열심히 수련했는데.”

령아가 자그마한 입술을 꼬옥 깨물더니 고운 아미를 잔뜩 찡그리며 아직 익히지도 못한 절기를 억지로 끌어내며 검을 부딪쳐 왔다.

태청검법(太淸劍法) 제오식 미결(第五式未訣) 화란일섬(花難一閃).

그녀의 태청검법은 아직 오식을 자유로이 사용할 정도의 수준은 아니었다. 령아의 검은 허공에 하얀 궤적을 남기며 눈 한 번 깜짝할 사이에 곽산의 심장으로 파고들었다. 곽산은 펼치던 절기가 아직 거두어지지 않은 상태라 그대로 두면 자신은 물론이고 령아까지 위험하다는 것을 알았다. 곽산이 몸을 뒤틀며 억지로 자신의 검을 회수한 것은 순간적인 찰나였다.

팟―

“악!”

그제야 령아는 자신의 잘못을 깨닫고 검을 회수했으나 이미 늦은 일이었다. 곽산의 오른손 엄지손가락이 덜렁거리며 시뻘건 피를 뿜어내고 있었다. 곽산의 행동이 조금만 늦었어도 그의 엄지손가락은 이미 공중으로 날아가 버렸으리라.

“사, 사형……”

령아는 자신의 검을 땅에 떨어뜨리고는 새하얗게 질린 얼굴로 어쩔 줄 모르고 서 있었다. 곽산은 얼른 혈도를 짚어 지혈한 후 오히려 령아를 위로했다.

“괜찮아, 사매. 검술 대련을 하다 보면 그럴 수도 있는 거지. 다행히도 잘리지는 않았잖아? 검술은 왼손으로 연습하면 되고."

그제야 령아는 정신을 차린 듯 커다란 봉목(鳳目)에서 하염없이 눈물을 흘리고 있었다.

"사형, 엉엉, 미안해요. 이러려고… 이러려고 그런 게… 엉엉……."

사부인 단리 진인은 그의 상처를 보고도 대련 중엔 목숨을 잃기도 한다며 다음부터는 주의하라고 할 뿐이었다. 하나 곽산은 그 다음날 아침에도 두 눈이 벌겋게 충혈된 채로 퉁퉁 부어 있는 령아를 보고 가슴이 은은히 저려오는 것을 느꼈다. 분명 밤새 자신 때문에 운 것이 틀림없었다.

그 이후로 령아는 곽산에게 다시는 대련을 청하지 않았다.

다시 삼 년이 지났다. 그 일이 있은 후로 둘은 대련하는 대신 서로의 수련을 보는 쪽을 택했다. 곽산이 수련을 하면 그녀가 보아주고 그녀가 수련할 때면 곽산이 지도해 주었다. 어느새 곽산은 일반 제자의 수준을 훨씬 넘어 있었기 때문에 령아의 진전도 굉장히 빨랐다.

그날 곽산은 우연히 깨달음을 얻어 자신의 훈련에 박차를 가하고 있었다.

양의태극검(兩儀太極劍) 사성 공력 초입(四成功力初入) 유운신보(流雲神步).

어느덧 일반 제자들은 평생 가야 성취를 이룰 수 있을까 말까 하다는 극난(極難)의 검법 사 단계에 막 들어서고 있었던 것이다.

곽산은 양의태극검의 초식을 사용하며 무당의 독문 보법인 유운신보를 현란하게 펼쳐 보였다. 곽산의 동작은 마치 학의 춤사위인 듯, 구름이 흘러가는 모양을 나타내는 듯 부드러우면서도 어지러운 몸 동작이었다. 곽산이 무아지경에 빠져 시간이 얼마나 흐르는지도 모른 채 수련에 열중하고 있을 때였다. 외마디 비명과 함께 갑자기 령아가 쓰러지는 모습이 보였다.

"악!"

령아의 입에서 한줄기 가느다란 혈선이 흘러내렸다.

"사매! 어찌 된 거야!"

놀란 곽산이 령아를 업고 사부에게 달려가자 사부인 단리 진인은 응급처치한 후 조용히 눈을 감고 곽산에게 작은 소리로 일렀다.

"네 성취가 정말 놀랍구나. 부끄러운 얘기지만 난 양의태극검을 처음 접한 순간부터 그 검법을 포기했었다. 너무 난해하고 어려웠기 때문이지. 익히려고 한 사람은 수도 없이 많았으나 너처럼 빠르게 진전을 보인 사람은 일찌기 없었다."

사부는 말을 끊고 잠시 여유를 둔 후 말을 이었다.

"이 검법의 창시자인 장야학 사조께서도 말년에 이르러서야 십성을 터득했으며 오성의 이후부터는 한 단계마다 그전 단계의 두 배의 위력이 나온다고 하셨다. 사조께서는 양의태극검법 구성을 터득한 채로도 무림에서 경시하는 자가 없었다고 하니 그 위력이 어느 정도인지는 쉽게 예측이 가능할 것이야. 하나 그만큼의 위력을 얻는 대신 너무도 난해한 것이 이 검법의 문제이다. 이 검법과 상응하는 태극심법(太極心法)을 익히지 않고 이 검법을 익힌다면 틀림없이 주화입마하게 된다."

곽산은 반쯤은 그 말을 흘려들으며 사부에게 소리쳤다.

"사부님, 사매는… 사매는 어떻게 되는 것입니까?"

사부는 조용히 눈을 뜨고 잠시 그를 바라보더니 탄식하는 소리로 말했다.

"령아는… 주화입마했다. 아마 너의 수련을 지켜보다가 자기도 모르게 그것을 머리 속으로 따라한 듯싶다. 앞으로는… 그 검법을 수련할 때에는 남에게 보이지 말거라.”

“거짓말! 거짓말이죠, 사부님?”

사부는 안타까운 듯 곽산을 한번 쳐다보더니 령아의 얼굴을 침중한 표정으로 바라보았다.

“산아, 검을 든 무인이라면 누구라도 주화입마할 가능성이 있다. 이것은 비단 네 책임이 아니다. 급히 손을 썼으니 큰 탈은 없겠지만 아마도… 상승의 공부는 어려울 것이다.”

곽산은 그 말을 듣자마자 멍한 얼굴로 자리에 주저앉아 버렸다. 한 사람의 무인으로서 어느 정도 이상의 진척을 볼 수 없다는 것은 절망적인 일이 아닐 수 없었다. 곽산은 심한 죄책감에 령아가 눈을 뜰 때까지 삼 일을 식음을 전폐하며 그녀의 곁을 지켜주었다. 단리 진인은 허허로운 웃음을 지으며 그를 바라보기만 할 뿐이었다.

령아는 삼 일 만에 겨우 눈을 뜬 후 아무것도 먹지 않고 잠도 자지 않아 초췌한 곽산의 얼굴을 보고 한 가닥 눈물을 흘리며 말했다.

“미안해요, 오라버니.”

그 이후로 령아는 곽산이 검술 연습을 하는 것을 물끄러미 바라만 보고 있을 뿐이었다. 그녀는 뭐가 그리 좋은지 하루 종일 그것을 지켜보면서도 웃음을 짓고 있었다. 그것이 곽산에게는 차마 씻을 수 없는 죄를 짓는 것 같아 가슴이 아팠지만 더 이상 무공을 익히지 못하는 이상 집으로 돌아갈 수밖에 없는 령아와 이별을 하는 것이 더 아쉬웠다.

밤의 기운을 모아 아침 이슬을 준비하는 싱그러운 풀잎들이 활동을 시작하지 않은 깊은 밤이었다. 곽산은 그날도 죄책감과 그녀를 더 이상 볼 수 없다는 아쉬움으로 잠을 이루지 못하고 있었다. 해서 산책이

나 할까 하고 나선 것이 어느덧 둘만의 비밀 장소였던 예의 그 폭포 아래로 오게 되었다. 그가 한숨을 쉬며 커다란 바위 위에 앉아 있는데 그의 곁으로 향긋한 내음이 풍겨왔다. 그는 알고 있었다, 그 향기의 주인을…….

"사형, 아니, 이제는 오라버니라고 부를게요. 괜찮죠?"

나지막한 소리로 그녀가 곽산에게 말했다. 곽산은 아무 말도 할 수 없었다. 한마디라도 하면 그의 눈에서 눈물이 흐를 것 같았기 때문이다.

"너무 걱정하지 말아요. 나 보고 싶어서 그러는 거 내가 다 알거든."

그녀는 목이 메어오는지 잠시 쉬었다 말을 이었다.

"그러니까… 그러니까 오라버니가 가끔 나 보러 와. 알았지? 안 보러 오면… 예전처럼 괴롭힐 거야."

그녀의 눈에서 조용히 눈물이 흘러내렸다. 곽산은 고개도 돌리지 않고 물었다.

"언제… 언제 떠나?"

"아마… 내일 안으로 연락이 올 거예요. 아주 떠나는 것도 아닌데… 너무 슬퍼하지 마……."

령아가 그의 어깨로 조용히 머리를 기댔다. 처음으로 곽산이 고개를 돌려 령아를 쳐다보았다. 아름다웠다. 언제 그 꼬맹이가 이렇게 커버렸는가? 이렇게 아름다운 여인으로 변했는가?

조금만 빨리 알았다면… 아니, 이미 알고 있었는지도 모르겠다. 그녀의 미모는 이미 대륙에서 모르는 사람이 없을 정도니 말이다. 중원 오미 중에서도 절대화용(絶代花容)이라 불리는 그녀는 몇 번 나서지 않은 강호출행(江湖出行)에서 그 이름이 알려지게 되어 곽산은 뭇 사람들의 질투와 시선을 한 몸에 받기도 했었다.

물론 그때마다 곽산은 아니라고 부정하며 그녀에게 어렸을 적 당했던 이야기들을 들려주곤 했었다. 그녀의 얼굴이 빨개지는 것도 모른 채. 하지만 그녀의 미모가 그렇게 뛰어나지 않았더라도 곽산은 지금의 감정을 똑같이 느꼈을 것이다. 다른 사람들은 그녀의 미모를 보지만 그는 그녀와의 추억을 보고 있었으므로.

그들은 그렇게 시간이 멎어버리기를 바라며 아주 조금 서로의 체온과 심장의 고동 소리를 느끼고 있었다. 그들에게는 참으로 짧은 순간일 정도로 밤은… 그리 길지 않았다.

다음날 오후에도 곽산은 예의 그 폭포 앞에서 한바탕 검무를 추고 있었다. 언제나처럼 령아도 그의 곁에서 그를 지켜보고 있었다.

그들의 앞에 불청객이 나타난 것은 한낮의 타오르던 폭염이 가라앉을 신시(申時:오후 3시에서 5시 사이) 무렵이었다. 불청객은 간편한 백색 무복에 머리를 흰 끈으로 질끈 동여매고 손에는 한 자루 부채를 들고 있었다. 곽산이 인기척을 눈치 채고 물었다.

"뉘신데 이곳까지 오셨습니까?"

깔끔하고 단아한 복장을 입은 불청객은 정중한 태도로 포권하며 대답했다. 그의 외모는 고요하고 침착한 인상을 주었으며 깨끗하고 맑은 눈과 우뚝 솟은 코, 한줄기 청량함이 느껴지는 목소리까지 어디 하나 빠지는 것이 없는 절세의 미남자였다.

"소생은 서문제상(西門提尙)이라고 합니다."

서문제상! 그는 당금 정파무림의 일인자인 벽력신검(霹靂神劍) 서문환(西門桓)의 외동아들이며 그의 무위도 약관 십구 세의 나이에 십대고수에 들 만큼 출중하다고 했다. 뭐라고 해도 우선은 현 무림에서 최고로 알아주는 세력인 천하제일가(天下第一家)의 소장주(小莊主)인 것이다. 그가 이곳까지 어인 일로 왔단 말인가?

"무당의 곽산입니다. 이 험한 곳까지 어인 일이신지요?"

곽산도 마주 보며 포권했다. 곽산은 어렴풋이 오르는 불길함을 느낄 수 있었다.

"아, 곽산 대협이셨구려. 그동안 제 아내 될 사람을 잘 보살펴 주셔서 감사합니다. 인사도 드릴 겸 해서 하루 먼저 들렀습니다."

"아!"

곽산은 놀라 령아를 쳐다보았다. 그의 눈은 이것이 사실이냐고 묻고 있었다.

령아가 그의 시선을 피하며 고개를 떨구고 대답했다.

"네, 그것은… 부친들끼리 이미… 약조된 사실이에요."

곽산은 믿을 수가 없었다. 그녀가 다른 사람의 아내가 된다는 것은 생각도 해보지 못한 일이었다. 그는 절규했다.

"이럴 수는, 이럴 수는 없어! 가만두지 않겠어. 모두 다, 다 죽여 버릴 테다!"

곽산은 혈기가 왕성한 이십 대였다. 게다가 그는 이미 이성을 상실했다. 곽산이 순식간에 령아의 앞으로 달려가 옷 앞섶을 두 손으로 질끈 감아쥐더니 죽일 듯이 내뱉었다.

"왜! 왜 내게 아무 말도 하지 않았던 거야? 왜! 왜 날 이렇게 비참하게 만든 거냐고? 왜?"

령아는 아무 말도 하지 못하고 그저 눈물만 흘릴 뿐이었다. 그때 그를 가로막은 것은 서문제상이었다.

"침착하시오, 곽 형. 이런다고 일이 해결되는 것은 아니오."

곽산의 눈에서 불꽃이 튀었다.

"네놈이, 네놈이 뭘 안단 말이냐? 네놈을 죽이고 싶은 내 맘도 안단 말이냐? 나보다 더 그녀를 잘 안단 말이냐?"

곽산의 말은 어느새 비명에 가까울 정도였다. 서문제상의 눈에는 침중함이 흘렀다. 그것은 곽산을 멸시하는 것도, 가엾이 여기는 것도 아니었다. 그의 눈에서는 기이한 슬픔이 흐르고 있었지만 곽산은 이미 이성을 잃은 지 오래라 그것을 알 수 없었다.

잠시의 시간이 지나고 서문제상이 굳은 안색으로 말을 꺼냈다.

"최소한 당신보다는 그녀를 더 잘 지켜줄 수 있소."

곽산은 분노를 가득 담은 얼굴로 서문제상을 쏘아보았다. 그 살기가 가득 어린 시선에도 서문제상은 그의 눈을 피하지 않으며 말을 이었다.

"무인은 무(武)로 말하는 법, 나를 이 자리에서 쓰러뜨린다면 내 명예를 걸고 이 혼사를 막으리다."

곽산은 그 말이 끝나기가 무섭게 자신의 검을 꺼내 들었다.

"오냐, 그 잘난 천하제일가의 실력을 한번 보자. 네놈이 여기서 죽어나간대도 내게 원망 말거라!"

평소에 그 여리고 착하던 곽산은 거기에 없었다. 살기를 지닌 야차에 불과할 뿐이었다. 서문제상은 그의 섭선을 조용히 앞으로 꺼내 들었다. 좋은 나무로 만들었는지 은은한 향이 코를 간지럽혔다.

그러나 곽산의 눈과 귀를 비롯한 모든 오감은 그를 향해 있었다. 오직 그를 죽이고 령아를 지키겠다는 일념으로.

먼저 선공한 것은 곽산이었다. 그는 자신의 최고의 내력을 끌어내어 검에 살기를 가득 담았다.

"후회하지 말거라!"

양의태극검(兩儀太極劍) 사성 극한공력(四成極限功力) 일검개천(一劍開天).

부드러움은 온데간데없고 하늘을 뒤덮을 만한 가공할 검세가 서문제상을 향해 폭사되었다. 분노는 그의 본래 공력을 한층 상회하는 공격력을 만들어냈다. 단 하나의 검이 날아들고 있는데도 곁에서 보는 이들로 하여금 오금을 저리게 할 정도였다. 그야말로 일검으로 하늘을 여는 일검개천! 그러나 서문제상은 그 가공할 검세를 피하지도, 물러서지도 않았다. 그저 앞으로 달려와 맞설 뿐이었다.

벽력신검(霹靂神劍) 제오강(第五强) 벽력일선(霹靂一扇).

서문제상은 들고 있던 부채를 정면으로 부딪쳐 갔다. 부채에는 그의 강맹한 내력이 주입되어 검과 부딪쳤는데도 아무 상처가 없었다. 오히려 깡 하는 쇠가 부딪치는 소리가 나며 곽산의 검이 튕겨 나갔다. 곽산은 포기하지 않고 재차 절기를 펼쳤다.

양의태극검(兩儀太極劍) 사성 극한공력(四成極限功力) 비산검(飛散劍).

곽산의 검이 파르르 떨며 전면으로 하얗게 쏘아져 갔다. 순간 곽산의 검이 수십 개로 불어나는 듯하며 서문제상을 덮쳤다. 그의 전면을 하얗게 뒤덮은 검 빛이 마치 새장 속의 새를 연상케 했다.

양의태극검(兩儀太極劍) 사성 극한공력(四成極限功力) 유능제강(柔能制剛).

그리곤 그 뒤를 이어 검의 틈 사이로 하나의 뱀 같은 꾸불꾸불한 검초가 그의 미간을 정확하게 노렸다. 이번엔 서문제상도 경시할 수 없었던지 한층 내력을 폭발시키며 앞으로 그의 섭선을 뻗었다. 부채는 은은한 푸른 빛이 맴돌아 그의 내력이 범상치 않음을 알 수 있었다.

서문제상은 연속으로 두 초식을 거푸 펼쳤다.

벽력신검(霹靂神劍) 제육강(第六强) 벽력삼선(霹靂三扇).

벽력신검(霹靂神劍) 제육강(第六强) 벽력만개(霹靂滿開).

그의 손에 든 섭선은 삽시간에 세 개로 불어나며 곽산의 수많은 검들을 한꺼번에 쳐내더니 다시 수백 개의 그림자가 되어 마지막 곽산의 일초를 파훼(破毁)했다. 삽시간에 그들 주위는 쇠끼리 부딪치는 듯이 작은 불똥들이 비산(飛散)하고 자욱한 연기가 앞을 가렸다. 곽산은 포기하지 않고 젖 먹던 힘까지 끌어내어 서문제상과 맞섰다.

그들이 겨루기를 백 여 초가 지났다. 사방은 땅이고 암석이고 할 것 없이 푹푹 파이거나 깨졌으며 곽산의 옷은 여기저기 찢어져 큰 낭패를 당하고 있었다. 그는 더 이상 자신의 실력으로는 서문제상을 이길 수 없음을 알았다. 그는 여전히 어느 한곳도 찢어지거나 베인 데가 없었던 것이다. 내력을 심하게 소비해 숨을 할딱거리는 자신에 비하면 그는 처음 그 자리에 있었던 듯 그 자세로 서 있었다.

"제기랄!"

곽산이 한마디 욕지거리를 내뱉고는 최후의 절초를 준비했다. 서문제상은 그의 표정에서 심상치 않은 느낌을 받았다. 아니나 다를까.

양의태극검(兩儀太極劍) 사성 극한공력(四成極限功力) 잠력격발(潛力擊發).

"아악! 오라버니!"

령아는 얼굴을 감싸 쥐며 비명을 질렀다. 곽산은 그의 몸에 있는 모든 잠력까지 끌어내어 서문제상을 공격하려 하는 것이다. 이 잠력을 끌어내어 싸우게 되면 사람에 따라 다르나 두 배에서 열 배까지 힘을 더 낼 수 있다고 한다. 그러나 그 과정이 워낙에 고통스러운 데다가 한

번 사용하고 나면 평생 움직일 수도 없는 불구가 될 수도 있어 차라리
죽을지언정 사용하지 않는 금기시된 방법이기도 했다.

서문제상은 크게 소리치며 번개처럼 신형을 쏘아갔다. 그가 잠력을
모두 끌어내게 되어도 자신과는 상대할 수 없을 정도의 차이가 있음을
아는 그였기에 무인을 포기하는 그의 어리석음이 너무나 안타까웠다.

"어리석은!"

벽력신검(霹靂神劍) 제육강(第六强) 벽력일성(霹靂一聲).

동시에 하늘을 찢는 벼락 소리와 함께 그의 손에서 빛보다도 빠르게
섭선이 날아가 곽산의 검으로 부딪쳐 갔다.

챙!

"큭!"

곽산이 그의 잠력을 모두 끌어내기 바로 직전 선우제상이 그의 검을
쳐낸 것이다. 곽산은 손아귀가 찢어져 피가 철철 흐르고 있었다. 그는
그것을 자각하지 못한 채 땅바닥에 멍한 얼굴로 주저앉았다. 서문제상
이 손을 한번 휘두르자 그의 손으로 섭선이 다시 날아들었다. 령아는
놀란 가슴을 진정시키더니 조용히 곽산에게 다가가 그의 다친 손을 자
신의 옷을 찢어 감싸주었다.

선우제상이 그런 령아를 조용히 보고 있다가 처치가 끝나자 나직한
음성으로 말했다.

"가시지요, 소저. 오늘 준비하고 내일 떠날 것입니다."

그의 입에서는 한줄기 선혈이 흐르고 있었다. 좀 전에 급히 내력을
끌어올리느라 내상을 입었기 때문이다. 그런 그의 호의에도 불구하고
여전히 곽산은 그 자리에 주저앉아 일어나지 못했다.

밤이 되었다.

하늘의 별과 달들이 모두 처량하게 보였다. 이제야 좋아한다고 말할 수 있었는데, 조금만 기다려 달라고 말할 수 있었는데, 이제야 그렇게 말할 수 있는 자신이 생겼는데 언제부턴가 이미 그녀는 자신과 돌이킬 수 없는 길을 가는 것을 알고 있었던 것이다.

곽산의 힘으로는 어쩔 수 없었다. 그녀의 아버지를 탓할 수도 없었다. 당금 최고의 세력인 서문세가에서 제의한 혼담은 누구라도 어쩔 수 없는 일이었을 것이다.

'최고의 미남과 최고의 힘을 가진 가문에는 최고의 미녀가 어울리는 법이지. 후후.'

곽산은 자조 섞인 웃음을 지었다. 그의 눈앞으로 그녀와 보낸 많은 시간들이 지나갔다. 곽산은 두 눈을 감고 가만히 널찍한 바위 위로 몸을 눕혔다. 짙푸른 검은 하늘에 반짝이는 것들이 전부 자신을 바라보던 위지령아의 눈망울로 보였다.

그런 그의 명상을 방해하는 인물이 있었다. 그 인물은 허리춤에 몇 개의 호리병을 달고는 손에도 두어 개의 호리병을 쥐고 있었다. 아마 술인 듯하다.

그는 가타부타 말도 없이 한 개의 호리병을 곽산에게 내밀었다. 곽산이 받지 않자 그는 곽산의 옆에 그 호리병을 그대로 두고, 다른 하나의 마개를 열어 꿀꺽꿀꺽 단번에 마셔 버리고는 곽산의 곁에 털썩 주저앉았다. 달빛에 드러나는 깨끗한 용모. 서문제상이었다.

"난 사랑하던 여인이 있었소."

곽산은 조용히 두 눈을 감고 그의 말을 경청했다.

"그녀는 남들이 보기에 결코 아름다운 여인도 아니었고 뛰어난 무공을 소유하고 있지도 않았소. 내가 그녀를 처음 본 것은 이 년 전 동악산의 어느 깊은 산중이었소. 일행은 모두 산적에게 죽어 있었고 마차는 부서진 채 그녀는 겁탈당한 듯 충격으로 정신을 차리지 못했었지."

곽산의 검미가 꿈틀했다. 자신보다 네 살이나 어린 그의 말인데도 마치 손위의 형이 얘기하는 듯 포근함과 애절한 어조가 서려 있었다. 서문제상은 호리병 안에 남아 있는 술을 모두 마셔 버리고는 다시 다른 호리병의 마개를 열었다. 그리곤 다시 곽산에게 아까의 호리병을 건넸다. 곽산은 잠시 멈칫하더니 그 호리병을 받아 마개를 따고 누운 채 입으로 가져갔다.

"다행히도 늦지 않게… 아니, 어쩌면 너무 늦었던 것일지도 모르나 그녀를 죽이려는 산적들을 모두 단칼에 처리할 수 있었소. 나는 크게 살심(殺心)이 일어 그들의 산채로 쳐들어가 모두 죽여 버리려고 했었소. 그런데… 우습게도 그들은, 하하하!"

서문제상은 격정을 이기지 못했는지 몸을 한차례 떨더니 술을 한 모금 마시며 이야기를 계속했다.

"정파의 인물들이었소."

곽산도 그 말에는 놀랄 수밖에 없었다. 그러나 겉으로는 내색 않고 그의 말을 기다렸다.

"난 이미 살심에 사로잡혀 작은 방파에 속하는 그들을 몰살시키려 하였소. 그런데 뜻밖에도 그녀가 나에게 이런 말을 하더군. 자기를 죽여달라고, 그리고 그들을 용서하라고. 이미 이 자리에 있는 사람들만으로도 충분하다고 말이오. 그것도 결연한 눈빛으로 말이오. 하하하! 곽 형은 어찌 된 일인지 아시겠소? 그녀는… 사파의 인물이었던 것이오."

곽산으로서는 뜻밖의 얘기였다. 정파와 사파의 대립. 당연히 사파라면 모두 악인(惡人)이라 생각했으며 모두 죽여야 할 인물들이라고 생각했을 뿐이다. 무공에만 전념해 온 그로서는 그런 일들이 모두 먼 나라의 이야기처럼 들려왔다. 곽산은 자신도 모르게 그의 이야기에 빠져들고 있었다.

"난 자신을 죽여달라는 그녀의 청을 무시하고 어느 동굴에서 그녀를 치료하며 며칠을 그녀와 보냈다오. 그녀의 몸은 만신창이가 되어 한쪽 다리는 절룩거리며 평생을 살아야 할 정도로 크게 상처를 입었고 몸에도 자잘한 상처를 입었다오. 사실 그때 그녀를 데리고 가까운 마을에 있는 의원에게 간다거나 하는 일은 어렵지 않았다오. 하지만, 하지만 왠지 난 그러고 싶지가 않았소. 그녀는 사파의 인물, 헤어지면 언제 만날 수 있을지 몰랐던 것이오."

서문제상은 다시 한 모금의 술을 입에 머금었다. 곽산도 모르는 새에 한 병의 술을 다 비웠다.

"한 병 더 드시겠소?"

그의 병이 빈 것을 알아챈 서문제상이 아예 병들을 모두 끌러 바닥으로 내려놓았다. 곽산은 가타부타 말 없이 하나의 병을 집어 들었다. 서문제상은 그 모습을 보며 다시 한 모금의 술을 마시며 이야기를 이어갔다.

"내가 그녀에게 왜 끌렸는지는 지금도 알 수 없는 일이라오. 몸도 마음도 더럽혀진 데다가 어디 하나 잘난 데가 없는 여인이란 말이오. 아마도… 난 그녀를 처음 보았을 때의 눈빛과 그 결연한 행동에 반했었는지도 모르오. 그리고 그 후로도 그녀는 몇 번이나 자기를 죽여달라고 했다오. 나의 정체를 알게 된 후에도 몇 번이나 자신을 죽여달라고 했는지 모른다오. 자기는 더 이상 살 이유가 없다면서……. 난 크게 호기가 치솟아 그녀를 내가 평생토록 보호하겠노라고 그 자리에서 맹세했소. 그때는 그녀와 이미 이 주일 이상을 함께 생활하던 때였소. 참으로 행복했지. 하나 그 행복은 오래가지 않았소. 그녀의 상처가 도져서 난 그녀를 업고 할 수 없이 그녀의 방파로 갈 수밖에 없었소.”

곽산은 다시 눈을 감았다. 왠지 그의 마음이 자신에게로 전해져 오는 듯했다. 행복에 겨웠던 순간을 생각하며 꿈에서 노니는 듯한 어조의 목소리. 그리고 그것은 자신과 령아의 추억으로 이어졌다.

“난 그녀를 지나는 길에 구한 과객으로 변장하고 그곳에서 그녀와 두 달을 함께 지냈다오. 짧은 시간이었지만 누구도 우리를 방해하지 않았소. 그의 부모는 날 딸의 생명의 은인으로 깍듯이 모셨고 그 어디에서도 그들이 사파의 사악한 마도들이란 것은 보이지 않았소. 난 크게 혼란스러웠지만 그녀와의 단꿈에 젖어 그런 일들을 잊어갔소. 그녀는 내게는 정말 아름다운 여인이었지. 솔직히 말하면 지금의 위지 소저보다도 더 말이오.”

위지령아의 이름이 나오자 곽산의 눈썹이 미미하게 떨렸다. 두 사람은 한참 동안 말없이 멈춰 있다가 고요한 정적(靜寂)을 안주 삼아 술을 마셨다.

“그녀의 몸이 안 좋았기 때문에 내가 간호를 하며 밤을 새는 일이 허다했고 그녀는 눈을 뜨면 항상 나를 찾고는 그냥 환하게 웃어주었소. 내겐… 천금 같은 미소였지. 몇 달이 지나서 나는 결심했소.”

서문제상의 주먹에 불끈 힘이 들어갔다.

“집에서 결혼을 허락받기로 말이오! 내 비록 후레자식이 되고 불효자식이 될지라도, 모든 것을 버리고서라도 그녀와 함께하기로 그녀 앞에서 다시 맹세했다오. 당연히 그녀는 날 말렸지만 난 이미 모든 것을 결심한 후였소. 그날로 집으로 돌아간 나는 부모님 앞에서 그녀와의 결혼을 성사시켜 달라고 애원했소. 머리를 땅에 부딪쳐 피가 흐르고 부숴질 때까지 애원하고 간청했소. 하하하!"

서문제상의 조용하던 음성은 어느새 고함으로 바뀌어 있었다. 그리고 미치광이처럼 마구 광소를 터뜨렸다. 곽산은 그저 눈을 감고 그의 이야기를 듣고 있을 뿐이었다.

"그런데, 그런데 내가 혼절한 사이 무슨 일이 벌어진 줄 아시오? 하하하!"

서문제상은 더 이상 격정을 참지 못하고 큰 소리로 울부짖었다. 그 바람에 잔잔하던 못의 수면이 크게 일렁이고 그의 손에 들려 있던 호리병이 그의 힘을 견디지 못하고 파삭 하고 부서져 나갔다. 곽산도 그 웃음소리에 내력을 끌어올려 방어해야만 했다. 그는 벌떡 일어나 자세를 바로잡고 그를 마주 보았다.

서문제상의 고운 피부가 이마에 이르러서는 십 자 모양의 작은 흉터를 남기고 있었다. 그것이 그때 그가 입은 흉터인가? 그리고 눈을 천천히 내려 그의 얼굴을 본 순간 곽산은 그만 깜짝 놀라고 말았다. 서문제상의 두 눈에서 붉은 눈물이 흘러내리고 있었던 것이다.

그의 착각일까. 아니, 서문제상은 진실로 피눈물을 흘리고 있었던 것이다. 감정을 이기지 못한 그의 두 눈의 핏발이 터져 피눈물이 된 것이다. 서문제상은 감정을 억지로 죽여가며 한 자 한 자 또박또박 말했다.

"그녀가 있던 방파는 쥐새끼 하나 살아남지 못했소. 물론 천하에서 가장 강하시자 의협으로 알려진 우리 아버님의 작품이시지. 으하하하! 무공이라곤 쥐뿔도 모르던 그녀는 천 갈래로 갈라져 시체를 수습하기

도 어렵더이다. 난 그녀에게 평생 지켜주겠다고 한 맹세를 한번 지켜
보려 해보지도 못하고 지키지 못하게 되었소. 그리고 아무 죄도 없는
그녀의 식솔들과 모든 사람이 한줄기 핏덩어리로 변해 버린 것이오.
으하하하! 사파의 사람들은 모두 버러지보다 못한 목숨이란 말인가! 으
하하하!"

　서문제상이 갑자기 두 눈을 돌려 곽산을 똑바로 응시했다. 그의 눈
과 얼굴은 온통 핏물로 범벅되어 있어 공포스러운 모습이었다. 그러나
곽산은 주저하지 않고 그의 두 눈을 똑바로 응시했다.

　"곽 형, 오 년을 기다리겠소. 오 년 후에도 그대가 날 찾아오지 않는
다면 난 위지 소저를 아내로 맞이할 것이오. 날 찾아와 당당히 데려가
시오. 그때까지 그녀에게 손가락 하나 까딱하지 않겠소이다. 와서 위
선으로 가득 찬 내 아버지와 빌어먹을 정파의 위선을 한꺼번에 벗겨주
시오. 내 그때는 곽 형에게 목숨으로 빚을 갚겠소!"

　말을 마친 서문제상은 갑자기 그의 약지를 깨물어 피를 낸 후 공중
에 흩뿌렸다. 그리곤 한이 담긴 커다란 소리로 온 산을 쩌렁쩌렁하게
울렸다.

　"나 서문제상은 이 년 전의 그날을 절대 잊지 않으리라! 또한 오늘의
약속을 지키지 못한다면 내 스스로 목숨을 끊어 나의 불찰을 엄중히
다스리겠노라! 으하하하!"

　말을 마친 서문제상은 미친 듯이 뒤도 돌아보지 않고 산을 내려갔
다. 그의 뒷모습은 유난히도 쓸쓸했다. 곽산은 자신의 가슴이 아파오
는 것을 느끼며 뺨에서 한줄기 이유없는 눈물이 흐르는 것을 닦을 생
각도 하지 못했다.

　다음날 위지령아는 서문제상과 그가 데려온 사람들과 함께 무당산

을 떠났다. 곽산은 그녀를 배웅하지 않았다. 오직 수련, 수련에만 열중할 뿐이었다. 그런 곽산을 지켜보던 사부인 단리 진인의 붉어진 눈에 눈물 한 방울이 고인 것은 착각일까. 오랫동안 그 둘을 지켜본 그였다. 그런 그가 할 수 있는 일은 아무것도 없었다.

"불쌍한 것들……."

그의 입에서 조그마한 소리가 읊조리듯 흩어져 나왔다.

어느새 이 년의 세월이 흘렀다. 곽산은 그동안 절대 넘을 수 없다던 마(魔)의 오성을 넘어 양의태극검을 육성의 초입까지 성취했다. 그러나 그 후로는 아무런 진전이 없었다. 이미 일 년 전에 오성의 극한까지 성취가 있었으나 일 년 동안 조금의 진전도 없는 것이 그의 마음을 더욱 답답하게 했다. 어느 날 그는 사부를 찾아가 자신이 느낀 한계를 토로했다. 그의 사부는 언제나처럼 인자한 웃음으로 그를 맞아주었다.

"산아!"

"예, 사부님."

"진정한 검이란 무엇이냐?"

"……."

"네가 가고자 하는 검의 길은 또 무엇이더냐?"

"제자 불민하여 사부님께 누를 끼치나이다."

곽산이 그의 사부 앞에 무릎을 꿇고 엎드렸다.

"검은… 너 자신이다."

"네?"

"버리거라. 버리고 다시 쌓거라."

"사부님, 제자 전혀 알 수가 없습니다. 벌써 일 년, 일 년이 지났는데 더 이상의 진전이 없습니다. 사부님, 제발 알려주십시오. 사부님은 양의태극검을 육성까지 익히셨다고 하지 않으셨습니까? 저는 겨우 오성에 머물고 있을 뿐입니다.”

“그런 마음도 버리거라. 그리고 네 자신을 다시 찾아보거라. 더 이상 이 작은 무당에서 쪼그려 있지 말고 더 넓은 세상으로 나가보거라.”

그 말을 끝으로 단리 진인은 곽산에게서 등을 돌렸다. 단리 진인 같은 고수의 귀에 그날의 서문제상의 큰 목소리가 들리지 않았을 리 없다. 그는 이미 모든 것을 알고 있었다. 그는 자신이 곽산에게 해줄 수 있는 것이 별로 없다는 것에 한탄하고는 그를 강호로 내보내기로 작정한 것이다.

곽산은 사부의 등 뒤로 크게 절하고는 무당산을 나섰다. 무당산을 나오면서 검도 처분해서 여비로 쓰기로 했다.

그 후 일 년 동안 곽산은 해보지 않은 것이 없었다. 빈민촌에서 살기도 하고 사람이 못 먹을 것도 한 번씩 먹어보며 죽음의 고비를 넘기기도 했다. 거지처럼 뒹굴며 지내는 등 자연스럽게 몸이 가는 대로 내버려 두기로 한 것이다.

무공은 뒷전으로 두고 아침저녁으로 진기의 운행만 제외하고는 일체 무공에 관한 수련도 하지 않았다. 사부님의 말씀을 우선 알아보기로 하였다. 양의태극검은 한 단계마다 두 배의 힘을 내니 그만큼의 고생이 필요한 것은 당연하다고 스스로 자위하며 세상에 휩쓸려 갔다.

이것은 어떻게 보면 도가의 사상에 가까운 무위자연(無爲自然)의 형태와 비슷한 것으로 태극심법과 양의태극검의 요체와도 긴밀한 관계가 있는 것이다. 덕분에 알지 못하는 사이 곽산은 자유스러운 생각을 바탕으로 한 양의태극검을 칠성까지 성취하게 되었고 그때 마침 일천과 진류영을 만나게 된 것이다.

　무공이라는 것이 때로는 그것을 수련하는 사람의 성정(性情)을 바꾸기도 한다. 사악한 무공을 익혔다고 한다면 그의 성격이 사악하게 변하기도 하는 것이다. 곽산은 원래 강직하고 우직한 성격에 더 가까웠으나 일 년을 흐르는 대로 살다 보니 그것과 부드러운 양의태극검의 검결에 영향을 받아 유들유들한 성격으로 바뀌었다.

　그럼에도 불구하고 가끔 우직함이 남아 있는 그의 모습은 양의태극검을 극성까지 익히지 못했다는 증거이기도 하며 과거에 있던 위지령아와의 일을 완전히 벗어던지지 못해 그 이상의 성취를 이룰 수 없는 까닭이기도 했다. 그리고 그러한 성격은 서문제상의 말을 들은 후부터 더러운 무리를 혐오하는 수준에까지 이르게 되어 남의 시시비비(是是非非)에 끼어드는 일이 다반사였다. 하나 정확히 시비를 가려 정, 사파를 구분하지 않고 협의를 행하는 그의 행동에 강호에서는 그를 호협검이라 부르게 된 것이다.

제6장
하북(河北)에서 생긴 일

하북(河北)에서 생긴 일

곽산은 창백한 안색으로 비틀거리며 걷고 있는 두 소년에게 약을 내밀었다. 진류영과 일천은 약조차도 못 먹겠다는 듯 인상을 찡그리고 고개를 저었지만 곽산의 협박 아닌 협박에 결국 쓴 약을 먹어야 했다.

"쯧, 이거 멀쩡한 사람이 나밖에 없으니 내가 대형이 되었구만."

크으 하고 쓴 입맛을 다시던 일천은 핼쑥한 얼굴로 곽산을 쳐다보았다. 그 눈은 의아함을 잔뜩 지닌 채 무슨 소리냐고 묻고 있었다. 곽산이 친절하게 설명해 주었다.

"어제 말야, 하나도 기억이 안 나?"

이번엔 진류영까지 고개를 살짝 흔들고는 인상을 찌푸렸다.

"어제 내 얘기를 듣고는 다시 술을 마시기 시작했잖아. 거기까진 기억나나?"

일천이 조그맣게 기어들어 가는 소리로 '응' 이라고 대답했다. 고개를 흔들면 머리가 어지러웠기 때문이다. 일천의 품에서 천양묘가 고개를 뾰로롱 내밀며 고개를 갸우뚱거렸다. 일천은 천양묘의 머리를 쓰다듬으며 걸음을 계속했다.

"거기서 우리가 내기를 걸었잖아. 가장 최후까지 남은 사람이 대형이 되기로 말야."

일천은 두 눈 가득 의심의 꼬리를 담고 있었지만 뭐라 반박할 말이 없었다. 사실 기억이 나질 않으니 어쩔 수 있겠는가. 그에 비해 진류영은 아무래도 상관없다는 듯 아무 표정 없이 창백한 안색으로 묵묵히 걷고 있었다. 어제 일을 생각해 보려 애쓰는 것 같기도 했다.

"그럼 둘째는 누가 하기로 한 건데?"

일천이 의심을 꿀떡꿀떡 삼키며 억지로 물었다.

"진 아우."

곽산은 짤막하게 대답했다. 일천은 둘째 자리는 못 놓치겠다며 곽산에게 어서 그 상황을 자세히 얘기하라고 협박했다. 도에 묶은 헝겊을 끄를 준비를 하며.

사실은 이랬다.

어제 곽산의 이야기가 끝날 무렵까지만 해도 일천과 진류영은 한 가닥 정신은 가지고 있었다. 혀 꼬부라진 소리로 곽산의 이야기에 울분을 토하다가 눈물을 흘리기도 하는 등 이야기에 흠뻑 빠져 있었다. 그런데 곽산의 이야기가 자신이 후에 거지들과 생활하면서 온갖 더러운 일들을 겪던 이야기로 넘어가자 둘은 역겨움을 참지 못하고 구석에서 먹은 것을 토하고는 바로 혼절한 것이다. 진류영은 원래 술을 좋아하지 않아 황궁에서조차 마신 적이 거의 없었고 일천도 역시 처음 그토록 많이 마셨던 것이다. 원래 무공의 고수라면 자신의 마음대로 취기를 조절할 수 있기도 했지만 그것을 깨달을 틈도 없이 너무 취해 버려 조절할 시기를 이미 놓쳐 버린 것이다. 곽산은 워낙에 주량이 강하였으므로 조금 정신이 알딸딸한 상태였었다. 원래 술판은 마지막까지 남은 사람이 정리하는 법. 곽산은 그 둘을 들쳐 메고 각자의 방으로 데려다 놓았던 것이다. 하나 사실 곽산의 이야기처럼 그들이 뭔가 내기를 했다거나 하는 일은 없었다.

그것을 곽산은 있는 대로 부풀려서 이야기했고 결국 일천과 진류영은 그 말에 수긍하는 수밖에 없었다. 사실 곽산의 나이는 그 둘과는 거의 십 년 차이가 났으므로 당연한 것이기도 했건만 일천은 자기가 술에 취해 그런 말을 했다는 것에 믿어지지 않는지 못내 씩씩거렸다. 그러나 어쩔 수 있는가, 자신이 기억도 하지 못하는 것을……

"청명을 맞아 부슬비가 내려[淸明時節雨紛紛], 길손의 마음을 흔들어 놓는데 주막이 어디메뇨 묻노니[路上行人欲斷魂借問酒家何處有], 목동은 멀리 행화촌을 가리킨다[牧童遙指杏花村]."

진류영이 조그마한 소리로 시 한 수를 읊었다.

"당나라 때 두목(杜牧) 선생께서 이렇게 분주를 좋아하셨길래 저도 내심 기대했었습니다만 백문이 불여일견이라더니 역시 책에서 보는 것과 실제로 경험하는 것은 상당히 다르군요."

그들이 어제 취필정에서 마신 분주는 사실 행화촌의 신천수(神泉水)라는 샘물의 물을 이용해 발효시킨 후 만든 것이다. 그래서 원산지는 사실 행화촌이라고 할 수 있었다. 그래서 진류영이 그러한 시를 읊은 것이었다.

"이거 너무 일찍 나왔나? 점심이라도 먹고 나오는 건데… 난 또 아우들이 이렇게 술이 약할지도 모르고 괜히 아침 일찍 나왔구나. 다 부덕한 이 대형 탓이다. 흑흑."

술이 약한 아우들은 징그럽다는 표정으로 곽산을 쳐다보았다. 곽산이
너스레를 떨며 자기 탓이라는 듯 거짓으로 눈물까지 흘리는 척하고 있
었다.

어차피 며칠 머무르다 가면 될 것이기도 하지만 일천이 한시라도 바
삐 길을 떠나고 싶어했기에 술을 먹기 전에 그런 이야기를 했던 것이다.
무슨 일이 있어도 아침에 출발해야 된다고. 곽산은 그 꼬투리를 잡고 아
침부터 토악질을 하는 그들을 억지로 깨우다가 그들이 취기를 풀지 못
하자 들쳐 메고 그대로 중앙전장을 나온 것이다. 그래도 딴에는 불쌍했
던지 술 깨는 약을 어디선가 사와서는 조금 전 그들에게 먹였고 말이다.

아직도 징징 짜는 흉내를 내는 곽산을 일천이 유령 같은 창백한 얼
굴로 독기를 품고 바라봤다.

"으득! 대형, 어찌 하는 일은 조그만 꼬맹이 같아?"

어쨌든 얼떨결에 막내가 되어버린 일천이 곽산에게 면박을 주었다.
일천은 곽산을 대형이라고 부르기는 했지만 여전히 말은 높이지 않았
다. 곽산은 그 말을 듣지도 않은 듯 둘을 보며 말했다.

"아참! 아침에 약을 사다가 재미있는 얘기를 들었는데 들어볼 텨?"

진류영과 일천은 무슨 얘기일까 걸으면서 조용히 귀를 기울였다.

"두 아우들의 별호가 생긴 것 같다네. 껄껄."

진류영과 일천은 무슨 얘기인지 몰라 곽산을 멍하니 쳐다봤다.

"사람들이 말하길 남궁세가에 무조건 들이닥쳐서 비무를 청한 이십
세 안쪽의 젊은이를 가르켜 옥면도랑(玉面刀郎)이라 부르더군. 게다가
그 옥면도랑이라는 젊은이의 무공이 정파십협(正派十俠)의 한 명이자
남궁세가의 가주인 남궁호상과 비등할 정도로 강하다고 하던데 그럼
그 사람이 누구겠어? 바로 막내아우잖아. 껄껄."

곽산이 일부러 껄껄거리며 노인네의 웃음을 흉내 내는데도 기분이 그리 나쁘지 않은 듯 일천은 그저 고개를 끄덕였다.

"형님, 방금 두 아우라고 하셨는데 혹시 그럼 제게도 그런 별호가 있습니까? 전 무림인도 아닌데."

"진 아우에게는 신비객(神秘客)이라는 별호가 붙었다네. 현경 이상의 내공을 지니고 어의비도술을 사용하는 것 이외에 다른 것은 알려지지 않았다고 해서 신비객이라고 하더군. 무공이 최소한 정파십협의 상위에 들 것이라고들 하지."

진류영은 조그맣게 '아' 하는 탄성을 냈다. 분명 자신을 도왔던 적수취혼 악중양이 그러한 일을 한 것 같았다. 그런데 왜?

"그걸 아는 사람은 몇 명 없을 텐데? 그 멍청한 놈들이 그런 사실을 일부러 퍼뜨렸을 리도 없고."

모처럼 일천이 핵심을 찌르는 한마디를 내놓았다.

"그렇습니다. 뭔가 음모가 있는 것 같군요. 그럼 그들이 쫓던 천양묘의 이야기는 어떻습니까?"

"흠, 그 얘기는 없었던 것으로 보아 그건 퍼뜨리지 않은 것 같아. 강호에서는 자신이 경공으로 달리는 속도보다 입소문이 더 빨리 간다고 하지. 어쨌든 진 아우도 이젠 무림인이 되었구먼. 게다가 극강고수로 말이야. 하하하!"

진류영은 어이없는지 실소를 머금었고 일천은 자신이 진류영보다 낮게 평가되었다는 게 못마땅했던지 입을 삐죽거리며 곽산에게 물었다.

"정파십협이 뭐야?"

그 말에 곽산이 방그레 웃으며 대답했다.

"정파십협이 뭐냐고 묻는 건 너밖에 없을 거다. 정파십협은 정도를 걷는 이들 중에 무공이 극강한 고수 열 명, 그러니까 정파의 십대고수를 이르는 말이라고 할 수 있지. 네가 비무를 청한 내 숙부님은 그중에서 구위 정도를 차지하고 계시지."

일천이 그 말에 조금 긴장하고 있었다. 그때 비무를 계속했다면 어떻게든 이기기는 했을 것이다. 하나 남궁호상의 마지막 한 수는 절대 가벼운 것이 아니었다. 자칫 크게 낭패를 볼 수도 있는 한 수였다. 겨우 정파십협의 마지막에 있는 사람이 그 정도 무위라니? 일천은 갑자기 현기증이 났다. 만류귀종의 깨달음을 위해 그간 무공에 매진했건만 세상에는 아직 자신보다 더 강한 고수들이 즐비한 것이다.

그때 진류영이 물었다.

"그럼 정파십협이 정파 중에서는 최고의 고수들입니까? 그리고 사파라고 불리는 단체와 마교, 새 외의 세력을 지칭하는 말은 없습니까?"

진류영은 황궁 서고, 황궁 무고의 책을 모두 섭렵하여 아는 것은 많았으나 현재의 정세에 대해서는 어두웠다. 그랬기에 곽산에게 그답지 않게 여러 가지를 한꺼번에 쏟아내듯 질문한 것이다.

"이거이거, 진 아우가 모르는 일이 다 있다니. 앞으로는 진 아우가 모르는 게 있을 때마다 내기를 하는 게 어떨까?"

곽산은 어제 진류영에 대해 대충은 들었으므로 그의 학식이 어느 정도인지 알고 있었다. 최소한 그런 것들은 몰랐다 쳐도 장난으로 진을 만들고 하는 것은 기문진식의 대가라고 하더라도 어려운 일이기 때문이다.

진류영은 사람 좋은 웃음만 짓고 있었다.

"어쨌든 아우도 이제는 무림인이니까 잘 알아두어야겠지. 우선 정파십협이라고 해서 그들이 정파의 최고 고수라는 말은 아니지. 그 위에는 어제 말한 대로, 험, 물론 기억하려나 모르겠지만 천하제일가의 벽력신검 서문환이 있다. 그리고 강호에 나오지 않은 지 오래된 각 문파의 원로들은 정파십협에서는 제외하고 그들을 따로 전대 고수인 누구누구라고 할 뿐이야. 여기저기 숨어 있는 기인이사들을 모두 꼽을 수는 없으니까 말야. 실제로 오십 년 전에는 이백 세가 넘었던 은거기인이 나타나 극강의 무공을 보였다고 한 일도 있었다니, 뭐, 그런 사람들을 귀신처럼 알아내서 입방아에 올리는 것도 어려운 일이지.”

곽산은 말을 잠시 멈추었다. 서문세가의 일을 얘기하니 마음이 흔들리는 모양이었다.

“사파도 정파처럼 열 명의 고수를 이르러 사도십객(邪道十客)이라 부른다고 하더군. 하나 사파에는 지존이 될 만한 인물이 없어. 강호의 역사를 모두 뒤져 봐도 그들이 협력했던 것은 한 번도 없을 정도니까 사파의 힘을 하나로 합치려면 엄청난 힘을 가진 자가 아니면 안 된다는 얘기기도 하지. 아!”

곽산이 뭔가 생각난 듯 손으로 이마를 탁 쳤다.

“그러고 보니 사파의 지존이 될 뻔한 자가 있었구나!”

“될… 뻔한?”

일천이 말을 되씹으며 물었다.

“응, 사파 최고의 기재라고 했다던데 너무 심성이 악랄해서 정사의 인물을 구분하지 않고 마구 죽여댔다고 하더군. 그래서 결국엔 정, 사파의 고수들에 의해서 척살당했대. 그리고 그때 한창 협의행을 하던 마극천, 현 마교의 교주가 그의 무공을 폐해 버렸다고 하더군.”

“마, 마극천?”

일천이 가슴이 뜨끔해서 물었다.

"응, 푸헬헬헬! 마교의 인물이 정의를 행하고 협의 길을 걷다니 지금 도 믿을 수 없는 희극(喜劇)이지 뭐야. 뭐, 덕분에 무림이 조용해서 좋 긴 하지만 말야."

"그럼 그는 죽은 것입니까?"

그동안 조용히 듣기만 하던 진류영이 모처럼 말을 꺼냈다.

"아니, 혹간에는 살아서 도망쳤다고 하기도 하고 산적이 되었다는 소리도 들리고, 뭐, 그렇더라고."

"그럼 알 수 없다는 얘기군요?"

"응, 말하자면 그렇지. 그래 봐야 단전이 파괴된 녀석이 뭘 할 수 있 겠어. 사파로서는 안타까웠겠지만 희대의 천살성(天殺星)을 타고나서 사파의 인물들까지 엄청나게 도륙했으니 뭐, 그들로서도 선택의 여지 가 없었겠지."

곽산은 그 말을 쾌활하게 하는 반면 진류영은 안색을 굳히고 뭔가를 골똘히 생각하고 있었다.

'뭔가 있다. 아직 내 견식이 얕아 일의 내막을 알지 못하는 게 아쉽 구나.'

그를 힐끔 보더니 일천이 곽산에게 말했다.

"쟤 봐, 또 뭔 생각에 푹 빠졌네. 쟤는 맨날 뭔 생각을 그리 많이 하 냐? 또 누가 잡아가두 모르겠네."

"어허, 둘째 형에게 쟤라니? 이래도 되는 건가, 막내아우?"

곽산이 짐짓 나무라듯 타이르자 일천의 뺨이 부풀어 올랐다.

"씨이, 알았어. 알았다구 뭐."

어느덧 한낮의 무더위가 한풀 가라앉을 신시(申時:오후 3시~오후 5시) 가 되었다. 길가에 피어오르던 아지랑이도 더위에 지쳐 쉬러 가는지 몸을 일으키고 있는 중이었다. 그 마지막 남은 아지랑이 줄기 사이로 세 인영이 모습을 드러냈다. 곽산 일행이었다.

"아, 더워 죽겠는데 짜증나게 길을 뼁 돌아왔네."

"내가 할 말이잖아. 관도에서도 길을 잃는 사람이 다 있던가? 내 배가 밥을 달라다가 지쳐서 잠이 들었나 봐. 내가 널 믿은 게 잘못이다. 으이휴~"

"형님과 아우, 모두 그만두세요. 지도가 잘못되어 있었으니 할 수 없는 일 아닙니까? 누구의 잘못도 아니니 그만두세요."

불평이 가득한 두 사람은 곽산과 일천이었다. 진류영은 두 사람을 말리느라고 정신이 없었다. 세 사람은 원래 이쪽의 지리에 크게 능통하지 못했다. 그런데 일천이 지도를 가지고 있다고 말했고, 그 지도에 있는 대로 관도를 따라 쭉 걸어왔다. 지도가 있었기에 갈림길이 있어도 아무 걱정 없이 지도를 따라왔건만 엉뚱하게도 길은 험한 산속으로 이어져 있었던 것이다. 마치 누군가가 일부러 그렇게 한 것처럼.

진류영이 예전에 읽은 '나의 중원 유람기' 라는 책에서 우연히 보았던 지형도(地形圖)를 기억하지 못했다면 아직도 산속에서 헤매고 있을지도 몰랐다.

"배가 고프니 일단 아무 데나 가서 밥이라도 먹자아~"

일천이 뻔뻔스러운 얼굴로 말했다. 자기가 자랑스럽게 지도를 꺼냈기는 하지만 어쨌든 지도의 잘못이지 자신의 잘못은 아니니 않은가!

"그게 좋겠습니다, 형님. 소제도 사실 배가 고파 죽을 지경이거든요."

두 사람은 아침도 먹지 못한 터라 더욱더 시장기를 느끼고 있었다. 물론 곽산은 아침까지 잘 먹고 나왔지만 말이다. 원래 술을 거하게 먹은 다음날은 더욱더 시장기를 느끼게 마련이다. 비록 아침에는 속이 안 좋아 먹기가 힘들긴 했지만 술을 해독하느라 많은 열량을 소비하기 때문에 다른 때보다 심한 허기를 느낄 수밖에 없었다.

곽산이 고개를 끄덕이며 가까운 객잔으로 들어섰다. 십오 세쯤 된 점소이가 반가운 얼굴로 그들을 맞이했다.

"어서 오십서! 저희 태평(太平)객잔에 오신 것을 환영합니다! 무얼 드시겠습니까?"

"뭐가 됩니까?"

진류영이 묻자 점소이가 예의 바르게 대답했다.

"속이 시원한 팔진탕(八珍湯), 뜨끈하고 보양에 그만이라는 계혈탕(鷄血湯)이 저희 집 장기입니다. 하북 어느 곳에서도 저희 집처럼 잘하는 곳은 없죠. 만두, 소면이나 양고기는 기본으로 됩니다요."

곽산이 더 물어볼 것도 없다는 듯이 바로 대답했다.

"마침 잘됐네. 계혈탕으로 세 그릇 가져다 주고 죽엽청도 하나 부탁하네."

"예, 잠시만 기다리십시오."

점소이가 사라지자 일천과 진류영은 또 술을 먹나는 듯 떨떠름한 얼굴로 곽산을 쳐다보았다. 곽산은 그런 눈을 외면하며 객잔을 둘러보았다.

나무 탁자가 일층에는 십여 개 정도였고 이층까지 터놓아 객잔 안이 더 넓게 보였다. 이층에도 탁자와 의자가 눈에 띄는 것으로 보아 그쪽에도 자리가 있는 듯싶었다. 숙박은 제공하지 않는지 방은 보이지 않았다. 지금은 점심때가 지났기 때문인지 이층에 몇 명, 일층 서너 탁자에만 사람이 있을 뿐이었다.

점소이가 일각도 채 되지 않아 계혈탕 세 그릇과 죽엽청 한 병을 가져왔다. 맛을 본 일천이 감탄을 연발했다.

"음, 국물이 진하고 아주 개운한걸."

점소이가 헤헤거리며 설명해 주었다.

"그럼요. 닭의 뼈와 내장으로 우려낸 국물에 닭의 피를 더해서 만든 음식이라 아주 보양에도 좋고 맛도 좋죠. 물론 저희 가게의 비전 양념이 들어가기 때문이기도 하지만요. 헤헤."

"파, 마늘, 생강, 갓, 들깨, 청주, 청경채, 팔각, 정향, 통후추, 그리고 숨겨진 맛이 하나 있는데, 음… 아마 보기 힘든 그 산초라는 향신료인 것 같군. 얼마나 들어갔는지는 잘 모르겠네."

순간 점소이를 비롯한 일행들이 모두 놀라움을 금치 못했다. 일천에게 저런 면이 있을 줄이야.

"그, 그걸 어떻게?"

일천은 얼굴을 일그러뜨리며 말했다.

"으으, 빌어먹을 아빠 때문이지. 어렸을 때부터 무공 외에 요리도 가르치더라고. 도망 다니기는 했지만 덕분에 모르는 향신료가 없지. 으드득."

그 모습에 '하하' 하고 어이없게 웃고 만 일행은 아직도 분해하는 그를 놔두고 음식을 먹기 시작했다. 어찌 보면 여자 같기도 한 모습이 부모가 어려서부터 여자처럼 키웠기 때문이 아닐까 하는 진류영이었다.

"산초라는 것이 뭐지?"

곽산의 물음에 진류영이 대신 대답했다. 진류영은 마치 책을 직접 보면서 읽는 것처럼 거침없이 설명을 시작했다.

"낙엽과목으로 키가 3~6cm 정도 자라며 암수가 따로 있고 꽃은 오월에 피며 열매는 둥글고 구월에 익는다고 합니다. 잎, 꽃, 열매를 모두 이용하며 남초, 분다나무, 초피나무, 조피, 촉피, 상초나무, 견피나무, 천피라고도 부릅니다. 상큼하면서도 매운 맛이 나는 향신료로 고기를 이용한 조림이나 찜 등에 많이 사용된다고 합니다. 식욕을 돋우는 효능이 있고……."

곽산이 질린 얼굴로 손을 흔들었다.

"그만, 그만두게. 어떻게 사람이 그런 것까지 다 외우고 다니는가? 더 들으면 머리에 쥐가 날 터이니 그만두게."

"이런 건 책을 뒤져 보면 누구나 알 수 있는 거지만 막내아우는 그 맛을 한 번 보고 혀로 알아내니 그게 더 대단하지 않습니까. 하하!"

일천이 기분이 좋은 듯 어깨를 으쓱했다. 일행은 한번 웃고는 다시 음식을 먹는 데 열중했다.

곽산은 벌써 한 그릇을 비우고 다시 한 그릇을 시켜 먹고 있었다. 한데 갑자기 장내가 소란스러워지는 듯했다.

"이봐, 점소이, 주문 안 받을 거냐?"

객잔으로 들어선 세 명의 사내가 눈에 들어왔다. 한 명은 날카로운 인상이었지만 꽤 미남자였고 다른 두 명은 평범한 인상의 소유자였다. 일행은 먹는 데 열중해서 한번 힐끔 보더니 더 이상 신경 쓰지 않았지만 곽산은 한마디를 던졌다.

"종남파로군. 섬서에서 예까지 무슨 일이지?"

들어서며 거만하게 점소이를 불러낸 이들은 많고 많은 자리 중에서 흰 면사를 쓴 한 여인이 홀로 앉아 있는 탁자로 다가갔다. 진류영은 고개를 갸웃했다. 그 자리에는 방금 전까지 두 명의 남자가 함께 있었는데 지금은 그 여인 혼자 앉아 있었던 것이다.

여인은 수수한 흰 면 옷에 흰 면사를 쓰고 있어서 고아한 분위기를 내고 있었고 언뜻언뜻 비치는 면사 사이로 그윽한 아름다움이 엿보였다. 면사를 벗는다면 꽤 미녀일 것 같았다.

처음에 점소이를 큰 소리로 불러냈던 남자 옆에 있던 다른 남자가 눈짓을 했다. 그러자 다른 한 명이 면사의 여인 앞으로 다가가 포권하며 말했다.

"저희는 종남파의 제자들입니다. 옆에 이분은 저희의 대사형이시며 강호에서 섬서쾌검(陝西快劍)이라 불리는 삭이풍(索異風) 대협이십니다."

예로부터 자기의 이름 앞에 가문이나 위세를 덧붙이는 이치고 선(善)한 이가 없다고 하였다. 이들도 마찬가지인 듯 창피함도 모른 채 대협이니 어쩌니 소개하고 있었다. 인상이 날카로운 미남자, 그가 삭이풍이었다. 일천은 비웃음을 지었고 진류영은 사태를 조용히 관망하는데 곽산만이 눈에 불을 켜고 있었다.

면사의 여인은 조용히 말했다.

"그런데 소녀에게 무슨 볼일이라도 있으신지요?"

자신을 소개하지 않는 것으로 보아 그녀도 기분이 상했음이 틀림없다.

"사실은… 저희 대사형께서 소저에게 호감을 가지게 되셨다고 합니다. 불편하지 않으시다면 저희랑 합석하시면 어떻겠습니까?"

면사의 여인은 손으로 입을 살짝 가리고 웃었다.

"우습군요. 대종남파의 대사형이란 분이 벙어리이기라도 한 건가요? 어째서 직접 이야기하지 않는 거죠?"

그러자 그 대사형이란 사람은 방긋 웃더니 의자를 끌어당겨 허락도 없이 앉았다.

"실은 내 직접 마음을 전하는 것이 도리이나 소저의 미모에 반해 말을 더듬게 되면 부끄러울까 하여 사제에게 부탁했소이다."

"후훗, 항상 여자에게 이런 식으로 접근하시나요? 죄송하지만 저는 지금 사람을 기다리는 중이라 대협과 오랫동안 말씀을 나누기가 어렵겠군요."

그 말은 자리를 피해달라는 이야기였다. 그러자 삭이풍의 눈매가 조금 일그러졌다. 눈썹 끝이 올라가 매서운 인상을 주던 그의 인상이 변하자 더욱 날카로운 기세가 되었다. 그때 처음 그녀와 함께 있던 두 사람이 뛰어들어 왔다. 그 두 사람의 소맷자락에는 검과 망치의 표시가 X 자 모양으로 겹쳐 있어 특이하게 보였으나 조그마하게 수가 놓여진지라 눈여겨보지 않으면 알 수 없을 것 같았다.

"무슨 짓이냐, 소저에게 치근덕대다니? 죽고 싶으냐!"

두 사람은 가벼운 경장에 각기 한 자루의 검을 꼬나쥐고 있었다. 그러자 삭이풍 대사형의 사제들이 맞서 소리를 질렀다.

"감히 어느 앞이라고 무기를 빼 드느냐! 너희야말로 내일 아침을 보기 싫은 모양이로구나!"

면사를 쓴 여인은 그들이 싸우는 것이 싫은 듯 고운 아미를 찡그렸다. 그 모습도 면사에 가려져 있어 아름다움을 더할 뿐이었다.

"감히 섬서쾌검인 내 앞에서 함부로 검을 빼 들다니, 하지만 오늘은 이 어여쁜 소저를 보아 아량을 베푸노니 너희들의 두 팔만 취하도록 하겠다. 각자 왼팔을 자르도록 하라."

삭이풍이 낮게 가라앉은 소리로 말했다. 낮은 소리였지만 공력이 깃들어 있어 객잔 안의 사람들이 모두 똑똑히 들을 수 있었다. 그 소리를 듣자 어차피 별로 없던 객잔 안의 사람들이 그나마도 밀물처럼 객잔을 빠져나갔다. 괜히 무림인들의 일에 끼어들었다가 칼침 맞고 새우등이 되기 싫은 모양이었다.

장내에 남은 사람은 곽산 일행과 이층의 회색 옷을 입은 중년의 남자 한 명과 노인 한 명이, 그리고 사건의 당사자인 종남파의 불한당 세 명, 면사여인과 일행인 듯한 두 명의 남자뿐이었다. 점소이와 주인은 이런 일을 몇 번 겪은 듯 당황하지 않고 나가는 손님들을 문 앞에서 기다렸다가 음식 값을 받고는 얼른 주방 문 뒤로 숨었다. 진류영은 그 와중에도 그것을 보고는 피식 웃었다.

"이런 미친놈이……."

면사여인과 일행인 듯한 두 남자는 여인의 앞에 앉은 대사형이라는 사람을 제외한 그의 제자들과 칼을 겨루었다. 비록 살기는 느껴지지 않았지만 괴이한 느낌이 드는 검법이었다.

챙챙―

칼끼리 부딪치는 소리가 여러 번 나더니 곧 종남파의 한 명이 일검을 맞고 쓰러졌다. 다른 한 명은 먼저 쓰러진 사제보다 무공이 좀 더 나은 듯했으나 역시 그도 오래 버티지 못하였다. 그와 맞서던 사내는 오른발로 그의 옆구리를 차내고는 바로 검으로 다리에 검상을 입혀 쉽게 움직이지 못하게 했다.

그 순간 삭이풍의 눈이 빛났다.

"네 이놈들, 사파의 개들이로구나!"

삭이풍을 제외한 나머지를 제압한 사내들이 아차 싶어서 그를 쳐다보았으나 이미 면사의 여인은 그의 손에 제압당해 있었다.

"크윽, 이 비겁한……."

"네놈이 남자라면 정정당당히 겨루자!"

그러나 삭이풍은 당당하게 면사여인의 목을 한 손으로 쥐어 잡으며 말했다.

"사파의 무리들에게 그런 말을 듣다니, 정말 지나가던 개새끼가 웃을 일이로구나. 크하하하!"

한 사내가 분노하며 삭이풍을 손가락질했다.

"우리가 네놈들에게 무슨 잘못을 했느냐? 네놈들이 먼저 소저에게 수작질을 하지 않았느냐! 우린 비록 사파의 인물들이지만 너처럼 비겁하게 아녀자를 인질로 삼진 않는다. 게다가 그녀는 사파의 인물도 아니다. 썩 그 손을 놓지 못하겠느냐!"

삭이풍은 냉소했다.

"시끄럽다. 사악한 무리들과 함께 있는 이 여자가 어찌 정도의 인물이겠느냐? 어서 너희의 왼팔을 자르고 떠나라. 그러지 않으면 이 여자는 죽는다. 어차피 이 여자도 사파의 암컷이 아니겠느냐? 으흐흐흐!"

"으으, 자칭 정파라는 것들이 이렇게 쓰레기 같은 놈들이라니……."

다른 사내가 침음성을 흘리며 말했다. 삭이풍은 여전히 냉소를 지을 뿐이었다.

어느새 쓰러져 있던 종남파의 두 사제도 비틀거리며 일어나 그의 곁에 서 있었다. 상황을 지켜보던 곽산이 뛰쳐나가려는 찰나 일천은 그를 말리고 있었다.

"야, 아니, 대형! 우리랑 상관없잖아. 좀 참아라, 참아."

"놔. 저런 놈들을 내버려 둘 순 없어!"

일천의 만류에도 곽산은 번개처럼 그들 사이로 뛰어들었다.

"에휴, 저놈의 성격. 다음부터 말리나 봐라. 에휴~"

그 말을 뒤로한 채 곽산은 일갈했다.

"무당의 곽산이오. 종남파의 삭 대협은 대체 이게 무슨 짓이오! 어서 그 소저를 놓아주시오!"

삭이풍은 예기치 않은 곽산의 출현에 놀랐으나 이내 눈빛을 가라앉히며 말했다.

"아, 호협검 곽산 대협이시구려. 대협의 위명은 진작부터 들어왔소이다만 어쩐 일로 그리 화를 내시는 거요?"

말투는 공손했으나 손은 여전히 여인의 희디흰 목을 쥐어 잡고 있었다. 조금만 힘을 주면 가냘픈 여인의 목은 무참히 꺾여 버린 꽃처럼 참혹하게 변할 터였다.

"지금 삭 대협이 그녀를 핍박하고 있지 않소! 내가 보기에 그녀는 아무 잘못도 없는 것 같은데 대체 무슨 망발이란 말인가!"

곽산은 불같이 화를 내며 당장이라도 칼을 뽑을 듯한 기세였다. 삭이풍은 그 기세에 눌려 얼굴을 찌푸리고 있었으나 말에는 거침이 없었다.

"그러고 보니 곽 대협은 이 요녀(妖女)에게 홀리신 모양이오? 그럼 안 되지, 안 돼. 내가 이 요녀를 종남으로 데리고 가서 죄를 물을 테니 걱정하지 마시게나. 감히 정파의 기대주인 곽산 대협을 홀리려 하다니, 내가 이 요녀에게 죽음 같은 형벌을 내리리라. 흐흐흐."

어느새 삭이풍의 말도 자연스레 하대로 바뀌어 있었다.

"감히 종남파의 잡종이 여색을 탐해서 죄도 없는 자를 죄인으로 몰아붙이다니 내 너희들을 결단코 용서치 못하겠다."

곽산이 서서히 공력을 끌어올리며 출수할 준비를 했다. 그 말을 들은 삭이풍이 손에 더욱 힘을 주었다. 면사의 여인은 괴로운지 온몸을 부들부들 떨고 있었다. 곽산은 할 수 없이 뒤로 한 걸음 물러섰다.

"오호라! 사파의 인물들을 이렇듯 감싸는 걸 보니 네놈도 관련이 있는 모양이구나? 무당이 사파와 한통속이었다니, 내 이 사실을 친히 천하에 알려 무당의 씨를 말려주겠다."

삭이풍은 무당파까지 싸잡아서 사파로 몰고 있었다. 그가 이렇게까지 나올 줄은 몰랐던 곽산의 안색이 창백해졌다. 감정에 이끌려 함부로 나선 것이 오히려 독(毒)이 된 것이다. 삭이풍이 이렇게 나오니 그로서는 뭐라고 대꾸할 말이 없었다. 자칫하다간 사문까지 사파로 몰리게 생겼지 않은가!

곽산이 이럴 수도 저럴 수도 없는 상황에 분노의 표정만 짓고 있을 때였다.

"잠깐!"

삭이풍이 웬놈이냐는 듯이 뒤를 돌아보자 허여멀겋게 생긴 녀석이 자리에서 일어서는 모습이 보였다.

"네놈은 또 뭐냐? 너도 사파의 인물인 것이냐?"

진류영이 대답했다.

"아닙니다. 저는 곽 형의 아우 되는 사람인데 뭔가 오해를 하시는 듯싶어 주제를 모르고 나섰습니다."

삭이풍은 피식 웃었다.

"오해? 지금 무당이 사파의 일에 관련되었다는 것이 온 세상에 드러났거늘 무슨 오해란 말이냐? 주제를 안다면 나설 필요 없다!"

진류영은 그의 말이 끝나기를 기다렸다가 조용히 말을 꺼냈다. 곽산은 그의 말에 뭐라 반박하려다가 진류영의 눈빛을 보고는 꾹 참았다. 진류영이 아무 생각 없이 끼어들지는 않을 것이라 생각했기 때문이다.

"하하, 그렇군요. 노기(怒氣)를 잠시만 거두시고 제 말을 들어주시면
안 되겠습니까?"

"어디 한 번 해봐라."

삭이풍이 허락하자 진류영이 말을 이었다.

"사실 소제의 형님 되시는 곽 형님께서는 특이한 취미가 있으십니
다."

"취미?"

그 말에는 곽산조차 어리둥절했다.

"예, 그 취미가 무엇이냐 하면 사악하기 그지없는 사파의 인물들을
종으로 삼는 것이지요."

삭이풍이 어이없는 눈으로 그를 바라보았다.

"종? 하인으로 삼아?"

"예, 그들이 올바르지 못한 길을 걷는 것을 안타까워하시던 곽 형님
은 그들이 다시 옳은 길을 걸을 수 있도록 공명정대한 정파의 무공을
가르쳐 주며 종으로 삼습니다. 그리고 그들이 감화(感化)하여 정도의
길을 걷게 되면 종살이를 면해주시지요. 해서 이번에도 저 세 사람을
종으로 삼으려 주시하던 터인데 그것을 삭 대협께 빼앗기게 되어 분한
마음이 들었나 봅니다. "

진류영의 말이 끝나기도 전에 삭이풍은 크게 웃었다.

"하하! 정말 특이한 취미이구나. 그러나 개 같은 소리! 어찌 사악한
무리들이 정파의 무공을 배울 수 있단 말이냐?"

그 말에 진류영이 놀란 표정을 지으며 반문했다.

"아니, 제가 아둔하여 삭 대협의 말을 이해하지 못하겠습니다. 어째
서 그런 것입니까?"

진류영의 말은 참으로 오묘한 어감이 있었다. 첫째가 무엇을 물어보는지가 명확하지 않았고, 둘째로는 그가 자신이 생각한 바를 그대로 이야기하게 끌어내는 의도가 있었다. 과연 삭이풍은 진류영이 아둔하여 자신의 말을 이해하지 못한다고 생각하고는 가르치듯 설명했다.

"사파의 인물들은 태어나면서부터 사악하기 그지없는 심성을 가지고 태어난다. 왜 사파라고 부르겠느냐? 그들의 심성이 원래가 악독한데 정의로움이 있는 정파의 무공을 배울 수 있을 거라고 생각하나? 하하하!"

진류영은 아직도 모르겠다는 듯, 아니, 확인하겠다는 듯이 한 가지를 더 물었다.

"그럼 사파의 인물은 절대로 정심한 정파의 수법을 배울 수 없는 것이군요?"

"당연하다. 그러니 네 말이 개 같은 소리라는 것이다. 심성이 사악한 자는 배워서 흉내 내는 것은 가능해도 절대 정파의 정기(正氣)가 담긴 무공을 쓸 수 없기 때문이다."

진류영이 고개를 끄덕였다.

"그렇군요."

그러더니 곽산과 좌중을 한 번씩 쳐다보았다. 다들 대체 이게 무슨 말인지 어리둥절해하는 모습이었다.

"큰형님."

진류영이 곽산을 불렀다.

"왜?"

"사문을 능멸한 자는 어떻게 해야 합니까?"

곽산은 그가 왜 이런 말을 하는지 알 수 없었지만 순순히 대답해 주었다.

"상대에게 결투를 신청함으로써 자파의 명예를 찾고 치욕을 갚는다."

거기까지 말한 곽산은 뭔가 떠오르는 것이 있었다. 책을 좋아하지는 않지만 잔머리에 있어서는 당할 자가 없는 그이다. 그는 삭이풍을 향하여 크게 소리쳤다.

"삭이풍! 네놈에게 내 사문의 명예를 더럽힌 죄로 결투를 청하겠다!"

삭이풍은 의외의 말에 놀랐으나 곧 침착하게 대꾸했다.

"내가 왜 네놈과 비무를 하느냐? 사파의 앞잡이가 된 너와 대결할 생각 없다!"

사실 상대의 비무 신청을 회피한다는 것은 창피하기 그지없는 일이었다. 하나 사태가 조금 불리하다고 여긴 삭이풍은 가차없이 그의 말을 거절했다.

진류영이 말했다.

"삭 대협, 부탁드립니다. 소제가 비록 곽 형님과 형제의 연을 맺었으나 삭 대협의 말씀대로 이 사람이 사파의 인물이라면 그것을 피로 청산할 생각입니다. 아까 사파의 인물들은 정파의 무공을 쓸 수 없다고 하지 않으셨습니까? 만일 곽 형님이 삭 대협과 결투할 때에 정기가 깃든 정파의 무공을 사용하지 못한다면 사파의 앞잡이임이 확실할 터이니 그때는 저도 온 힘을 모아 삭 대협을 돕겠습니다."

그제야 삭이풍은 얼굴이 노래졌다. 무심코 한 말에 자기가 넘어갈 줄이야. 강호의 무림인들은 모두가 명예에 목숨을 건다. 하물며 무당을 사파로 몰아붙였으니 곽산은 자신을 씹어 먹으려 할 것이다. 곽산이 사파가 아닌 줄은 자신도 알고 있는 일이다. 게다가 자신도 비록 후기지수 서열 십 위 안에 들기는 하지만 후기지수 중에서 으뜸이라는 그를 이길 자신은 더 더욱 없는 것이다.

삭이풍은 발악하듯 소리쳤다.

"이 중에서 곽산을 이길 수 있는 자는 없다. 그런데 네놈이 어떻게 돕겠다는 말이냐!"

그러자 진류영이 빙긋 웃더니 천천히 입을 열었다.

"강호의 사람들이 저를 가리켜 신비객이라고 부르더군요."

"시, 신비객!"

좌중들이 모두 놀라 입을 다물지 못했다. 삭이풍의 손에 잡혀 있던 면사의 여인도 놀랐는지 입을 벌리는 모습이 눈에 들어왔고 이층에 있던 두 인물도 신경을 쓰고 있었던지 진류영을 쳐다보는 눈길이 느껴졌다.

"저, 정말… 당신이 신비객이오?"

삭이풍의 말은 어느새 존대어로 바뀌어 있었다.

마교가 중원을 넘보지 않고 사파도 힘이 많이 약해진 터라 강호는 조용하기 그지없었다. 그 와중에 사람들의 입에 어느 날 혜성처럼 나타난 두 이름. 현경의 고수라 일컬어지는 신비객(神秘客)과 남궁호상과 동수를 이루었다는 옥면도랑(玉面刀郞)이었다.

진류영은 아직도 조용히 앉아 사태를 관망하던 일천을 손가락으로 가리켰다.

"저의 아우인 일천입니다. 이번에 옥면도랑이라는 별호를 가지게 되었지요. 이 정도면 충분하지 않겠습니까?"

삭이풍은 더 더욱 벌어진 입을 다물지 못하고 경악했다. 그 두 사람이 한곳에, 그것도 곽산과 의형제를 맺은 사이일 줄이야! 일천의 등에 검은 천으로 싸인 것을 보아 소문으로 듣던 그 모습임에 틀림없었다. 오늘 이후로는 그 둘이 곽산과 의형제를 맺었다는 사실까지 덧붙여질 것이다.

"어쩌시겠습니까?"

진류영이 물었다. 삭이풍은 난감했다. 자칭 신비객이라는 청년의 말장난에 놀아난 것이 자신이 경솔했다는 증거를 보여주었다. 소문보다 너무 어려 보여 진위는 파악할 수 없었으나 사실을 가리고자 한바탕 손을 겨룰 만큼 그는 여유가 있지 못했다. 그렇다고 여기에서 손을 떼자니 단순히 꼬리를 말고 도망친 겁쟁이로 불리기에는 너무 일이 커져버렸던 것이다.

그때 그를 도와주는 목소리가 이층의 난간에서 들려왔다.

"허허, 재미있군 그래."

이층에 있던 두 사람 중 노인이 난간에 손도 대지 않고 훌쩍 뛰어내렸다. 그의 신형은 깃털처럼 가볍게 좌중의 가운데로 정확하게 내려왔다. 놀라운 신법이었다. 조금의 흐트러짐과 군더더기도 없는 모습으로 보아 절세의 고수임에 분명했다.

종남파의 제자들은 모두 놀라 자리에서 그대로 깊숙이 절을 했다. 삭이풍도 어쩔 수 없이 면사여인을 제압하던 손을 놓고 절을 할 수밖에 없었다.

면사여인의 흰 목에는 벌건 손자국이 그대로 남아 있었다. 그녀는 몸이 자유로워지자 자신의 일행이었던 사파의 두 사내 옆으로 가서 섰다.

"사숙님을 뵙습니다."

유유선자(幽幽仙子) 탁노야(卓老也). 종남의 현 장문인이자 삭이풍의 스승이 되는 무진자(無盡紫) 탁율(卓率)의 친형이기도 하다. 종남파의 절기인 유유무극검(幽幽無極劍)을 극성까지 이루었으며 그 실력은 장문인 무진자보다 훨씬 높다 한다. 하나 평생 무공만을 쫓아 장문인의 자리를 거절하고 장로로만 남아 있었다. 현 장문인인 무진자의 성품이 너그럽고 인자하여 그를 따르는 이가 더 많았기 때문에 분란을 일으키지 않고자 자리를 내놓았다는 속설도 떠돌곤 했었다.

그는 정파십협에서도 상위를 차지하는 무위를 지녔다고 한다. 마치 신선 같은 풍모를 지녔으며 흰 수염이 목까지 내려오고 일반 장정보다 조금 못 미치는 키지만 젊은이 못지않은 건장한 몸이 그의 풍모를 더욱 빛나게 했다. 흰 눈썹에 가려진 깊은 두 눈도 그의 무공 수위를 느낄 수 없을 정도로 현현(玄玄)했다.

"못난 놈."

탁노야는 삭이풍을 비롯한 두 제자들에게 한마디 던지고는 앞으로 나섰다. 그 모습에는 곽산도 신중해질 수밖에 없었다.

"혹시 유유선자 탁노야 선배가 아니십니까?"

곽산이 포권하며 물었다.

"그렇다네. 자네는 무당의 제일제자 곽산이로군. 단리 진인은 잘 계신가?"

곽산이 허리를 굽히며 예의 바르게 대답했다.

"예, 선배님이 계신 줄도 모르고 무례를 범했습니다. 용서를 부탁드립니다."

"허허, 삭가 이 녀석이 워낙에 골칫덩어리라 언젠가 나라도 혼쭐을 내줄 셈이었으니 오히려 내가 고맙네. 그런데 뒤의 두 청년도 소개시켜 주지 않겠나?"

진류영과 일천은 자신을 말한다는 것을 알고 길게 읍을 한 후 입을
열었다.

"예, 진류영이라 합니다."

"일천이오."

일천은 역시나 말투가 거칠었다. 그러나 유유선자 탁노야는 그것을
아무렇지 않은 듯 넘기며 둘을 천천히 뜯어보며 말했다.

"당금 무림에서 제일 화젯거리인 두 사람을 한자리에서 보게 되어
기쁘기 그지없구먼. 그 소문난 인재들이 이렇듯 젊은 청년들이니 무림
의 흥복(興福)이로세."

그리곤 다시 한 번 둘을 훑어보더니 의아한 듯 말했다.

"옥면도랑이라는 이 친구는 무위가 상당한 경지에 이르렀군. 하나
기이한 살기를 품고 있는데 정사 어느 쪽의 무공이라고 할 수도 없는
기이한 도법을 익힌 모양이군."

사실 일천의 무공은 마교의 무공이 아니다. 마교의 무공은 그 마성(魔
性)이 강해질수록 더 강해진다고 하는데 글을 깨달으면서부터 우연히
들었던 만류귀종, 오직 그것을 위해 일천은 초식 자체를 배우지 않았다.
대신 내공심법은 청령무극심법(淸玲無極心法)을 익혔다.

그것은 어찌 된 연유인지 여자의 몸으로 익히는 데 적합한 최고의
심법이었기 때문이다. 일천은 성격이 괴팍하고 살기를 항상 뿜고 있지
만 실제로 살인을 한 적은 한 번도 없었다. 이것은 아마도 그 심법이
이름 그대로 청령한 성정(性情)을 지니게 해주기 때문인지도 몰랐다.

아무튼 자신의 내력을 상대가 한 번에 읊는다는 것은 과히 기분 좋
은 일이 아니었다. 상대가 자신보다 한참 우위에 있다는 사실을 단적
으로 증명하는 것이기 때문이다.

유유선자의 말은 계속 이어졌다.

"한데 내가 늙어서 눈이 어두워졌는지 이 청년은 도저히 그 내력을 찾아볼 수조차 없군. 신비객이라……. 누가 지었는지 모르지만 정말 잘 지은 별호야. 허허허."

일천은 속으로 내심 통쾌했다.

'그럴 수밖에. 진 형은 원래 내공이란 게 아예 없는데 자기가 어떻게 알겠어? 헹, 고소하다. 잘난 체하는 늙은이.'

"노부의 이목을 속일 수 있다니, 정말 신비객이란 이름이 아깝지 않군. 솔직히 자네는 모르나 내 자네의 소매 속에 있는 신물(神物)만으로도 감당할 수 없다고 인정하겠네."

놀라운 일이었다. 유유선자가 이길 수 없다고 장담하는데 신비객의 소매 속에 감추어진 물건 하나조차 감당할 수 없다니! 내일이면 신비객에 대한 또다른 소문이 돌 터였다.

진류영은 웃으며 말했다.

"이것은 신물이 아니라 제 친구입니다. 료료(了了), 나와보거라."

곽산은 그제야 알 수 있었다. 한데 이름을 그새 짓다니, 상의도 없이 말야 하고 괘씸하게 생각하는 곽산이었다. 진류영의 소매 속에서는 흰 털이 탐스럽게 자란 천양묘가 튀어나와 진류영의 어깨에 앉았다.

무인이 내공을 증진하다 보면 탈태환골(脫胎換骨)하게 되는 경지에 이른다. 이 천양묘도 마찬가지로 진류영의 도움을 얻어 극음지기(極陰之氣)를 얻게 된 후 더욱 윤기가 흐르는 하얀 털과 웬만한 도검(刀劍)이 불침(不侵)하는 몸을 얻게 되었다. 전보다 더욱 탐스러운 털을 지니게 된 천양묘는 여자들이 사족을 못 쓸 정도로 귀여움의 극치를 달리고 있었다. 게다가 인간으로 치면 사 갑자에 해당하는 능력을 지닌 데다

가 그것이 극음(極陰)과 극양(極陽)의 상반된 성질을 지니고 있으니 같
은 사 갑자의 능력을 지닌 절대고수라 할지라도 감당하기가 쉽지 않을
것이다.

"굉장한 영물이로군. 허허, 오늘 노부의 안목을 크게 넓히게 되는구
나. 자네의 사문을 알 수 있겠나?"

진류영은 미소를 지으며 답했다.

"죄송합니다."

사실 자기도 모르는 사문을 뭐라고 말한단 말인가? 유유선자 탁노야
는 씁쓸한 웃음을 지으며 말했다.

"내가 더 미안하네. 말하기 전에는 묻지 않는 게 강호의 도리이거늘
늙다 보니 주책이 생기나 보네그려."

그의 나이 올해로 칠십팔 세에 이르고 있었다. 그는 잠시 생각하는
듯 면사여인과 두 사내를 보았다.

"자네들은 어디의 제자들인가?"

두 사내는 어쩔 줄 모르면서도 대답하기를 거부했다.

"죄송합니다. 하나 저희는 절대 나쁜 뜻은 없습니다. 저희를 이대로
보내주시지 않겠습니까?"

탁노야는 고개를 가로저었다.

"자네들이 사파의 인물임이 밝혀진 이상 이대로 놓아줄 수는 없다
네. 여기까지는 종남파의 세력이 미치지 않는다고 하나 사파의 세력을
벗어난 자네들을 아무 이유도 없이 놓아줄 수는 없지."

그 말에 불끈한 곽산이 말했다.

"저 사람들을 잡고 있을 이유도 없지 않습니까!"

탁노야는 그런 곽산을 보며 눈빛을 바꾸었다.

"자네의 의협심(義俠心)과 협행(俠行)은 내 일찍부터 들어왔네만 사파를 두둔하는 일은 내가 용서하지 않겠네!"

탁노야의 말은 단호했다. 사람들이 신선이라 부르는 그를 이렇게 격동시키는 이유는 바로 육십 년 전 정사무림대전 때문이었다. 사파는 비록 하나로 뭉치기를 거부했으나 몇 개의 세력이 연합해 정파의 세력을 침범했다. 그때 종남파는 거의 멸문 직전까지 갔었던 것이다.

"아까 자네는 우리 종남파의 제자를 잡종이라고 불렀던 것을 기억하나?"

그 말에 곽산이 안색을 굳혔다.

"죄송합니다. 제가 너무 성급했습니다. 화가 치밀어 그만… 실수를 범했습니다. 용서해 주시지요."

그러나 탁노야는 그를 향한 살기 어린 눈빛을 지우지 않았다.

"자네에게 사문의 명예가 있듯이 종남파에도 명예가 있다네. 비록 구대문파에서는 말석을 차지하고 있기는 하나 본 파의 명예를 무당의 대제자라고 해서 함부로 할 수는 없는 것이네. 내 제자들을 대신해 자네의 비무 신청을 받도록 하지."

곽산의 얼굴이 그대로 굳어졌다. 자신의 경솔함을 두고 사부가 몇 번이나 꾸중하고 타일렀으나 그 성질을 참지 못한 것이 이런 결과를 초래한 것이다. 진류영조차 이런 일은 예측하기 힘든 것이었다.

"이곳은 너무 좁은 듯하니 밖으로 나가지."

탁노야는 뒤돌아 먼저 성큼성큼 밖으로 나갔다. 종남파의 제자들도 그의 뒤를 따랐다.

면사여인은 그 틈에 곽산을 향해 다가왔다.

"죄송해요. 저희 때문에 괜히……."

곽산은 굳은 안색을 펴고 호탕하게 웃어 젖혔다.

"하하하, 걱정하지 마시오. 무인에게 있어 강자(强者)와 싸우는 것은 하나의 즐거움일 뿐이오. 소저는 염려하지 않으셔도 됩니다."

그때 일천이 뒤에서 면박을 주었다.

"예라, 이 바보 형님아, 형님이 지면 저들 모두 종남으로 끌려간단 말이닷! 그런데 염려 안 하게 생겼냐, 저 멍청이!"

곽산은 얼굴이 빨개지며 허둥댔다.

"걱정하지 마시오. 내 목숨을 걸고 꼭 소저와 동료들을 보내 드리리다."

그리곤 서둘러 밖으로 나갔다. 면사여인은 그를 보며 나지막이 중얼거렸다.

"착한 사람… 저분처럼 의협심이 강하고 순수한 사람은 처음 보겠구나……."

그러나 뒤에서 일천은 그 여인과 두 사내의 심장에 비수를 꽂는 말을 했다.

"저 바보형님 실력으로는 모자랄 텐데……. 상대가 나빴어."

그 말을 들은 세 사람은 모두 얼굴이 잿빛이 되고 말았다.

객점 밖 넓은 길은 어느새 소문이 퍼져서인지 많은 사람들로 가득 차 있었다. 종남파의 세 제자들은 그들이 위험하므로 일정 간격 안으로 들어오지 못하게 막고는 호위하듯 서 있었다.

"저 사람이 신비객이고 저어기 흑의무복을 입은 더 어린 청년이 옥면도랑이라는구먼."

"히야, 그 이름에 맞게 정말 계집애처럼 예쁘게 생겼구먼. 그 옆에 신비객도 만만치 않은걸."

"어허, 모름지기 남자라면 저 곽 대협처럼 탄탄한 인상이 어울리지."

"예끼, 그래도 자네처럼 털보는 남자답다고 할 수 없으이."

"그럼 뭔가?"

"원숭이지, 원숭이. 사람 닮은 원숭이."

어느새 구경꾼들은 그들을 둘러싸고 저마다 한마디씩 하기에 여념이 없었다. 그것도 탁노야가 천천히 말을 꺼내자 모두 사그라들듯 삽시간에 조용해졌다.

"노부는 부끄럽게도 유유선자라 불리는 탁노야라고 한다. 유유무극검을 십이성 익힌 후로부터 강호에 적수가 없었다. 오늘 후배를 만나 손을 섞게 되었으나 이유가 있는 만큼 손에 사정을 두지 않겠다."

곽산이 포권하며 자신도 예의를 갖추었다.

"무당의 첫째 제자 곽산이라고 합니다. 오늘 제가 존경해 마지않던 무림의 대선배께 가르침을 받게 되어 영광입니다. 후배의 실력이 모자라더라도 온 힘을 다하겠으니 꾸짖지 말아주십시오."

오는 말, 가는 말은 고왔으나 실상 그들의 말은 죽일 수도 있다는 완곡한 표현이었다. 원래 정당한 비무 시에는 손에 사정을 두게 되어 있어 살계(殺戒)를 금하고 있었으나 실수로 죽인다고 해서 벌이나 책임이 가해지는 것은 아니었다. 어차피 상호 간에 합의한 비무이기 때문이었다.

"오라! 삼 초를 양보하겠다!"

탁노야의 몸에서 은근한 기운이 일어났다. 부드러움 속에 날카로움을 지니고 있는 유유무극검의 공력을 한껏 끌어올린 그의 몸에서는 마치 구름이 일어나듯 하얀 안개가 맺혔다. 의아한 것은 그가 검법을 익했음에도 수중에 검이 없다는 것이었다.

"그럼 마다하지 않겠습니다. 조심하십시오!"

곽산도 한마디를 뱉으며 그의 검을 찔러 들어갔다. 상대가 정파십협의 고수라 하나 자신있었다. 자신도 누구도 익힐 수 없다던 양의태극검을 칠성까지 익힌 상태가 아닌가!

곽산은 번개같이 검을 빼 들어 삼 장 앞의 탁노야의 상단을 향해 찔러갔다. 그 동작이 순식간에 이루어진 일이라 좌중들은 뭐가 희끗 지나갔다고만 느꼈다. 삭이풍은 속으로 침음성을 흘렸다.

'으음, 과연 곽산이구나. 섬서쾌검이라는 내 검과 비슷한 수준, 아니, 조금 더 빠른 한 수가 아닌가!'

그럼에도 탁노야는 슬쩍 옆으로 한 발을 내디디며 곽산의 뒤로 삽시간에 돌아섰다. 만일 그가 삼 초를 양보하지 않았다면 필히 곽산은 등에 일검을 맞았을 것이다. 곽산은 그것을 염두에 두고 최대한의 빠르기로 일검을 날린 것이었다.

"일초가 지났네."

탁노야는 여전히 여유를 잃지 않았다.

"하아—"

곽산은 기합성을 지르며 뒤를 돌아 재차 검을 날렸다. 탁노야는 역시 한 발을 내디디며 고개를 숙여 곽산의 뒤를 점했다.

"이초."

곽산은 다시 한 번 고개를 돌리며 이번엔 하단으로 검을 비스듬히 그어갔다.

탁노야는 훌쩍 그것을 뛰어넘어 곽산의 정면을 바라보았다.

"삼 초! 이제는 노부가 가도록 하지!"

곽산의 눈에 긴장이 엿보였다. 그것을 지켜보던 면사여인의 눈에도 안타까움이 흘렀다. 그녀가 보기에도 탁노야는 너무 쉽게 곽산의 공세를 파한 것이다.

"조심하게!"

탁노야는 삽시간에 곽산의 앞으로 다가오더니 쌍수를 뻗었다. 곽산은 그 위력을 경시할 수 없는 터라 역시 자신도 한 발을 내디디며 검으로 쳐냈다.

챙— 챙—

두 번의 검이 부딪치는 소리가 났다. 좌중은 의아했다. 맨손으로 검과 부딪쳤는데 쇠가 부딪치는 소리가 났던 것이다. 탁노야는 여유를 두지 않고 재차 손을 뻗어 오른손으로 곽산의 어깨 부위인 천장혈과 견정혈을 동시에 노렸다. 곽산은 황급히 몸을 비틀며 공중으로 떠올라 아래로 삼검을 내리찍었다.

양의태극검(兩儀太極劍), 육성 공력(六成功力) 삼검일로(三劍一路).

탁노야는 피하지 않고 남은 좌수로 재차 세 번을 내리질러 공세를 막았다. 역시 불꽃이 튀며 쇳소리가 터져 나왔다. 탁노야가 곽산의 검을 쳐내자 곽산의 정면은 비어 있는 꼴이 되고 말았다. 탁노야는 우수를 뻗어 곽산의 가슴을 노렸다. 위기의 순간, 곽산은 오른발로 탁노야의 우수를 걷어차며 그 반동으로 뒤로 한 바퀴 돌아 착지했다. 하나 그가 신고 있던 가죽신은 끝이 날카롭게 베어져 있었다.

탁노야가 씨익 웃더니 말을 건넸다.

"단리 진인의 애제자(愛弟子)답군. 방금의 한 수는 막기 힘들었을 텐데."

곽산은 허탈한 웃음을 지으며 말했다. 몇 번 부딪친 것만으로 솔직히 자신과는 격이 다르다는 걸 느낀 것이다. 처음의 자신감은 사라지고 어느새 허탈감만이 남았다. 이래서야 어느 세월에 천하제일가를 찾아간단 말인가?

"선배야말로 너무하시는 거 아닙니까? 검을 쓰시지 않고 맨손으로 절 궁지에 몰아넣으시니 제가 오늘 강호의 비웃음거리가 되겠군요."

탁노야는 껄껄 웃더니 말했다.

"무릇 병기라 함은 자신의 신체의 일부를 연장시킨 것에 불과한데 없으면 어떻고 있으면 어떤가? 누가 자네더러 뭐라 할 수 있겠는가? 노부는 삼 년 전부터 몸에 검을 두지 않았다."

그 말은 이미 심검(心劍)의 경지에 올랐음을 단적으로 암시하는 것이었다.

'정파십협의 상위 다섯 명과 하위 다섯 명의 실력에 차이가 있다더니 과연 허언이 아니로구나.'

곽산은 이를 꽉 물며 다음 수를 준비했다.

"후배에게는 아직 수가 많이 남아 있으니 긴장을 풀지 마십시오!"

곽산은 다시 재차 검을 내질렀다. 앞으로 삼 검을 찌르고 다시 위로부터 세 번을 내려그었다. 탁노야는 그의 공세를 지켜보더니 왼손으로 그의 검을 잡아가며 오른발로 곽산의 다리를 걸어챘다. 남아 있는 오른손으로는 위로부터 떨어지는 삼 검을 막은 것은 물론이다. 곽산은 자세가 비틀어지며 왼쪽 허벅지를 격타당하고 신음을 내뱉었다.

"큭!"

서문제상에게 당한 이후로 누구에게도 무릎을 꿇지 않았던 곽산이다. 곽산은 오기가 발동해 왼다리를 꿋꿋이 펴며 앞으로 새하얀 검기 다발을 내뿜었다.

양의태극검(兩儀太極劍), 칠성공력(七成功力) 비산검망(飛散劍鋩).

탁노야도 이번엔 경시할 수 없었던지 공력을 더욱 끌어올렸다. 그의 몸이 마치 새하얀 안개에 싸인 듯 희미해졌다.

유유무극검(幽幽無極劍), 제십로(第十路) 유유무하(幽幽無瑕).

탁노야의 양손은 더욱 흰 안개를 머금더니 그것을 하나의 검의 형태로 만들어냈다.

'강기로 검을 만들어내다니, 이것이 심검의 경지인가!'

곽산이 그것을 보며 더욱더 힘을 가해 많은 검기의 다발을 만들어냈는데도 불구하고 탁노야의 강기검(剛氣劍)은 자신의 검기 다발을 부수면서 유유히 앞으로 쏘아지고 있었다. 곽산이 만든 검기를 부수었다는 것은 곽산에게 내상을 입혔다는 것과 같았다.

곽산은 급히 검기를 거두며 뒤로 물러섰다. 그의 입에서는 한줄기 선혈이 흐르고 있었다. 제아무리 많은 검기의 다발이라도 강기에는 당하지 못하는 법이다. 곽산은 다시 한 번 내력을 끌어올리며 검을 들어올렸다. 그러자 그의 검에서도 새하얀 빛이 한 자도 넘게 튀어나오더니 더욱 진해졌다. 검기를 다시 강기로 발출시킨 것이다.

"호오, 그렇게 젊은 나이에 강기를 만들어내다니… 나도 그 나이에는 그 경지에 이르지 못했거늘……."

탁노야는 감탄했으나 탁노야가 손에 쥔 강기 검과 곽산의 강기는 질적으로 달랐다. 탁노야는 순수한 강기만으로 검을 만들었고 곽산은 검에 직접 공력을 주입해 강기의 형상을 만든 것이었다.

"하지만 노부가 양보할 수는 없으니 이만 끝을 봐야겠네. 이 수법을 막아낸다면 노부의 패배를 인정하지."

탁노야는 말을 마치고 두 손에 더욱 공력을 모았다. 그만큼 마지막 공격에 자신있다는 소리였다. 그러자 두 손에서는 한 줄기 흰 강기가 강기 검으로 주입되며 검은 길이가 세 자나 길어지게 되었다.

유유무극검(幽幽無極劍), 제십이로(第十二路) 운무도하(雲霧渡河).

순식간에 그 강기 검이 해일처럼 곽산을 뒤덮었다. 그것뿐이 아니었다. 덮쳐 온다는 것은 뻔히 아는데 어디에서 오는지 알 수가 없었다. 정면에서 오는가 하면 후면에서, 위에서, 아래에서 밀려오고 있는 듯했다. 마치 새벽의 자욱한 안개가 강을 뒤덮는 모양새였다.

사람들의 입에서 경악과 신음이 동시에 튀어나왔다. 곽산 또한 아찔했다. 어디서 공격이 오는지도 모르고 희뿌연 안개가 자신을 덮고 있을 뿐이었다.

곽산은 온몸의 공력을 끌어올렸다. 이번 한 수만 넘기면 된다라는 생각이 그의 머리를 맴돌았다. 그의 머리 속에 지난번 남궁세가에서 일천이 보여준 한 수가 불현듯 생각났다. 그는 지체없이 검을 들어 올렸다. 그의 머리 속에서는 찰나간에 여러 영상이 휙휙 지나쳐 갔다.

'해보자!'

양의태극검(兩儀太極劍), 칠성 극한공력(七成極限功力) 이형도세 천하이분(離形刀勢 天下二分).

곽산의 몸이 순간적으로 빛이 난다 싶더니 곽산은 공중으로 크게 뛰어오르며 그대로 아래를 향해 검을 그었다. 그것은 일천이 남궁세가에서 보여준 하늘과 땅을 반으로 쪼갠다는 천하이분의 초식이었다.

그 기세는 가히 하늘과 땅을 가를 만한 위력을 보여주었다. 원래 양의태극검은 초식의 요체가 없다. 그 위에 다른 초식을 얼마든지 운용할 수 있게 몸의 힘들을 이끌어내 주는 것이다. 비록 검으로 도(刀)의 초식을 응용한 것이었지만 그 기세는 사뭇 도세(刀勢)와 비슷했다. 곽산을 감싸고 있던 자욱한 연기들이 한순간 반으로 쪼개진다 싶더니 이어 하늘을 가르는 굉음이 들렸다.

끼이이익—

"아이씨, 저거 내 건데!"

하늘을 찢는 소리에 많은 사람들이 귀를 막고 고통스러워했다. 그 외중에 일천은 공력을 끌어올려 방비하면서도 투덜거렸다.

곽산을 감싸던 흰 연기는 그대로 소멸되어 갔다. 곽산은 은연중에 양의태극검 칠성의 극의를 깨달아 실상 사용한 것은 팔성의 초입 단계였다.

양의태극검의 단계 하나는 두 배의 위력을 가지게 된다. 따라서 칠성의 극한과 팔성의 초입은 많은 차이가 있었던 것이다. 탁노야가 혼신의 힘을 다하지 않은 것도 한몫했다고 볼 수 있었다. 곽산을 죽여서 무당과의 사이를 벌릴 필요는 없었던 것이다.

연기가 모두 사그라지자 관도에는 한일 자로 쩍 벌어진 흔적이 이 장도 넘게 남아 있었다. 사람들은 그것을 보며 감탄해 마지않았다. 탁노야의 눈에 한순간 아쉬움이 어렸으나 이내 그것을 풀어버리곤 곽산을 향해 말했다. 그 눈빛엔 어느새 감탄과 부러움이 깃들어 있었다.

"내가 어리석었다. 너의 본실력을 몰라보다니……. 하나 약속은 약속, 그들은 네 자유에 맡기고 가겠다. 그리고 부럽기도 하구나. 그 순간에 심득(心得)을 얻다니……."

곽산은 양의태극검 팔성을 시전하며 어느새 내상이 나아 있었다. 곽산은 길게 읍하며 선배에 대한 예의를 다했다.

"선배의 아량으로 오늘 이 곽 모가 큰 깨달음을 얻었습니다. 감사합니다."

"감사할 것도 없다. 나중에 너의 사부에게 가서 술이나 한잔 얻어먹 겠다."

그 말에 곽산도 마음을 놓고 웃을 수 있었다. 물론 가장 기뻐했던 사 람은 면사여인의 일행이었지만.

탁노야는 풀이 죽은 세 명의 제자를 이끌고는 횅하니 발걸음을 옮겼 다. 그들의 주위에 있던 구경꾼들은 오늘의 일을 또 강호에 퍼뜨릴 것 이다. 그리고 그것은 진류영과 일천, 곽산이 의형제를 맺었다는 사실 과 동시에 무림삼협(武林三俠)이라 불리는 또다른 별호를 낳게 할 것이 다.

사람들이 모두 흩어지자 면사여인과 두 명의 사내는 곽산 일행에게 다가와 감사를 표했다.

"대협, 덕분에 오늘 낭패를 면했습니다."

"아닙니다. 저야 뭐 한 일이 있나요? 여기 우리 진 아우가 소저를 도 왔으니 진 아우에게 감사를 표하시는 게 어떻습니까?"

진류영은 그 말에도 빙긋이 웃을 뿐이었다. 부드럽고 현기가 어린 눈빛과 그의 미소는 마치 천상의 그것 같았다. 일천은 그 웃음에 또 마 음이 설레는 것을 느꼈다.

"공자님께도 감사드립니다. 공자님은 소문에 무공도 고강하시다던 데 입담도 굉장하시군요."

"별말씀을요."

진류영이 같이 고개를 숙이며 면사여인의 인사에 답례했다. 일천은 그 모습에 왠지 질투가 나서 고개를 돌려 버렸다.

"그런데 무슨 일인지 저희가 알아도 되겠습니까?"

곽산이 조심스레 물었다. 그러자 두 사내 중 한 명이 대답했다.

"저는 철검방(鐵劍房)의 둘째 제자인 여광익(呂匡翼)이라고 하며 이 분은 철검방주(鐵劍房主)의 장남이신 엄권(嚴眷)이라고 합니다. 그리고 저분은……."

여광익이라 자신을 밝힌 사내는 면사여인의 이름을 밝히기가 꺼려지는 듯 망설였다. 그러자 엄권이 나섰다.

"소저, 이분들은 저희를 구해주신 분들이니 이름을 숨기기가 까다롭구려."

면사여인은 대답 대신 면사를 들어 올리는 행동으로 답했다. 가늘고 긴 눈, 그 속에 어린 총명함이며 오똑한 콧날, 홍조가 핀 하얀 얼굴……. 아름다운 얼굴임에도 무언가 지혜가 가득 든 지적인 면이 유난히 돋보이는 여인이었다. 면사로 가리지 않았다면 모든 남정네들이 그녀를 쳐다보기에 여념이 없었으리라. 그녀는 옥이 구르는 듯 낭랑한 목소리로 말했다.

"저는 단목유령(端木幼令)이라고 해요."

곽산은 탄성을 질렀다. 단목유령이라면 현재 이십일 세로 단목가에서 낳은 최고의 기재(奇才)였다.

"아! 그럼 중원오미(中原五美) 중 일 인이며 의성(醫聖)이라 불리는 좌양명(左亮明) 어르신의 셋째 제자가 아닙니까?"

단목유령은 가는 눈을 더 가늘게 해서 살포시 웃으며 고개를 끄덕였다. 그녀의 웃음은 같은 여자인 일천조차 잠이 확 달아날 정도로 아름다웠다. 고개를 돌리고 있다가 곽산의 말에 문득 고개를 다시 돌려 그녀를 본 것이 실수였다.

일천은 왠지 모를 질투를 느끼고는 진류영을 보았다. 남자라면 모두 설레일 만한 미소다. 한 여자만을 마음에 둔 곽산마저도 얼굴을 붉히고 있는데 진류영은 아무 동요도 없는 눈동자로 그냥 묵묵히 웃고 있을 뿐이었다. 일천은 문득 그가 오래 살지 못하기 때문에 여자를 마음에 둘 수 없다는 것을 깨닫고는 가슴이 아팠다. 천방지축이던 일천도 마음은 여렸던 것이다.

단목유령의 말은 이어졌다.

"사부님께서 다른 일이 있으셔서 제가 병자를 보러 가는 길이랍니다. 환자의 신분을 밝힐 수 없는 것을 용서해 주시지요."

곽산은 단목유령에게서 떼지 못하던 눈을 들어 하늘을 한번 바라보고는 고개를 끄덕였다.

"그럼 바쁘실 텐데 어서 가보십시오. 제가 너무 붙잡았나 봅니다."

철검방주의 아들인 엄권이 곽산과 일행에게 포권하며 말했다.

"여러분들의 의기(義氣)를 이 엄 모가 살아 있는 한 잊지 않겠습니다. 저희는 비록 사파에 속하지만 그 누구보다 더 정의롭게 살아왔습니다. 철검방은 감숙성(甘肅省)의 기련산(祁連山)에 위치하고 있습니다. 아무 때고 들르셔서 제 이름을 말하시면 제가 크게 한번 대접하겠습니다."

엄권의 의기가 섞인 진실된 마음이 느껴지는 말에 곽산도 크게 감동을 받았다.

"물론입니다. 엄 형이 내치지만 않으신다면 철검방의 술단지가 바닥을 보일 때까지 한번 마셔보겠습니다."

엄권도 곽산의 호탕한 성격이 마음에 들었고 나이 역시 이십오 세로 그와 비슷하다는 것을 알자 연신 고개를 끄덕이며 힘주어 말했다.

"제가 곽 형을 내치는 날에는 하늘에서 술단지가 떨어져 세상을 하직할 것입니다. 이 엄 모 역시 술이라면 누구에게도 지지 않을 자신이 있으니 꼭 겨루어봅시다. 철검방의 술단지를 모두 바닥을 보게 만들어봅시다. 하하하!"

그들의 호탕한 사내다운 웃음소리가 하늘을 쩌렁쩌렁 울렸다. 물론 진류영은 그때 객잔의 주인에게 그들이 먹은 음식 값을 지불하고 있었다. 그의 성품에 하나도 어색하지 않은 일이라 하겠다.

엄권 일행과 헤어진 그들은 걸음을 재촉해 팽씨세가(彭氏世家)로 향했다. 저녁놀이 어슴푸레하게 질 무렵 그들은 영평강(永平江)에 도착할 수 있었다. 강이 내려다보이는 객잔에서 하루를 묵기로 한 일행은 꽤나 숙박 요금이 비싼 곳에서 머무르게 되었다. 일천이 강이 내려다보이는 객잔에서 묵자고 했는데 경치가 좋은 만큼 숙박비가 다른 곳의 세 배에 이르렀다. 진류영의 거센 반발이 있었다.

"이건 제 수중의 돈이 아니라 국고에서 나온 돈이란 말입니다."

"진 형, 어차피 황제가 마음대로 쓰라고 준 거잖아. 뭐 어때?"

"하지만……."

"진 아우, 내 꿈은 강이 보이는 이런 고급 객잔에서 머물러보는 것이었다네. 자네가 싫다면……."

사실 그들은 이보다 더 호화로운 중앙전장에서 머문 적이 있었다. 바로 어제.

"안 됩니다."

이번엔 곽산의 연기력도 통하지 않았다. 그러자 일천은 금덩이 하나를 내밀었다.

"남자가 쫀쫀하게……."

"헉! 막내, 네가 어디서 이런 돈을……."

일천은 마교 교주의 딸이다. 각지에 퍼져 있는 마교의 비밀 전장이나 표국에서 돈은 얼마든지 얻을 수 있었다. 물론 진류영보다는 못하겠지만.

"좋아, 오늘은 그럼 여기서 머무는 거야. 그리고 술 한잔 거하게 하고 말야. 음하하하!"

곽산이 승자의 기세로 선언했다. 진류영은 어쩔 수 없이 어깨를 한번 들썩이고는 그들의 뒤를 따랐다.

저녁을 먹고 나자 일천이 다시 졸랐는데 그것은 영평강의 명물인 노구교(蘆溝橋)를 구경 가자는 것이었다. 노구교는 금나라 때 만든 다리로 다리 전체를 대리석으로 만들어 그 아름다움이 예술품이라 해도 과언이 아니라고 하는 정도였다.

곽산은 내상 치료를 위해 운기를 해야 했지만 크게 내상을 입은 것은 아니어서 잠시 동안 운기한 후 일천을 따라나섰다. 이미 기선을 제압당한 진류영은 말없이 그들을 따랐고 일천은 뭐가 그리 좋은지 료료를 껴안고 곽산의 옆에서 계속 주절거리고 있었다. 일천은 료료를 굉장히 귀여워해 거의 품에서 놓지 않다시피 하고 있었다. 진류영도 료료를 좋아하기는 마찬가지였는데 자기의 피를 먹여 살린 때문인지 그 애정이 각별한 느낌이 있었다.

"우와, 진짜 멋지다!"

일천은 연발 감탄을 내뱉었다. 마침 저녁놀이 완연하게 천지를 뒤덮은 터라 대리석에 붉은 빛이 은은하게 반사되는 것이 말로 표현할 수 없는 그윽한 색채를 뿜어냈다. 료료도 그런 광경을 처음 보는지 연신 야옹거리며 고개를 떼지 못했다.

연인 또는 가족 단위의 관람객들이 여기저기서 구경하고 있었다. 그들도 황혼에 물든 다리의 정경을 감상하며 연신 감탄하고 있었다. 일

행은 사람들이 많은 것이 번잡스러워 사람이 적은 곳으로 발길을 돌렸
다. 가벼운 산책을 겸하고 있었고 강변을 천천히 거닐면서 객잔으로
돌아가는 것도 괜찮을 듯싶었기 때문에 누구도 반대하지 않았다.

진류영의 눈에 한 중년 남자의 모습이 들어온 것은 그때였다. 남자
는 강가에 서서 석양을 등지고 서 있었는데 그 모습이 거인처럼 크게
느껴졌다. 진류영은 착각인가 싶어 눈을 비비고 다시 살펴보았다. 그
는 백색과 회색이 어우러진 깔끔하고 단정한 선비 차림으로 머리에는
길쭉한 관까지 쓰고 있어서 분위기가 마치 문사(文士)의 모습이었다.
석양을 등지고 있어서 자세한 용모는 확인할 수 없었으나 그는 코밑에
수염을 멋지게 기르고 있어서 그런지 학자풍의 느낌이 한층 더해왔다.

그 문사는 한숨을 내쉬더니 진류영 일행이 지척에 있는 것도 모르는
지 한 편의 시로 마음을 털어놓고 있었다.

"도도히 가는 물은 옛날과 다름없이 오늘에 흐르노니 한과 초의 흥
망성쇠는 두 언덕의 흙이 되었도다[滔淘逝水流今古 漢楚興亡兩邱土]. 당
년에 지나간 일이 오로지 허무함을 이루었으니 강개히 술잔 앞에서 누
구를 위하여 춤을 추려는가[當時往事具成空 慷慨樽前爲誰舞]."

그 문장은 끝없는 한탄과 후회를 담고 있었는데 점점 사그라지는 노
을과 어울려 슬피 흐느끼는 듯 묘한 감흥을 주었다. 내뱉는 말 한마디
한마디마다 처량함이 뚝뚝 흐를 것처럼 묻어 있어 일천과 곽산조차도
한잔의 술에 취한 듯 가슴이 아련하게 저려오는 데가 있었다.

진류영은 끓어오르는 감흥을 이기지 못하고 한 소절의 문장으로 그
마음을 표현했다.

"태어남은 한 조각 뜬구름이 일어남이요, 죽음은 한 조각 뜬구름이
사라짐일세[生也一片浮雲起 死也一片浮雲滅]. 뜬구름은 본래 자성이 실

하지 못하니 태어나고 죽어감이 모두 역시 이와 같도대[浮雲本無自性實
生死諸般亦如是]."

　진류영의 이 한 수의 시는 원래 불교의 선문답에서 그 말을 차용해
온 것이나 방금의 문사가 내놓은 시와 묘하게 어울려 한 편의 대구(對
句)를 이루고 있었다.

　다만 문사가 내놓은 시가 허무함에 이르러 신세를 한탄하는 의미를
내포하고 있다면 진류영의 시는 그러한 허무함을 한 단계 뛰어넘는 선
인(仙人)의 경지를 보여주고 있었다. 자신이 지난 일을 후회하는 것은
자신의 존재를 부정하게 되어 현재의 자신이 존재하는 것조차 후회할
수밖에 없다는 의미를 은근히 밝히고 있어서 앞으로의 삶에 충실하라
는 교훈적인 의미 또한 숨겨 있는 것이었다.

　문사는 진류영의 시를 듣더니 흠칫하며 놀라다가 한참을 어색하게
먼 산을 보고 있었다. 그러더니 그는 몸을 돌려 일행에게로 다가왔다.

　그는 정확히 진류영의 일행으로 다가오고 있었다. 살기는 없었으나
그의 가벼운 발걸음과 같은 보폭이 상승의 고수임을 보여주고 있었다.
그는 일행의 이 장 앞까지 느긋하게 다가오더니 천천히 입을 열었다.
근엄하고 인자한 목소리였지만 은근히 놀람을 감출 수가 없었는지 그
의 목소리는 간간이 음색이 떨리고 있었다.

　"자, 자네……."

　진류영은 여전히 담담한 얼굴로 말을 이었다.

　"제가 예전에 불교(佛敎)의 뜻에 심취했던 적이 있는지라 감히 노형
의 귀를 더럽혔습니다."

　그 문사의 얼굴은 크게 밝아졌다. 그는 진류영 이외에는 알지 못할
소리를 중얼거렸다.

"한 조각 뜬구름의 자성과 출몰(出沒), 이 역시 사람이 만드는 것이다. 사람이 만들어내고 지워가는 것도 사람의 몫이니 그것은 개개인에 따라 크게 다르리라."

진류영은 그 말을 듣고 부드러운 웃음을 지었다. 문사는 말을 이었다.

"오늘 이 태 아무개에게 하늘의 복이 있어 소형제 같은 인재를 만나게 되어 기쁘기 그지없다네. 소형제, 이 태 모가 한 가지를 경청할 수 있도록 도와주겠는가?"

사실 진류영은 그가 어떠한 일인지 모르나 크게 고민하고 있었다는 것을 알고는 한마디 말로 그의 고민을 덜려고 도움을 준 것이었다. 진류영은 황급히 손을 내저으며 말했다.

"경청이라니 당치도 않습니다. 저는 노형의 시에서 알 수 없는 슬픔이 느껴지는지라 그저 한마디 말로써 근심을 덜어드리려 한 것밖에 없습니다. 어서 말씀하시지요."

문사는 고개를 한번 끄덕이더니 아무 거리낌 없이 물었다.

"자네에게 있어 검이란 무엇인가?"

그것은 딱히 누구를 짚어 지칭함이 아니었다. 곽산과 일천은 어리둥절해하며 문사를 쳐다보았다. 짙은 황혼의 석양빛을 등지고 있어 가까운 거리임에도 얼굴이 자세히 보이지 않았다.

일천이 간단히 대답했다.

"난 도(刀)를 쓰는데?"

자세히는 보이지 않지만 그 문사가 웃고 있는 기분이 들었다.

"그럼 도란 무엇인지 대답할 수 있겠나?"

일천은 고개를 도리도리 저었다.

"싫어. 누군지도 모르는 사람이 친한 척 물어보는 것도 싫고."

곽산이 그런 일천의 행동을 만류하지 않은 것은 저 문사가 자기들에 대해 뭔가 알고서 묻는 것이 분명했기 때문이다. 그의 정체가 궁금했던 것이다.

그러자 그가 한 발 앞으로 나서며 포권의 예로 일행에게 자신을 소개했다. 그가 한 걸음 나서자 그의 얼굴이 완연하게 드러났다.

"하하, 내가 결례를 한 것인가? 난 태허자(太虛者)라고 한다네. 강호의 동도들은 과분하게도 군자검이라고 부르고 있다네."

곽산의 눈이 크게 떠졌다. 군자검(君子劍) 태허자(太虛者). 현 화산파의 장문이었다. 역시 정파십협의 수위를 차지할 정도의 실력이며 그가 검을 쓸 때에는 마치 군자와 같다 하여 그런 이름이 붙었던 것이다.

태허자는 검에 대한 뛰어난 재능으로 차기 장문인으로 내정되어 장문인에게만 전해지는 자하신공(紫霞神功)을 익히면서 그 뛰어난 재능이 한층 빛을 발했다고 한다. 검뿐 아니라 시(詩)나 서화(書畵)에도 조예가 깊어 그의 검법이 아니었더라도 능히 군자라 불렸을 만했다. 사십의 젊은 나이에 장문의 자리에 올라 화산의 매화검(梅花劍)과 상청검(上淸劍)을 대성하여 오십에 이르러 새로이 천혜매화검(天蕙梅花劍法)을 창시했다. 전, 후반을 합해 오식으로 이루어진 그의 천혜매화검은 부드럽고 우아하며 은은한 맛까지 풍긴다고 한다.

"아까는 어떤 건방진 노친네가 유유선자라고 하더니만 이번엔 또 무슨 군자타령이네."

곽산은 급하게 일천의 입을 막으려 했지만 말은 이미 흘러나온 후였다.

"무당의 곽산이 화산의 장문인을 뵙습니다. 그동안 안녕하셨는지요."

곽산이 사뭇 공손하게 읍하며 인사했다. 그제야 일천은 눈을 동그랗게 뜨더니 역시 포권으로 인사했다.

비록 거칠 것이 없는 마교의 말썽꾸러기였지만 화산의 장문인이라는 것은 그리 만만한 존재가 아니었기 때문이다. 정사를 떠나서 일파의 장문인에게는 그에 합당한 예우를 갖추는 것이 강호의 관례였다.

"일… 천이오. 화산의 장문인을 만나게 되어 반갑습니다."

진류영은 빙긋이 웃으며 마찬가지로 읍을 청했다.

"아까 태평객잔의 이층에 계시던 분이로군요. 견식(見識)이 얕아 미처 알아뵙지 못하였습니다. 진류영이라고 합니다."

군자검 태허자는 간단히 포권하며 대답을 대신했다.

"기억하지 못할 줄 알았는데 놀랍군. 사실은 나도 그 객잔을 나서서 이곳 영평강의 명물을 구경차 오고 있었는데 뜻밖에 그대들도 이쪽으로 오고 있었다네. 하지만 객잔에서 인사를 나누지 않은 터라 염치가 없어 아는 체를 하지 못했는데, 그러고 보니 내가 그대들을 몰래 따라온 것처럼 되어버렸다네. 내 사과함세."

그의 사과는 기실 객잔에서의 일을 중재하지 못한 것에 대한 사과였다. 그의 화산 장문인이라는 신분이었다면 점창파와의 대립을 막을 수 있었을 것이다. 그는 그 사실에 대한 사과였다. 실상 자기도 그들의 무위가 궁금했던 터였기도 했기 때문에 객잔에서는 나서지 않고 지켜본 것이다.

곽산이 사과할 필요가 없다고 이야기하려 하자 일천이 또 나섰다. 그러나 말을 맺기도 전에 곽산에 의해 입을 막히고 말았다.

"당연히 사과해야지요. 양상군자(梁上君子)도 아니고… 읍."

양상군자는 도둑놈이란 뜻이다. 일개 문파의 장문인에게 도둑놈이

라는 소리를 했다가 자칫하면 문파의 제자들에게 몰매를 맞을 것이 뻔
했기에 곽산이 급히 입을 가로막은 것이다. 일천은 객잔에서의 일보다
는 지금 그들을 따라온 것에 대한 비꼬는 말을 꺼낸 것이라 눈치가 없
음이 사람들에게 드러났다. 태허자는 그런 일천의 태도에도 불구하고
만면에 여전히 부드러운 웃음을 짓고 있었다. 그리 잘생긴 얼굴은 아
니었으나 만면에 선비의 기색이 풍기는 것이 좋은 느낌을 주었다.

"하하, 그 이야기는 사실 곽산의 사부인 단리가 예전에 나에게 했던
말이네. 사실 맞는 말이지 않은가? 군자나 양상군자나 다를 것이 무에
있겠는가? 사람의 목숨을 훔쳐 가는 것은 같은 것을……."

태허자의 말에서 알 수 없는 허허로움이 느껴졌다. 곽산은 그가 사
부인 단리 진인과 친해 몇 번 보았으나 석양에 가려 한 번에 알아보지
못한 것이다. 사부가 알면 버릇없는 놈이라 혼낼 것을 생각하니 갑자
기 사부에 대한 그리움이 밀려왔다.

'사부님은 잘 계신지…….'

그런 곽산의 생각을 깬 것은 진류영이었다.

"저희에게 물어볼 것이 있으시다는 말씀은……."

"말 그대로라네. 검에 대해… 아니, 도에 대해 묻고 싶은 것이라네.
일천 소협, 이제 말해 주지 않겠는가?"

일천은 생각에 빠져 있었다. 태허자는 그런 그에게 한 가지 제의를
했다.

"내가 공짜로 그대 소협들의 말을 듣는다면 강호의 동도들이 나를
예의도 모르는 거지라고 욕할 걸세. 그런 욕이라면 위진개 어른 말고
는 감히 들을 자신이 없을 거라네. 하하, 그럼 이렇게 하지. 자네들이
내 질문에 대답해 준다면 내가 자네들의 귀찮음을 맡아주겠네. 내 보

기에 자네들이라면 문제가 없겠지만 그 수고를 내가 감당해 준다는 말일세. 어떤가?"

일천은 생각도 하지 않고 바로 대답했다.

"에에, 그러려고 그런 건 아닌데. 뭐, 어쨌든 제게 있어서 도(刀)란 사람을 죽이는 무기가 아니겠습니까?"

그들이 무슨 말을 하는지 알 수 없는 진류영은 그의 천재적인 머리로도 태허자의 말이 이해가 가지 않았다. 곽산이 진류영에게 전음으로 상황을 설명해 주었다.

─우리는 지금 일단의 무리들에게 둘러싸여 있어. 기척으로 느끼기에 화산의 사람들은 아닌 것 같은데……. 장문인의 말은 아마 그들을 처리해 준다는 것이겠지?

진류영은 그제야 이해가 갔다. 자신은 그런 것을 조금도 느끼지 못하고 있었는데 역시 고수들은 다르다는 생각이 들었다.

"그런가? 그럼 자네 생각은 어떤가?"

태허자가 곽산에게 물었다. 곽산은 잠시의 머뭇거림도 없이 자신의 의견을 피력했다.

"제게 있어서 검(劍)이란 약자를 도우며 의(義)를 행하는 도구이자 자신을 올바르게 세울 수 있는 힘입니다. 그리고 소중한 것을 지키기 위한 힘이기도 하구요."

곽산은 말끝을 흐렸다. 아마도 말하는 순간에 위지령아의 생각을 한 것임에 틀림없었다.

태허자는 고개를 끄덕였다.

"역시 자네답군. 그럼 자네는 어떤가?"

진류영은 솔직히 당황할 수밖에 없었다. 자신은 사실 검과 함께 길을 걸어온 무인도 아닌 데다가 그런 생각을 하고 있지 않았었다. 진류영은 한참을 고민한 끝에 겨우 말을 꺼냈다.

"저는… 모릅니다."

일천과 곽산은 눈치를 채고 있었지만 태허자는 의아한 눈으로 진류영을 쳐다보았다.

"모른다니? 신비객이라고 그것마저 모른 척할 셈인가? 난 그저 자네의 솔직한 생각을 듣고 싶을 따름이네. 내 여태 수많은 사람들에게 물었건만 자네와 같은 대답은 처음일세."

진류영은 진심이 담긴 그의 목소리를 듣고 태허자의 두 눈을 똑바로 보며 물었다.

"세상에는 여러 가지 칼이 있습니다. 닭 잡는 칼, 소 잡는 칼, 야채를 써는 칼, 황궁에서 내시가 될 때 거세하는 칼."

내시의 이야기가 나왔을 때 일천은 킥 하고 웃을 수밖에 없었다. 그는 사실 황궁에서 일했던 사람이니까 말이다.

"그리고 무림에 나와 보니 또 다른 칼들이 있더군요. 정파의 칼, 사파의 칼, 그리고 그중엔 정의로운 칼과 소인배의 칼이 있고, 비겁한 자의 칼과 심지가 굳은 자의 칼이 있었습니다. 그러나 정파의 칼은 정의로운 칼이 아니었고 사파의 칼은 소인배의 칼이 아니었습니다. 장문인께서 느끼시는 검이란 무엇입니까?"

그리곤 고개를 숙였다.

태허자는 그의 이야기를 듣고 담담한 목소리로 말했다.

"나 또한 자네와 같은 생각이네. 검은 그저 검일 뿐이고 도는 그저 도일 뿐이니 그 어디에서 정의로움과 사악함을 논하겠는가? 어차피 사람을 죽이기 위해 만들어지고 그것으로부터 지켜야 할 것을 지키기 위해 쓰일 뿐이니 이는 능히 탁상공론(卓上空論)밖에는 되지 않는다네."

곽산은 이에 크게 깨닫는 바가 있었다. 일천은 무슨 소리를 하는 거냐며 겉으로 드러나지 않게 인상을 꽉꽉 쓰고 있기는 했지만.

아까 태허자는 그러한 자신의 마음을 시 한 수로 표현했다. 진류영은 그의 속마음을 이해할 수 있었다.

태허자가 고민에 빠진 것은 상당히 오래된 일이다.

사실 예전부터 정과 사는 끝없는 대립을 계속해 왔다. 그런데 육십 년 전 정사대전이라 할 수 있는 큰 격전이 일어나 많은 사람이 죽어갔다.

그가 어렸을 적, 당시에 남겨진 문서들을 보게 되면서 그의 마음에는 조그마한 의문이 싹트기 시작한 것이다. 왜 서로 길이 다르다고 잡아먹지 못해 안달인가? 정파라고 해서 정파다운 정의로운 인물만 있는 것은 아니었고 사파라고 해서 사파다운 사악한 인물들만 있는 것도 아니었다.

그러나 그 역시 정파에서 자란 인물이므로 자란 환경에 의해 사파를 어쩔 수 없이 미워하게 된 것이다. 그러다가 최근에 이르러서 태허자는 천혜매화검의 후반부를 창시했으나 도저히 그 오의(奧義)를 깨달을 수가 없었다. 이리저리 연구하던 중 어렸을 적부터의 자신의 고민이 마지막 심득(心得)을 얻는 데 큰 방해가 된다는 것을 알았다. 그래서 장문인의 신분임에도 불구하고 세상을 이리저리 주유하며 방황을 하던 중 범상치 않은 일천과 진류영 등을 만나서 그의 한 가지 궁금증을 풀고자 한 것이다.

사실 그가 읊은 시는 우미인초(虞美人草)라고 하며 항우가 한군(漢

軍)에게 밀리고 밀리다 해하에서의 마지막 밤 우미인과 사별하던 바로 그 장면을 노래한 마지막 부분에 해당하는 것이었다. 태허자는 이 시에서 정파와 사파를 한과 초에 비유하며 그 사이에서 갈등하는 심정을 대신한 것이라 할 수 있었다.

"이거 자네들에게 큰 은혜를 입었네."

곽산과 일천은 뾰로통한 얼굴로 있었다. 뭔지 같이 좀 알자는 뜻이었다. 태허자는 그들의 시선을 외면하지 못하고 이유를 설명해 주었다.

"사실 난 오래전부터 정파와 사파로 나뉜 이유를 생각해 왔다네. 정의로움이 없는 정파를 과연 정파라 할 수 있는가 말이네. 그리고 왜 정과 사로 나뉘어 까닭없는 싸움을 하는지도 말일세. 자네들에게 검과 도에 대해 물은 것은 정확히 말하자면 정파의 검과 사파의 검을 물었던 것이라네. 오늘 뜻밖에도 내가 큰 깨달음을 얻어 한평생을 살아오며 고민하던 것을 말끔히 털어놓게 되었으니 기쁘기 그지없다네."

곽산이 되물었다.

"그러니까 정파와 사파가 어떻다는 말씀인지……."

태허자는 기쁨을 참지 못하고 큰 소리로 말했다. 오랫동안 고민해왔던 문제가 해결되었고 덤으로 천혜매화검의 오의를 깨달을 수 있는 발판을 마련했는데 어찌 기쁘지 않겠는가!

"그러니까 이는 모두 내 마음에 달린 자연스러운 일이란 말일세. 저렇게 석양이 지고 밤이 찾아오면 다시 아침이 오듯 그렇게 말일세. 내가 고민한다고 과거의 일들이 다시 오는 것이 아니며 밤잠을 설친다 한들 내일은 거저 오는 것이 아니란 말일세."

곽산과 일천은 입맛을 쩝 하고 다시고는 더 이상 듣기를 포기했다. 그들에게 있어서는 아직 이해할 수 없는 일이었던 것이다.

태허자는 아까 진류영의 시로 마음을 다잡았다. 정사로 나뉘어 구분하고 죽이는 것에 의문을 가질 게 아니라 그 자신이 발로 뛰며 알아내면 될 것이었다.

"그럼 이제 약속을 지켜야겠군."

태허자는 갑자기 얼굴을 굳히더니 일행의 앞으로 나섰다.

"어느 고인들이시오?"

그의 목소리에는 웅후한 내력이 담겨 있어 누구도 무시하지 못할 위엄이 있었다.

"화산의 장문인을 뵙습니다."

어디선가 들어본 듯한 목소리가 들려오더니 흑의무복을 입은 이십여 명의 인영이 허공에서 나타난 듯 지상으로 내려섰다.

"어?"

"어라?"

곽산과 일천은 놀란 표정을 지었다. 그들의 앞에 나타난 사람들은 곽산과 일천이 진류영을 만나기 바로 전에 그들을 쫓던 인물들이었다. 진류영의 만변답혼진에 걸려 헤매던 무리들이었던 것이다.

그 흑의인영들 중 한 명이 앞으로 나섰다. 예의 대장인 듯한 사내였다.

"신비객 진 소협에게 한 가지 묻겠소."

진류영은 담담히 물었다.

"무엇입니까?"

"내 비록 무공뿐 아니라 학문도 어느 정도 정진해 왔다고 자부하는 바이오. 하나 방금 소협의 시 한 수에는 내가 감히 미치지 못할 가르침이 있었소이다. 나는 평소에 나의 시 한 수로 나의 마음을 이해하는 사람이 있다면 그를 해하지 않기로 마음먹은 적이 있었소. 일을 행하기 전에 소협에게 묻겠소이다."

"말씀하시지요."

"말을 물 먹이고 가을 물을 건너니 물은 차고 바람은 칼과 같네[飮馬渡秋水 水寒風似刀]. 평야 모래에 해가 떨어지지 않으니 컴컴하게 임조(지명 이름)가 보이네[平沙日未沒 暗暗見臨洮]. 그 옛날 장성에서 싸울 때 모두 말하기를 의기가 높았다고[昔日長城戰 咸言意氣高]. 누런 먼지가 오늘과 옛날에 족하니 백골은 다북쑥에 어지러이 흩어지네[黃塵足今古 白骨亂蓬蒿]."

그 말을 들은 주위 사람들이 모두 얼굴을 찌푸렸고 군자검 태허자도 마찬가지였다. 대체 이것은 무엇을 말하는 것이란 말인가? 말을 마친 흑의인영은 내력을 끌어올리더니 손을 들어 땅바닥을 내려쳤다. 갑자기 내력을 끌어올린 흑의인영을 보고 긴장했던 좌중들이 이건 또 뭔 일인가 하고 의문을 가졌다. 땅바닥에는 손자국이 나지 않고 둥그런 세 개의 원이 푹 파여 있었다.

태허자는 그것을 보고 어떤 무공의 흔적인지 생각했으나 자신의 뛰어난 견식으로도 그 무공의 정체를 알 수가 없었다.

진류영은 잠시 생각하더니 조용히 입을 열었다.

"사좌에 앉은 사람들이여, 또한 시끄럽게 하지 마시오. 원컨대 노래 한마디 들으시기를. 청컨대 동로기를 말하고자 하니 우뚝하기는 남산을 생각케 하네[四坐且莫暄 願聽歌一言 請說銅爐器 崔嵬象南山]. 위 가지는 송백과 같고 아래 뿌리는 동반에 걸쳐 있네. 조각한 글자는 각기 다

르고 영롱이 서로 연결되어 있네[上枝似松柏 下根據銅盤 雕文各異類 離婁
自相聯]. 누가 이 그릇을 만들 수 있었던가? 노나라의 공수반이로다. 붉
은 불은 그 속에서 타고 푸른 연기는 그 사이로 날리네[誰能爲此器 公輸
與魯班 朱火然其中 靑煙揚其間]. 바람을 따라 그대의 품 안으로 들어오
니 사좌의 사람들은 탄식하지 않을 수 없도다. 향기로운 바람은 오래
머물기 어려우니 공연히 난초로 하여금 쇠잔해지게 하네[從風入君懷 四
坐莫不歡 香風難久居 空令蕙草殘]."

그 말을 들은 좌중들이 또 어리둥절해했다. 대충 들어보면 누가 그
릇을 만들었는데 그 모양이 예쁘다는 건지 난초가 어쨌다는 건지 알
수가 없었다. 태허자만 고개를 미약하게 끄덕이는 것을 보아 대충 상
황을 이해한 듯싶었다.

그러나 흑의인영은 달랐다. 고개를 떨구더니 침중하게 입을 열었다.

"우리는 원래 저 진 대인에게 볼일이 있었습니다."

곽산과 일천이 그 말에 서로를 쳐다보았다.

"우리를 쫓아온 게 아니었어?"

태허자는 그들을 둘러보더니 말했다.

"보아하니 강호의 일개 무명소졸들은 아닌 듯싶구려. 여하튼 이젠
볼일이 없다는 뜻이오?"

앞으로 나선 인영이 대답했다.

"그렇습니다. 사정이 있어 모든 말씀은 드리기 어려우나 조금 전 진
대인의 말에 저희는 큰 감명을 받았습니다. 진 대인을 시해하려 했던
것이 부끄럽기 그지없소이다."

마지막 말은 진류영을 향한 것이었다.

"저는 그대들에게 피해를 본 것이 없으니 부끄러워하실 필요도 없습

니다."

진류영의 말에도 흑의인영은 극구 부인했다.

"아니오. 진 대인 같은 대인(大人)을 알아보지 못하고 돈에 눈이 어두워 큰일을 저지를 뻔했습니다. 어차피 저희들이 대인 같은 고수를 상대할 수 없기도 하거니와… 어쨌든 저희들은 여기서 고용주의 청부를 포기할 생각입니다. 하지만 대인을 노리는 자들은 계속 들이닥칠 것입니다. 부디 보중(保重)하시기를……."

말을 마친 인영은 일행에게 가볍게 포권하더니 다른 인영들과 함께 사라졌다.

"뭐야, 너무 허무하잖아?"

일천이 불평했다. 혹시 몸을 풀 수 있지 않을까 내심 기대했는지도 몰랐다. 태허자가 안색을 긴장시키며 앞쪽으로 조용히 손을 들었다.

"아직 나오지 않은 자들이 있다네. 자네들은 많은 사건에 연루되어 있는 것 같군."

그때서야 가까운 나무와 풀 등에서 인기척이 동요하는 것이 느껴졌다.

"나오지 않으신 분들은 이 태 모를 업수이 여긴다고 생각하고 살수(殺手)를 쓰겠소이다."

말이 끝나기가 무섭게 그의 손에서는 네 가닥의 지풍이 날려졌고 동시에 지풍이 쏘아져 가는 방향마다 급히 몸을 피하는 그림자가 보였다.

"허어!"

곽산은 내심 혀를 내둘렀다. 이들은 자신의 감각에도 느껴지지 않던 자들이었다. 그로 미루어보아 전문적으로 훈련을 받은 자들임에 틀림없었다. 처음 스무 명의 인영들은 그러한 훈련을 받은 이들이 아닌 보

통의 고수들이었던 것을 알 수 있었다. 그들은 그들의 말대로 누군가
에 의해 그저 단순히 고용된 무림인들인 것 같았다.

"흠, 이제야 주위가 조용하군. 세 명뿐인가? 내가 너무 과민했었나
보군."

태허자는 어느새 어두워진 주위를 한번 둘러보더니 허리춤에서 부
채를 뽑아 진류영에게 건네주었다. 은은하고 청량한 향기가 흘러나오
고 부채에 그려진 난(蘭)으로 보아 얼핏 보기에도 꽤 좋은 물건인 듯싶
었다.

"이것은?"

태허자는 그의 손에 부채를 쥐어주며 말했다.

"이것은 청향목(淸香木)으로 만든 부채라네. 부족하지만 내가 직접
만들고 그림을 그려 넣었다네. 십 년 이상을 지녔던 물건이라 이는 나
의 신분을 증명하는 물건이기도 하니 반드시 쓸모가 있을 걸세. 넣어
두게나."

진류영은 받을 수 없다고 거절했으나 태허자는 끝끝내 그의 손에 부
채를 쥐어주고 일행에게 작별 인사를 한 후 표표히 길을 떠났다.

곽산과 일천은 꿔다 놓은 보릿자루가 되어 입이 한 자나 튀어나와
있었다.

"대체 뭔 소리를 씨부렁대다가 사라지 건지, 아예 나오지를 말든
가……. 그런 한마디 말로 싸움도 피할 수 있으면 누가 칼을 들고 휘두
르겠어?"

진류영이 빙긋 웃으며 대꾸했다.

"저 사람에게는 그러한 말이 의미가 있었던 것 같군요. 게다가 그
사람은 이미 나에게 할 말을 다 전했으니 그냥 사라진 것일 겁니다. 자,

밤이 늦어 바람이 차니 일단 들어가서 얘기를 나누죠.”

“내일이면 팽가에 도달할 수 있을 것이니 오늘은 술이나 한잔하자고. 무슨 득도한 땡추마냥 씨부렁거리는 진 아우는 빼고 말야.”

곽산이 투덜거리며 일천에게 말을 걸었으나 일천의 반응은 냉담했다.

“나 술 안 마셔.”

“에이, 그러지 말고 내가 좋은 술로 골라줄 테니…….”

“싫엇!”

일천은 빽 하고 소리를 지르고는 앞장서서 걸어갔다. 곽산은 할 수 없이 진류영에게 구원의 눈빛을 보냈다.

“진 아우…….”

“저도 싫습니다. 어제 마신 술이 다시 올라오는 것 같아서요.”

진류영은 생각만 해도 끔찍하다는 듯이 옥용을 찌푸리며 일천의 뒤를 따라갔다.

“제길, 그럼 료료 너라도?”

료료는 어느새 밖으로 나와 있다가 곽산의 말에 웃는 듯한 표정을 지으며 곽산의 어깨 위로 올라탔다.

“그래, 너밖에 없다. 나쁜 넘덜, 두고 보자.”

그러나 곽산은 다음날 료료를 숨이 넘어가기 직전까지 인사불성으로 취하게 만든 죄로 일행에게 한참을 구박받아야 할 것을 알지 못했다.

그들이 떠나고 남은 자리에서 하나의 인영이 작은 바위의 그림자에서 솟아나왔다. 그 인영은 가슴에서 피를 흘리고 있었다.

"크억, 군자검 태허자가 이 정도의 무공을 가졌을 줄이야! 어서 알려야 한다. 이대로는 대업의 달성이 무위로 돌아가 버린다."

인영은 다시 한 모금의 핏덩이를 토해내더니 다친 몸을 이끌고 어디론가 사라져 버렸다. 잠시 후 그가 있던 바위 위의 나뭇가지에서 다른 인영이 하나 뛰어내렸다.

"이게 대체 무슨 일인가? 저들을 주시하는 자가 이렇게 많았단 말인가? 알 수 없군. 나조차 모르는 자들이 그렇게 많이 저들을 뒤쫓고 있었다니……. 이것 역시 상부에 보고할 일이다. 일이 어렵게 돌아가는군. 휴우~"

인영은 한숨을 내쉬더니 방금 전의 인영이 사라져 간 반대 방향으로 몸을 날렸다. 이제 더 이상 그곳에는 사람의 기척이 느껴지지 않았다. 이제 더 이상 없음인가?

일각이 지나고 역시 인기척이라고는 느낄 수 없을 고요한 적막 속에 조금 전의 그 바위가 움직이는 것이 아닌가!

"이런 제길, 파리들이 대체 얼마나 꼬인 거야? 크크크, 하지만 성과는 있었군. 내 눈으로 천양묘를 직접 확인할 줄이야. 내 손을 벗어날 수는 없을 것이야, 꼬마 놈들. 반드시 천양묘를 내가 취할 것이다. 누구에게도 넘겨줄 수 없다. 크하하하!"

그 바위는 조그마한 인영으로 변하더니 삽시간에 다시 어둠으로 사라져 갔다. 바위가 있던 자리엔 아무것도 남지 않았고 원래부터 아무것도 없었던 것처럼 사방은 그렇게 고요했다.

제7장

천양묘를 쫓는 자들

천양묘를 쫓는 자들

곽산은 일행에게 구박받고 있었다.

"아니, 대체 애한테 술을 얼마나 먹였길래 아직도 해롱대?"

"영물이라는 이 녀석이 아직도 정신을 못 차리는 걸 보니 꽤 심했던 듯싶군요."

"아니, 그게 이 녀석이 혼자 술독으로 빠져서는 그걸 다 먹어치웠다니까!"

"얼씨구? 도사가 거짓말도 하네."

이유는 료료 때문이었다. 어제 진류영과 일천에게 따돌림당한 곽산은 료료를 술친구로 밤새 술을 마셔댔다.

아침에 진류영이 일어나 보니 료료의 배가 산더미처럼 나와서 인사 불성이 되어 있는 것이 아닌가! 방 안에는 온통 술 냄새로 가득 차 있었고 료료의 주위로 구토를 했던 듯 오물 자국이 아직도 남아 있었다.

비록 영물이라고는 하지만 몸이 워낙에 작으니 처음부터 인간과 술 대작을 한다는 것이 말이 될 리 없었다.

"하마터면 술 먹고 죽은 첫 번째 영물이 될 뻔했잖아! 힘들게 진 형이 피까지 먹어서 살려났더니 술독에 빠뜨려 죽이려 해? 아예 술꾼으로 만들어라, 만들어!"

곽산은 할 말이 없어 품 안의 료료를 안은 채 묵묵히 걸어갔다.

"제기, 그렇게 같이 마셨으면 얼마나 좋아?"

입 밖으로 크게 소리를 낼 수는 없으니 조그맣게 중얼거렸다.

어느 정도 화풀이가 끝나고 나자 일행은 말없이 걷기 시작했다.

한참을 걸은 후 궁금증을 참지 못한 일천은 진류영에게 어제 일을 물었다. 화산파의 장문인 군자검 태허자와 헤어진 후 여러 차례 물었으나 아직 생각이 정리가 안 되었다며 이야기해 주지 않은 진류영이었다.

"음, 이 일은 극비가 될 수도 있는 일이라 말하기가 쉽지 않은걸."

곽산이 옳다구나 하고 끼어들었다.

"하지만 얘기를 하지 않는다면 앞으로 다른 녀석들의 습격을 막기가 쉽지 않을 거잖아. 다른 사람한테 말하지 않을 터이니 말해도 괜찮을 거 같은데……."

그 말에 일천이 누구를 믿느냐는 표정으로 곽산을 쳐다보았다. 그러나 그도 궁금하기는 마찬가지라 내색하지 않고 진류영에게 시선을 돌렸다.

"그들은 기정문(祁晶門)의 후예인 것 같습니다."

"기정문?"

곽산이 소리쳤다.

"알아?"

일천이 곽산을 새삼 다시 보며 물었다.

"몰라."

"이런, 미친……!"

일천이 곽산을 째려보자 곽산은 얼른 고개를 돌렸다. 일천은 일행 중에 막내인 셈이니까 미친 녀석이라거나 하는 말은 차마 내뱉을 수가 없었다. 따지고 보면 술에 취해 기억을 못하는 자신의 탓이니까.

"진 아우, 기정문이라니? 어느 정도의 고수들이 모여 있는 문파라면 내가 모를 리 없을 텐데? 그런 이름은 처음 듣는걸?"

진류영은 고개를 끄덕였다.

"그럴 겁니다. 육십 년 전 정사대전 때 사라진 문파이니까요."

일천은 그 말에 궁금증을 더했다.

"사라진 문파인데 어째서 아직 남아 있는 거고 진 둘째 형을 쫓는 거지?"

진류영이 말을 하면서 걷자 호흡이 가빠지는 듯 길가의 아름드리 버들나무를 가리켰다.

"잠시 쉬어 가지요."

곽산이 흔쾌히 허락했다. 벌써 두 시진은 족히 걸었으니 진류영이 힘들 만하였다.

각자 그늘진 자리에 자리를 잡고 앉고 곽산은 아예 드러누워 버렸다. 아직 초가을이라 바람이 시원했다.

"그가 보여준 무공은 기정문의 절기인 대정권법(大晶拳法)의 규항삼권(硅伉三拳)이라는 초식입니다. 세 개의 동그란 구멍이 생긴 것은 최소한의 주먹 부위로 힘을 전달하기 때문이라고 하더군요. 대정권법을 극성까지 익히면 그 구멍이 단지 점 하나에 불과할 정도가 된다고 합니다."

진류영은 황궁 무고의 모든 책을 독파하여 머리 속에 넣어두고 있는 천하제일 기재다. 하나 아직 무공을 견식한 경험이 적고 그것이 어떻게 운용되는지를 모르고 있어서 지식을 가진 만큼의 활용이 불가능했다.

예를 들어, 신법을 사용한 경우 무림인들은 평상시에도 자신들이 그러한 무공을 사용하므로 고수들은 흔적만으로도 어떤 문파의 것인지를 쉽게 알아내지만 진류영의 경우에는 그러한 무공을 써본 적도, 구경한 적도 없고 단지 글로만 읽었을 따름이라 알기가 어려웠다. 하지만 강호를 나오며 곽산 등을 만나고 실제로 무공을 견식하면서 그러한 지식들이 하나씩 살아 움직이게 되었던 것이다.

진류영의 확신없는 말에 곽산이 보충 설명을 했다.

"그렇군. 타격 부위를 최소한으로 줄임으로써 불필요한 힘의 낭비를 막고 최대한의 힘을 전달한다는 것은 어느 무공이나 같지. 그나저나 태허자 어르신도 모르는 걸 진 아우가 어찌 아는가?"

"정사대전에 많은 문파와 고수들이 멸문당할 위기에 처했다는 것은 아시겠지요?"

곽산과 일천은 모두 고개를 끄덕였다.

"그럼 그것은 웬만한 무림인들이라면 다 알고 있는 얘기지."

"그럼 그들 중에 살아남은 자들은 모두 어디로 갔을까요?"

곽산은 잠시 생각하고 있었지만 일천은 즉시 대답했다.

"다른 문파에 흡수되었거나 시골에서 농사나 짓지 않을까?"

진류영은 고개를 저었다.

"저는 기록에 의한 정보밖에는 가지고 있지 않습니다만 정사를 합해서 군소 문파들은 백여 개가, 중소 문파는 삼십여 개가 사라졌다고 합

니다. 비록 멸문당했다고는 하나 그 많은 문파의 인원들이 자신들 문파
의 비전절기를 남에게 알려주려 다른 문파에 몸을 맡겼을 리는 없겠지
요."

　그러고 보니 그랬다. 차라리 한 사람도 남을 수 없을 위기에 처할지라
도 타 문파에게 자파의 절기를 알려준다는 것은 있을 수 없는 일이었다.

　"그럼 그들이 하늘로 도망갔나? 땅으로 파고들었나?"

　일천은 아직 어리둥절한 모습이었으나 곽산은 무릎을 탁 치더니 말
했다.

　"아! 혹시… 혹시 관(官)에?"

　"맞습니다."

　진류영의 담담한 미소에서 흘러나온 대답은 곽산과 일천이 놀라기
에 충분했다. 진류영은 더 이상 뜸 들이지 않고 말을 이어 나갔다.

　"정확히는 황궁이지요. 당시 정사대전에 멸문당할 위기에 처했던 기
정문은 황궁으로 찾아와 몸을 의탁했다고 합니다. 자신들의 절기를 타
문파에 빼앗기느니 황궁에 몸을 의탁해서 후에라도 문파의 부흥을 꿈
꾸는 것을 택했을 테지요. 물론 황궁에서도 그들을 내칠 이유가 없었
습니다. 대부분의 인원이 황실 내 중요 인물들의 개인적인 호위무사나
사병(私兵)으로 들어갔고 그들의 절기가 적힌 비급을 보관 명목으로 압
류하기는 했습니다만……."

　"대단하군. 그 사실을 진 아우가 어떻게 안 거야?"

　"제 직책이 문서를 담당하는 교서랑이었지 않겠습니까? 게다가 황
상의 은혜를 입어 나중에 황궁 무고의 서적들을 견식할 복을 얻었던
일이 있었습니다. 무공비급뿐만 아니라 많은 역사와 기록들이 남아 있
더군요."

“음, 역시 무림인들의 행동을 주시하고 있었군.”

“그랬을 겁니다. 지방의 관에서는 신경 쓰지 못하고 있지만 어쨌든 무림인도 이 나라의 백성이 아니겠습니까? 그리고 보면 그들도 대단한 인물들이지요. 육십 년이 지났는데도 문파를 다시 세우려고 절기를 남몰래 전승하는가 하면 남의 밑이기는 하지만 제자를 받아 명맥을 잇고 있으니.”

이야기가 갑자기 정치 쪽으로 흘러가자 따분함을 느낄세라 일천이 얼른 말을 막았다.

“그럼 어제 둘이서 씨부렁거리던 시의 내용이 뭐야? 왜 그 사람이 그 한마디에 태도가 변한 거지?”

“음, 그가 부른 시에는 과거를 회상하며 한탄하는 내용이 담겨 있었지. 처음에 그 무공을 보여주지 않았더라면 나도 잘 몰랐을 거야. 이미 육십 년이란 세월이 지났음에도 그들이 독립할 수 있는 여지가 주어지지 않아 한탄하고 있었던 거랄까? 그리고 자신들이 하기 싫은 일을 억지로 하고 있다는 푸념도 조금 비친 것일 거고.”

“음, 그런 심오한 뜻이……. 그럼 둘째 형이 한 말의 뜻은 뭐였을까? 헛소리하지 말고 꺼지라는 뜻?”

그 말에 진류영이 ‘하하’ 하고 웃었다.

“그 말이 맞을지도. 정확히는 나중에 그들이 문파를 세우게 될 때, 지금의 일이… 그러니까 황궁의 앞잡이가 되어 옳지 않은 일을 했던 사실이 거론되면 문파의 정당성이 떨어지게 될 거라는 암시를 준 거지. 그들도 어차피 지금 하기 싫은 일을 억지로 했을 테니 마음에 찔렸던 걸 거야.”

“그런데 왜 그들이 우리, 아니, 진 아우를 쫓는데?”

진류영이 뭐라고 말을 하려다가 멈추고 그 말에 대답했다.

"아마도 제가 지니고 있는 중앙회의 백옥패와 입고 있는 보의 탓이 겠지요. 지금으로선 그게 제 추측의 전부입니다."

"하지만 진 형은 무적의, 흐흐… 어도술이 있잖아."

무적이란 말에서 일천이 흘러나오는 웃음을 참지 못했다. 진류영의 비도는 스스로 방어를 하지만 공격은 할 수 없을 뿐더러 몸이 생명이 경각에 달린 순간에만 활동한다고 했던 것을 알아낸 까닭이다.

진류영은 일천의 그런 묘한 느낌의 말을 알아들었는지 어쨌는지 고개를 저었다.

"아닐세. 내가 황상께 받은 것은 비도를 제외한 가죽신까지 세 가지 뿐이고 비도는 효령 공주께 받은 것이거든. 그래서 아마도 그들은 이 비도에 대해서는 모르고 있을 거야. 나중에 내가 신비객이라는 소문이 나면서 한 가지가 더 있었구나 하고 알았겠지. 아니면 처음부터 그런 것들보다는 이 옥패에만 관심이 있었을지도……."

그랬다. 중원제일이라는 중앙회의 자금을 마음대로 쓸 수 있는 백옥 패야말로 모든 이들이 꿈꾸고 있는 것일지 몰랐다. 그중에서도 반란을 생각하던 무리들이라면 더욱 그 정도가 심했을 것이다. 아마 진류영의 뒤를 쫓는 인물들은 그러한 목적의 인물들임에 분명하리라. 게다가 그들을 수족처럼 부릴 수 있는 이들이라면 아마도 황실 내의 인물임에도 확실했다.

진류영은 그러한 사실들을 어젯밤에 생각해 내고는 황제가 자신에게 이런 물건을 맡긴 것이 부담스럽기도 했다. 하지만 황제는 이미 일단의 무림인들에게 자신을 부탁하는 밀언을 내리기도 했으니 그런 걱정을 조금이라도 덜 수 있었다.

그러나… 곽산과 일천은 그의 말에 뒷부분을 잘라먹은 듯 듣지 않았다. 그들이 듣고 놀란 것은 앞부분.

"효, 효령 공주!"

진류영은 의외의 사태에 적잖이 놀랐다. 효령 공주의 이야기를 이들이 어떻게 안단 말인가? 효령 공주가 그렇게 널리 알려질 이유가 있단 말인가?

"진 아우… 부럽네. 크흑, 부러워!"

곽산은 눈물까지 흘리며 부러워하고 있었고…….

"황제뿐만 아니라 공주까지?"

일천은 진류영이 그렇게 황궁에서 높은 인물인지 이제야 알았다는 듯 소리를 높였다.

진류영은 두 말에 동시에 대답하기가 어려워 일단 고개를 저었다. 오늘은 유난히 고개를 좌우로 젓는 일이 많은 것 같았다.

"그렇게 높은 관직도 아니었지만 황상께서 보살펴 주셔서 자주 알현할 기회가 있었을 뿐입니다. 효령 공주는 그때 많이 뵙게 된 것이구요."

"아니야. 공주가 이런 보물을 건네줄 정도면 사이가 심상치 않아. 중원오대미인(中原五代美人)이라는 효령 공주와 그렇고 그런 사이였다니 진 아우를 다시 봐야겠네."

진류영은 크게 당황했다. 일천을 보니 그도 미약하게 고개를 끄덕이는 것을 보아 진류영을 무슨 바람둥이라 생각하고 있는 것은 아닐까?

"아닙니다, 아니에요. 아니야, 아우. 그냥 오라버니와 동생 같은 그런 사이였다구요."

진류영이 최근에 이렇게 당황한 적은 없었으리라. 왜 그랬는지 진류영 자신도 모르지만 부끄럽고 창피한 것이 그를 안절부절못하게 했다.

곽산은 그런 그가 재미있어 죽겠다는 듯 계속 놀려댔다.

"오라버니와 동생? 허어, 감히 일국의 공주와?"

진류영이 생각해 보니 그랬다. 평소라면 모를까 갑자기 당황하는 바람에 말을 실수한 것이다. 과연 누가 무슨 배짱으로 일국의 공주에게 오라버니, 동생 하며 허물없이 지낼 수 있단 말인가! 진류영은 자신의 실수를 깨닫고 뭐라 반박도 못하고 얼굴을 붉혔다.

"허어, 언제나 군자처럼 차분하고 조용하던 진 아우가 이렇듯 당황하는 걸 보니 분명 뭔가 있었던 게로군."

진류영은 감정에 휩쓸린 나머지 속내를 드러내고 말았다. 처음으로 그가 큰 소리를 낸 것이다.

"형님, 형님도 아시지 않습니까? 제가 얼마 살지 못할 것이라는 걸. 그런 제가 어떻게 한 여인와 마음을 주고받을 수 있겠습니까?"

순간 분위기는 침울해지고 말았다. 일천 또한 지금은 남장을 하고 있지만 원래 자신은 여자였다. 그러나 아직은 무공에만 전념하고 싶은 탓으로 다른 남자는 눈에 보이지 않았다. 그래서 그런 생각을 한 적은 없었으나 이 순간만큼은 진류영의 마음을 이해할 수 있었다. 아니, 이해할 수 있을 것 같았다.

곽산은 그답지 않게 침착한 목소리로 대답했다.

"진 아우, 행복은 시간으로 가늠할 수 있는 게 아니라고 생각해. 사람에게 일생 동안 몇 번이나 행복이 찾아올 수 있겠는가? 한 번? 두 번? 아니, 평생을 기쁨을 누리며 사는 사람도 있을지 모르지. 하지만 다시는 있을지 없을지 모르지만서도 그 여인이 자네와 행복했던 기억을 평생 기억하며 살아가는 것이 그 여인에게는 더 좋을 수도 있을 거라 생각해. 후에 더 좋은 사람을 만날 수도 있겠지. 반대로 평생을 그 순간을 후회하며 살 수도 있을 게 아닌가?"

잠시 말을 끊은 곽산은 호흡을 다듬고 말을 이었다.

"사람의 생은 짧아. 그리고 그 생에 단 한 번 찾아온 사람을 잊기도 어렵지. 평생을 후회하며 사느니 차라리 잠시나마 그 순간의 행복을 가지는 것도 살아가는 힘이 될 수 있지 않을까?"

"그래도 그 여인에게는 상처를 주는 일이 될지도 모릅니다. 저는… 저는 그렇게 할 수 없을 겁니다."

곽산은 아무 말 없이 고개를 끄덕이고 몸을 일으켰다.

"그만 가지. 너무 오래 지체한 것 같네."

일행은 조용히 일어나 몸을 털고 걸음을 재촉했다. 어찌 보면 신기한 일이기도 했다. 사실 만난 지도 오래되지 않은 이들이다. 그런데도 마치 오래된 친구를 만난 듯, 운명적으로 만난 듯 속내를 털어놓고 하는 것이 크게 부끄럽지 않았다. 어느새 정말로 형제가 된 듯한 기분을 느끼고 있었다. 곽산도, 일천도, 진류영도.

한참을 말없이 걸으며 기분이 가라앉자 진류영은 일행에게 사과했다. 당연히 곽산은 괜찮다고 했고 일천은 다음부터 잘하라며 핀잔을 주었다.

모처럼 일천이 눈치를 보아가며 참고 있던 궁금한 것을 곽산에게 물었다.

"그런데 중원오대미인이 누구누구를 말하는 거야?"

일천도 여자였으니 사실 그러한 것이 궁금하기 짝이 없었지만 진류영이 침울해 보이는 터라 쉽게 말을 꺼내기 어려웠다. 예전의 그녀였다면 궁금한 대로 순간순간 물었을 테지만 이들과 다니다 보니 어떤 분위기에는 자신도 이해가 가지 않을 정도로 입을 열기가 어려웠다.

곽산이 대답해 주었다.

"우선 아까 말한 효령 공주가 있지. 미모도 뛰어나지만 총명하기 그지없다고 해. 성격도 워낙에 활발해서 궁 안의 모든 사람들이 그녀를 좋아하지 않는 사람이 없다고 할 정도래. 그래서 황상이 특히 아긴다는 소문이 있지. 진 아우가 황상을 만나면서 효령 공주를 만나게 된 건 사실 우연이 아니라고 볼 수 있어."

"흐음, 그렇군. 그럼 다른 사람들은?"

"그리고, 험험, 말하기 뭐하지만 위지가의 차녀인 위지령아가 그중에서 가장 뛰어난 미모를 가졌다고 한다더군."

그 말에 일천이 인상을 쓰며 곽산을 쳐다보았다. 곽산은 연속 헛기침을 하며 말했다.

"진짜야, 진짜. 내가 그런 게 아니라 사람들이 그런 거라고. 정 못 믿겠으면 다른 사람들에게 물어보라고."

"그래, 대형의 말을 믿지. 그 다음은?"

"우리가 한 번 보았던 의성 좌양명 어른의 제자인 단목유령이야. 그녀는 미모뿐 아니라 마음도 곱고 의술 솜씨도 의성에 가까울 정도로 뛰어나서 정사를 가리지 않고 존경하고 고마워한다네."

그 말에 맞장구치고 있던 일천이 의문을 제기했다.

"점창파의 쓰레기들은 막 대하던데?"

"아냐. 원래의 이름을 밝혔다면 그들도 그렇게 나오지는 않았을 거야. 면사로 가린 데다가 중요한 일 때문인지 신분을 밝히지 않아서 그런 오해가 생긴 거였겠지."

"그렇군요. 음."

어느새 진류영도 곽산의 말에 귀를 기울이고 있었다. 언제까지 그런 일로 축 처져서 삐침(?)할 수는 없는 일이 아닌가! 게다가 그런 일들은 이미 마음속으로 삭인 지 오래되어 어느 정도 익숙해져 있었기 때문에 쉽게 가라앉힐 수 있었다.

"그리고 정체를 알 수 없는 인물이 있어."

"응? 정체를 몰라? 그런 게 어디 있어?"

곽산이 주위를 힐끔 둘러보더니 말했다.

"물론 소문이기는 하지만 나이는 이십 대 중반 정도로 보이는데도 정말 가히 절세가인이 따로 없다고 하더군. 험. 본 사람이 드물기는 하지만 들리는 소문으로는 선녀나 다름없는 용모에 혹한 사이에 미소를 지으면서 정파의 인물들을 마구 죽이고 다닌대. 벌써 백 명 이상이 죽어 나갔고 불구가 된 사람이 몇십 명에 이를 정도라지? 그런데 우스운 것은 불구가 된 사람들도 그녀를 잊지 못할 정도의 미인이라고."

"그럼 사파의 인물이라고 할 수 있습니까?"

처음으로 진류영이 입을 열었다. 곽산은 잠시 생각하는 듯하더니 말했다.

"아마도……. 정파의 인물끼리는 사실 서로 대놓고 죽이는 일은 하지 않거든. 음모를 꾸민다거나 뒷전에서 암수를 써서 죽이면 모를까 그들도 껍데기는 정파니깐 말야. 명분이 없으면 몇십 명이나 되는 각 파의 인물들에게 손을 쓰기는 어렵지."

"아마도 정파의 인물에게 무슨 원한을 가지고 있는 게 아닐까요?"

"그렇게 볼 수도 있지. 확실하진 않아. 워낙에 행적이 묘연해서 말야. 하지만 사람들은 이렇게 말하지. '하늘하늘한 흰옷에 웃고 있는 선녀를 만나면 고개를 숙이고 얼굴을 쳐다보지 마라. 그리고 아무 말도 하지 마라, 선녀가 지나갈 때까지' 라고 말야. 실제로 그 선녀를 보는 순간에 눈을 감거나 내리깔지 않으면 눈을 뽑아서 장님으로 만든대.

물론 정파의 인물들만."

곽산은 세상을 주유하며 들은 것이 많았다. 진류영이 얼굴을 찌푸렸다.

"정말 잔인하군요."

"음, 나도 그런 생각이야. 선녀를 만나고도 살아남은 사람 중에서 제대로 앞을 보는 사람이 없으니까 말이야. 죽지 않으면 장님이 되는 것이지. 그래서 붙여진 이름이 소살마녀(笑殺魔女), 혹은 빙절선녀(氷絶仙女)라네."

일천이 무표정한 얼굴로 말했다.

"그동안 뽑은 눈알이 삼백 개는 되겠네. 눈알신공이라도 익히나? 아님 눈알을 암기로 쓰나? 그것도 아니면 주식이 사람의 눈알인가 보네. 심심하면 뱀 눈알도 빼 먹고 곰 눈알도 빼 먹고."

곽산과 진류영이 질린 얼굴을 하고 일천을 괴물 보듯 쳐다보았다. 일천은 그들의 하얗게 질린 얼굴을 보고 손을 내저었다.

"농담이야."

하지만 얼굴에는 웃음기가 없었다.

"얼굴을 보면 농담이 아닌 거 같은데……."

곽산이 조그맣게 중얼거린 것을 일천은 못 들었는지 이야기를 재촉했다.

"아직 한 명 남았네. 남은 한 명은 누구야?"

"남은 한 명은 의외로 마교 교주의 딸이야. 아마 올해로 열대여섯 살 정도 되었다고 하더만."

일천은 흠칫 놀랐다. 자신도 오대미인에 속한 것인가? 오대고수도 아니고?

진류영이 물었다.

"마교라면 정사를 통틀어 적에 가까운 존재 아닙니까? 그런데 강호를 활보할 수가 있단 말인가요?"

"아니, 물론 이 이야기는 마교의 총단에 있던 자들이 낸 소문이라 신빙성은 없어. 그런데 하나같이 그렇게 말을 하니 믿지 않을 수도 없는 일이지. 게다가 과거에 천하오미(天下五美) 중 절색이었던 팽가려(彭佳麗)와 절세미남자였던 교주 마극천과의 사이에서 난 딸이니 당연한 일인지도 모르지."

그러한 사실은 일천은 더욱 몰랐던 일이다. 교 내에서는 그 일에 대해 일체 언급하지 않았다. 일천은 모친의 이름이 가려라는 것도 이제야 안 것이다.

일천은 시치미 떼고 물었다.

"어떻게 마교와 사대세가(四代世家)가 그런 일을 벌일 수 있지?"

곽산이 놀라 물었다.

"너, 진짜 모르냐? 이 이야기가 강호에서 얼마나 유명한데. 어린아이도 알고 있는 슬픈 사랑 이야기라고."

일천은 슬프거나 말거나 관심이 없었다. 그에게 궁금한 것은 자세한 정보일 뿐.

"저도 모릅니다. 말해 주세요, 형님."

진류영도 황궁에서만 있었던 터라 강호의 비사에 대해 알지 못했다.

"그럼 얘기해 주지. 당시에 마교 교주는 신분을 속인 채로 강호에서 협행을 해왔었는데 사파의 기대주를 박살 낸 것도 그때의 일일 거야. 기억하지, 사파의 지존이 될 뻔한 자가 있었다고 말한 거? 그리고 그때 정파의 많은 지우(知友)를 얻었어. 그중에는 어제 본 화산의 장문인도 있었지. 후에 사람들이 정체를 알고는 그를 척살하려 했으나 그의 친구들이 그들을 말렸다네. 이해가 가나? 당시 그의 친구들은 현재 무림의 주요 직책을 맡고 있는 장로들이 대부분이라네. 여하튼 그의 벗들은 몇 년간 그와 강호행을 했던 터라 그를 잘 안다고 생각했지. 그래서 그가 심성이 사악하지 않으니 놓아달라며 자신들의 목숨을 내걸었대. 각 문파에서는 난리가 난 거야. 자파의 후기지수 중 대제자, 일대 제자, 차기 장문 내정자들이 모두가 목숨을 걸고 그를 살리려 하니 난감하기 그지없었던 거야."

한참 말을 한 곽산이 잠시 쉬자 일천은 더 궁금해져 그를 재촉했다.

"그래서, 그래서?"

"그렇게 재촉하지 말라고. 시간은 많으니까. 험. 그래, 그래서 어떻게 되었냐면 벗들의 모습을 보고 감동받은 마극천은 자신이 살아 있는 동안에는 마교가 중원을 절대 넘보지 않겠다고 했어. 어떻게 보면 잘된 일이기도 했지. 마교의 세력은 무지막지했으니까. 그래서 그의 벗들은 마교의 중원 침략을 오랫동안 막게 된 그 공로를 인정받아 지금은 대부분 높은 자리를 하나씩 차지하고 있지. 뜻있는 사람들은 혹시 계략이 아니냐고들 하지만 마극천이 살아 있는 몇십 년 동안은 최소한 마교와 분란은 없을 테니 그런 의견도 쏙 들어간 지 오래야."

갑자기 진류영이 물었다.

"그가 강호에서 활동한 게 정확히 몇 년 전입니까?"

"글쎄, 나도 잘은 모르는데 한 이십오 년은 되었을걸?"

"제가 알기로는 혈해적인이라는 마교의 인물이 이십 년 전 중원을 피바다로 만들었던 일이 있었던 걸로 아는데요? 그럼 마교가 중원을 침략한 것이 아닌가요?"

진류영의 말에 곽산이 고개를 저었다.

"마공을 익힌 자들은 가끔 마성(魔性)을 이기지 못해 스스로 마(魔)가 되고 만다네. 그러면 이성을 잃어 닥치는 대로 살인을 저지르게 되지. 단지 피를 쫓는 광인(狂人)이 되고 마는 거야. 마극천이 사실 마교의 인물이라는 것이 들통난 것도 혈해적인의 사건 때문이었다네. 그 사건이 아니었으면 마극천은 조용히 교로 돌아갔거나 아니면 아직도 강호를 주유하고 있겠지. 마극천이 그의 동료들과 광인이 된 혈해적인을 제압하는 과정에서 마공을 익힌 것이 들통났다네. 그동안 숨기고 있던 실력을 전부 쏟지 않으면 어려울 정도로 그만큼 마성에 빠진 자는 무섭지."

"아하, 그러니까 이십오 년 전에 나타나서 약 오 년간 활동하고 그 때문에 돌아간 것이로군요."

"맞아, 비록 자신이 한 것은 아니지만 마교의 인물인 혈해적인이 무림인들을 엄청나게 도륙했으니, 그게 마음에 걸려서라도 중원을 치지 않겠다는 약속을 할 만도 하지. 그 일이 없었더라면 아마 그런 말은 안 했을지도 모르지. 그의 무공은 아주 뛰어났다고 하니까."

"이야기가 많이 빗나갔잖아. 팽가의 일을 마저 얘기해 줘야지."

일천이 재촉했다.

"아, 그렇군. 하여튼 팽가려와 마극천은 이미 서로 사랑하는 관계였고 그는 돌아가기 전에 팽가에서 그녀를 데려가려 했대. 하지만 말이 되겠어? 명문정파의 딸이 마교로 간다니, 아무리 협행을 하고 심성이 곱다 해도 마교는 마교거든. 그래서 결국 그녀를 두고 떠나갔대."

"그게 뭐가 슬픈 사랑이야?"

일천이 기대했던 마음에 상처를 입은 듯 톡 쏘는 소리로 물었다.

곽산이 혀를 쯧쯧 하고 찼다.

"사람의 말은 끝까지 들어야지. 마극천은 그때 왼팔을 내놓고 갔단 말야. 그리고 그것으로 부족하면 한쪽 다리를 내놓겠다고 했대. 그래서 당시 팽가의 가주였던 쌍검무적(雙劍無敵) 팽서작(彭敍爵)이 왜 오른팔을 내놓지 않느냐고 했더니 자신의 연인을 한쪽 팔로라도 안아주고 싶어서 오른팔은 안 되겠다고 했대. 정말 대단한 인물이지. 하여튼 팽가에서는 허락해 주지 않았고 마극천은 할 수 없이 탄식하며 왼팔을 두고는 떠났다고 해. 이 이야기는 마극천의 성품을 알려주는 유명한 일화라고. 마교의 차기 교주가 위신과 체면을 아끼지 않고 사랑을 얻으려 했던 일이니까.”

순간 일천은 아찔한 현기증을 느껴 자리에 주저앉을 뻔했다.

'아, 아빠가 왼팔이 없다고? 왼팔이?

그러나 아무리 생각해도 자신의 기억 속에 외팔이인 마극천은 없었다. 자신의 아버지인 마극천은 두 손을 멀쩡히 가진 사람이었다.

'뭐, 뭔가 잘못된 거야. 그래, 강호의 소문은 원래 부풀려지기 마련이니… 그럴 리 없지. 게다가 정말 그 이야기가 사실이라면 교 내의 사람들이 그러한 소문을 모를 리 없을 터, 분명 무슨 일이 있었을 거야.'

일천은 애써 자위하며 기분을 가라앉혔다.

그 모습을 본 곽산은 일천이 감동을 받아 그런 줄 알고 이야기를 계속했다.

“그 이후로 팽가려는 가출해서 소식을 알 수가 없고 마교의 교주도 그 소문을 듣고 자기의 연인을 찾으려 했으나 종적을 알 수가 없었대.”

진류영이 고개를 끄덕였다.

“그랬군요. 그런데 아까 그의 딸은 나이가 열다섯 살이라고 하지 않았던가요?”

“응, 소문에 의하면 그 딸의 나이가 네 살인가 다섯 살 때 교주에게 전해졌대. 그러니까 한 십 년 전의 일이겠지? 사람들이 추측하기를 아마 그 후에도 어떤 기회로든 계속 만났을 것이라고 하더군. 아니면 마극천과 팽가려가 헤어진 후 오 년 만에 어떻게인지 모르지만 만나서 정을 나누었던가. 그리고 헤어져서 딸을 낳고 오 년 후에 딸을 건넸겠지 뭐. 나도 거기까진 몰라, 다 들은 얘기니깐 말야. 하여튼 당연히 팽가에서는 그 소문을 듣고 딸을 더 이상 딸로 인정하지 않았고 말야.”

뭔가 맞지 않는 점은 있었지만 강호의 소문은 원래가 그런 것이었다. 소문이란 한 사람을 거칠수록 부풀려지지 않는가.

“그리고 팽가에서 마극천을 거부한 이유가 또 있었지.”

일천이 애써 답답한 가슴을 쥐어 잡으며 물었다.

“뭔데?”

“마극천이 바람둥이였기 때문이야. 당시 인물 좋고 성격 좋은 협사였던 마극천은 인기가 엄청났었다고 하더군. 그중에는 천하오미라 불리던 여인도 세 명이나 끼어 있었대. 무림인들은 아직도 그 일을 회상할 때 마극천이 정파의 인물이었다면 인중룡(人中龍)이 되었을 것이라며 선망의 눈길을 감추지 않는다고.”

그 얘기도 일천은 모르고 있었다. 자기의 아버지가 바람둥이였다? 하지만 실제로 마교 내에서 마극천은 밤에는 시중을 드는 시비조차 곁에 두지 않았다. 그리고 여색을 밝히는 것을 한 번도 본 적이 없었다.

일천은 갈수록 답답해지는 것을 느끼며 크게 한숨을 내쉬었다. 그리고 곽산에게 물었다.

“대형, 그 이야기는 그만 하고 그의 딸 이야기를 해보는 게 어때?”

일천은 더 이상 이상한 소문을 듣기가 싫었다. 과장인지 거짓인지 모르는 소문으로 인해 더 이상 신경 쓰기가 싫었던 것이다.

곽산은 나지막이 소리 죽여 말했다.

"크크크, 마교 교주의 딸 성격이 진짜 우라지게 더럽대. 툭하면 수하들을 두들겨 패서 반병신이 된 자가 수두룩하고 맞아 죽은 자가 기백을 넘어선다는군. 누가 그런 계집을 데려가려나 몰라. 게다가 가꾸질 않아서 평소엔 꼭 남자처럼 하고 다니는대 그래도 일 년에 한 번 생일 때만은 여자처럼 차려입는대. 그때에는 다들 눈이 휘둥그레져서 정말 본인이 맞는지 놀랄 정도라니 미인은 미인인가 봐."

하마터면 일천은 빽 하고 소리를 지를 뻔했다.

'거짓말이야! 내가 애들을 때리고 다닌 건 맞지만 병신이 되거나 죽은 자는 하나도 없다구! 겨우 며칠 누워 있으면 나을 정도였단 말야!'

일천은 답답해진 마음에 짜증이 극에 달했지만 그 말을 입 밖에 내놓을 수가 없었다. 어쨌거나 지금은 정체를 숨기고 다닐 입장이니깐 말이다.

그런데 곽산은 짜증스러운 일천의 얼굴을 보더니 드디어는 불을 붙이고 말았다.

"네 얼굴을 보니 너도 그렇게 생각하는 것 같네? 맞아맞아, 여자가 아무리 예쁘면 뭐 하냐, 성격이 거지 같은데. 누가 그런 계집을 데리고 살겠어? 맞아 죽지 않으면 다행이지. 안 그래, 진 아우?"

일천은 폭발했다.

"엇? 모기!"

퍼억―

"쿠엑! 뭐, 뭐냐!"

"아, 잡았다. 가을에 웬 모기야?"

일천은 시원한 표정을 짓고는 얼른 일행 앞으로 달려갔다.

“쓰읍, 눈알 빠질 뻔했잖아! 장난하냐?”

곽산이 고래고래 소리를 지르며 쫓아가자 일천은 이리저리 도망 다니며 한마디를 던졌다.

“눈알 빠지면 무슨 소살마년지 선녀지한테 가서 눈알 몇 개만 빌려 달라 그래. 그 동태 같은 눈알 달고 다니지 말고.”

“거기 안 서? 너 잡히면 죽었쓰!”

도망 다니는 일천과 그를 쫓는 곽산을 보더니 료료까지 어느새 정신을 차렸는지 그들의 뒤를 따라다니며 놀기 시작했다. 아마도 장난치는 줄 알았던 모양이다.

진류영은 어이없는 웃음을 지은 채 그들을 보며 발걸음을 부지런히 옮길 뿐이었다.

너른 벌판. 큰 길의 양 옆으로는 추수를 기다리는 벼들이 부끄러움을 감추지 못하고 고개를 숙이고 있었다. 멀리 작물을 돌보는 농민들이 간간이 하늘을 보며 허리를 펴는 모습이 눈에 들어왔다. 일 년간의 결실을 기다리는 부모의 마음을 느끼는 것이리라 .

“그런데 아우에게 실례가 안 된다면 팽가에 무슨 볼일이 있는지 알 수 있을까?”

진류영이 일천에게 물었다.

“음, 난 이리저리 떠돌며 비무하면서 내가 원하는 무공의 경지를 이루려고 해. 팽가에는 그냥 볼일이 있어서 잠시 들르는 것이고.”

일천은 더 이상의 얘기는 어렵다는 듯 입을 다물었다. 곽산이야 일천을 그냥 따라다니는 입장이니 물어볼 것도 없었다.

“그럼 아직 그 후의 계획은 정해지지 않은 거로군.”

진류영은 잠시 생각에 빠져 말없이 걷다가 문득 걸음을 멈추었다. 그 모습에 곽산이 물었다.

"응? 진 아우, 왜 그래? 배라도 아픈 거야?"

진류영은 인상을 굳히며 말했다.

"자령도(自鈴刀)가 미미하게 울리고 있습니다. 아마 제게 살의를 가진 사람이 앞쪽에 있는 것 같습니다."

일천이 고개를 내밀더니 물었다.

"자령도? 그 날아다니는 비도 말이지? 위험에 처하면 울린다더니 정말인가? 난 아무것도 안 느껴지는데……."

"음, 부끄럽지만 나도 전혀 느껴지지 않는 걸 보니 살수들이 아닌가 싶군. 내가 느끼지 못할 정도라면 꽤 고급살수겠는걸. 일단 내색하지 말고 그냥 천천히 걷지."

일행은 곽산의 의견에 따라 아무 일 없다는 듯 걸으며 주의를 게을리 하지 않았다. 곽산과 일천은 암암리에 공력을 끌어올려 만반의 대비를 하고 있었다.

그 와중에도 곽산은 자령도라 불리는 비도에 대해 감탄하고 있었다. 살기(殺氣)를 읽는 것이 아니라 살의(殺意)를 느끼고 공명하는 비도라니! 고수는 공력으로 살기를 제어할 수 있지만 살의는 사람이 품고 있는 생각이라 제어할 수 없는 부분이다. 그런 기색은 아마 천하의 절대고수라도 절대 알 수 없을 것이다. 다만 예민한 사람이라면 뭔가 꺼림칙한 기분은 들겠지만.

"어라? 저기 사람이 보이는데 저 사람일까?"

곽산의 손끝을 따라 보니 이십여 장 정도 떨어진 곳에 큰 아름드리 나무가 서 있었고 그 아래에는 근처의 농민으로 보이는 노인이 그늘에서 쉬고 있었다.

진류영은 고개를 저었다.

"아닙니다. 진동이 미약한 것으로 보아 더 멀리 있는 자들일 것입니다. 확신할 수는 없습니다만."

진류영의 마지막 말에 곽산과 일천은 풀었던 긴장을 다시 다잡을 수밖에 없었다. 일행은 천천히 그 노인에게로 다가갔다.

"어, 덥다. 좀 있으면 겨울인데 뭐가 이리 더울까? 여보쇼, 노인장, 거기 나무 그늘에 자리 좀 있습니까?"

곽산이 천연덕스럽게 말을 건넸다. 물론 만약의 사태에 대비해서 주의를 게을리 하지 않고 노인과 어느 정도 거리를 둔 상태였다. 곽산의 태도가 너무 자연스러워서 그냥 아무 생각 없이 보자면 예의있는 젊은 이로 보일 것이다.

조금 깡마른 체격의 노인은 햇볕에 얼굴이 노출되지 않도록 챙이 긴 밀짚모자를 쓰고 뼈만 남은 쭈글쭈글한 두 손을 들더니 갑자기 자신의 얼굴을 힘껏 내려쳤다.

짝!

일행은 순간 무슨 신호가 아닌가 싶어 순간적으로 각자의 무기로 손을 가져갔다. 하나 아무 일도 일어나지 않았다. 다시 노인을 보니 노인의 얼굴은 빨개져서 홍당무가 되어버렸다. 그리고는 뜻도 모를 말을 중얼거리기 시작했다.

"허어, 이 나이가 되도록 부끄러움을 타는가! 내가 많이 늙었나 보아. 금(金)에서 하나가 더한 곳에 몇인지 모르는 참새들이 널려 있는데도 허리가 아파 밭일을 할 수가 없으니 태양이 무색함이로세. 허어."

말을 마친 노인은 휘적휘적 걸어가더니 멀리 밭까지 걸어가서는 쭈

그려 앉아 밭일을 시작했다. 곽산은 뭔가 이상하다는 낌새를 챘으나 딱히 꼬집어 말할 수가 없었다. 일천도 뭔가를 느꼈는지 등에 메고 있던 검은 천을 느슨하게 해놓아 쉽게 빼낼 수 있게 준비해 두었다.

"진 아우, 무슨 뜻인지 알겠는가?"

그 말에 대답한 것은 뜻밖에도 일천이었다. 물론 조용하고 나지막한 소리였다.

"빨간 얼굴. 적(赤)! 그것을 때린 것은 손. 수(手)!"

곽산이 역시 하는 인상으로 말했다.

"적수취혼 악중양 선배의 전언(傳言: 전하는 말)이었군. 지난번에 진 아우와 겨루었던……."

진류영은 이미 그 말의 진의를 파악하고 있었다.

"악 선배께 무슨 일이 있나 봅니다. 돕고 싶지만 도울 처지가 못 된다는 의미인 것 같습니다. 더불어 백 장 앞에 매복한 자들이 있다는 것을 알려주신 것 같습니다."

"백 장? 그런 얘기도 있었나?"

곽산의 물음에 진류영이 답해주었다.

"금(金)이라는 것은 천지만물 생성의 원리인 오행(五行)의 이론에서 흰색, 즉 백(白)을 이야기하는 겁니다. 여기에서 하나, 일(一)을 더한다면 일백 백(百)이 됩니다. 즉 백 장 안에 참새로 칭한 이들이 있다는 것이지요."

진류영은 하나를 빼고 이야기했다. 마지막에 노인이 말한 태양은 하나밖에 없는 것, 즉 진류영을 돌보지 못해 황상을 뵙기가 부끄럽다는 말일 것이다.

진류영의 말을 듣고서도 아무도 대꾸하지 않았다. 단지 신경을 더 쓰고 있을 따름이었다. 얼마나 긴장했는지 등에서 식은땀이 흐를 정도였다. 게다가 이곳은 평평한 땅이 드넓게 펼쳐진 들판. 숨어 있을 만한 곳을 아무리 찾으려 애써도 찾을 수 없는 곳이니 더 긴장되는 것은 당연했다.

어느새 진류영이 말한 백여 장을 걸어왔는데도 숨어 있는 자들의 기색을 전혀 알 수가 없었다. 곽산과 일천의 이마에서도 어느새 송글송글 땀이 맺히기 시작했다.

상대는 전문 살수! 한순간의 틈을 비집고 들어와 목숨을 빼앗는 것을 전문으로 하는 자들이다. 순간의 방심도 허락하지 않는 자들이다. 그들이 해가 떠 있는 동안 습격하려 한다는 것은 왠지 의아했지만 그만큼 자신이 있다는 의미일 것이다.

일천의 이마에서 흐르던 땀 한 방울이 고운 뺨을 지나 아름다운 선의 턱에서 지면으로 낙하하여 충돌하는 순간이었다. 자신의 앞에서 땅이 갑자기 솟아올랐다고 느낀 것은.

"조심해! 적이다!"

미처 말을 끝낼 틈도 없이 일천은 천에 싸인 도를 그대로 휘두르며 뒤로 한 걸음 물러섰다. 순간 자신의 심장이 있었던 곳으로 한줄기 날카로운 빛이 지나갔다. 미리 준비하지 않았다면 꼼짝없이 일격에 당할 순간이었다.

곽산도 마찬가지로 검을 뽑을 사이도 없이 몸을 뒤로 날리며 검집째 들어 방어했다.

챙―

곽산은 허리에 있던 검을 언제라도 뽑을 자세였던 터라 검을 능히 막을 수 있었다. 일천은 순간 자신도 도를 허리에 찰까 생각했으나 키가 작아 땅에 질질 끌리게 될 것이 당연했으므로 그만두기로 했다. 이런 여유가 생긴 것은 물론 첫 번째 일격을 피해내 거리를 두었기 때문이다.

진류영은 뭐가 뭔지도 모르는 새에 쨍 하는 날카로운 소리만 듣고 뒤로 주춤 물러섰다. 그가 가지고 있던 자령도가 발출되어 살수의 검을 막아낸 것이다. 그러나 그 힘은 그대로 전달되어 한 걸음 물러서게 된 것이었다.

그들을 습격한 것은 온통 황토색의 천으로 뒤집어쓴 세 명의 살수였다. 오래전부터 땅을 파고 숨어들어 그들을 기다린 것이 틀림없었다. 살수들은 첫 기습이 실패하자 낭패한 기색을 띠었으나 괜히 특급살수라 불리는 것이 아니라는 듯 계속 공격을 감행했다.

보통의 살수들은 따로 검법이나 무기를 수련하지 않는 것이 일반적이었으나 이들은 특급살수에 속하는 터라 그런지 곽산과 일천을 상대로 어느 정도 검을 겨루고 있었다. 물론 진류영은 자령도가 스스로 날아다니며 방어하고 있었고.

진류영은 눈앞에서 검끼리 부딪쳐 튀는 불꽃과 쇳소리에 겁을 집어먹었으나 황의인이 몇 차례나 공격해도 자신의 근처에 이를 수 없다는 것을 알고는 그들을 자세히 살펴보았다.

'흐음, 저들의 도는 일반적인 검보다 조금 짧고 더 날카롭게 보이는구나. 특이하게도 검을 거꾸로 잡고 휘두르는걸. 저것이 역수도(逆手刀)인가 보군. 이자가 쓰는 보법은……'

진류영이 이렇게 상대를 분석하고 있을 때 곽산과 일천도 나름대로 상대를 압박해 가며 우위를 점하고 있었다. 이들은 정, 사에서도 이십 위 안에는 들 정도의 실력. 아무리 다른 무공을 익혔더라도 기습을 전문으로 하는 살수들이 당해내기는 힘들었다.

"네놈들은 뭐냐? 누가 시킨 거지?"

일천은 완전히 여유를 찾고 상대를 가지고 놀 듯이 검을 겨루고 있었다. 곽산도 여유롭게 그들을 상대하며 한편으론 진류영이 걱정되어 쳐다보았다.

"음?"

보기엔 진류영은 별 걱정이 없어 보였다. 살수가 내지른 검은 하나같이 그의 몸 근처에도 이르지 못했기 때문이다. 그가 놀란 것은 비도 두 개만이 날아다니고 있다는 것이었다.

'상대에 따라 그 수가 조절되는 건가? 상대에게 모든 것을 알아채지 못하도록? 내 추측이 사실이라면 정말 대단한 보물이야.'

그것뿐만이 아니었다. 자세히 보니 그 비도는 마치 진을 형성하듯 일정한 궤도를 그리며 상대의 공격을 막아내고 있었다.

'저것도 신기하군. 이들을 쫓은 후에 진 아우에게 물어봐야겠다.'

곽산은 생각을 정리하고 자신이 상대하던 황의를 입은 살수에게 한 층 더 강한 공격을 퍼부었다.

그러자 그들은 더 이상 어찌할 수 없다는 것을 알았는지 셋이 약속이나 한 것처럼 뒤로 물러섰다. 그것을 놓칠 곽산과 일천이 아니었으나 그들이 물러서며 던진 암기를 막아내느라 약간의 틈을 주고 말았다.

"제길, 잡을 수 있었는데……."

곽산이 분한 듯 소리칠 때는 이미 황의인들이 신법을 전개하는 중이라 순식간에 사 장여나 떨어지고 말았다. 그때 곽산의 품에서 료료가 튀어나왔다. 료료를 만취하게 만든 죄로 곽산이 하루 종일 돌보기로 했기 때문이다.

푸아앗—

순간적으로 강한 열기가 료료의 몸에서 뻗쳐 나왔다. 곽산과 조금 떨어져 있던 진류영조차 뜨거움을 느끼고 소매로 얼굴을 가릴 정도였다. 료료가 튀어나왔다고는 하나 곽산은 그 뒤에 서 있었기 때문에 황급히 뒤로 물러섰다.

그 열기는 한곳으로 모아지더니 황의인들 중 한 명에게 달려들듯이 쏘아져 나갔다.

"협!"

처음 습격할 때부터 한마디도 없던 황의인의 입에서 처음으로 황급한 기합 소리가 나오더니 공중으로 몸을 솟구쳤다. 그러지 않았으면 순식간에 재가 되어버렸으리라.

하나 그것이 끝이 아니었다. 이번에는 살을 에이는 듯한 냉기가 료료로부터 쏘아져 갔다. 일단 공중으로 몸을 띄운 터라 허공답보(虛空踏步) 같은 상승의 신법이 아니고는 절대 피할 수 없었다.

황의인은 비명 소리를 지르기도 전에 온몸이 얼음덩어리가 되어 땅으로 추락하고 말았다.

쩡—

무언가 박살나는 소리가 나며 황의인은 수백, 수천 개의 얼음 조각으로 깨어져 버렸다. 그 상황을 보고 있던 두 명의 황의인은 급히 몸을 돌려 달아나려 했지만 그들은 곧 다른 자의 미수에 걸리고 말았다.

"크억!"

"커억!"

살수들은 죽는 순간에도 신음 소리를 내지 않는다고 했다. 그러나 이들은 연이어지는 급작스러운 일들에 놀라 소리를 지르고 만 것이다. 그만큼 새로운 이의 등장은 아무도 알아채지 못할 만큼 갑작스러웠다.

“클클클.”

두 명의 황의인은 그 자리에 허물어지듯 쓰러졌다. 그 앞쪽에는 허리가 구부정하게 굽어 키가 어린아이만한 한 명의 노인이 지팡이를 짚은 채 기분 나쁜 조소를 흘리며 서 있었다.

“과연 천양묘로구먼. 그런데 언제 천음묘가 된 것일까? 클클클, 어차피 더 좋아진 일일 뿐이니 아무래도 상관없겠구나.”

순간 곽산과 일천은 그가 범상치 않은 고수라는 것을 깨달았다. 아무리 방심했다고 해도 자신들과 상대하던 살수들을 한순간에 제압하다니!

“엇! 저자는?”

곽산이 그 노인을 알아보고 소리를 질렀다. 꼽추의 모습을 하고 있으며 피로 물들어 검붉은 빛을 띠는 지팡이를 가졌고, 얼굴의 한가운데에 솟아 있는 검은 사마귀. 그가 아는 한 강호에서 이런 형상을 한 자는 한 사람밖에 없었다.

“무당의 제자 곽산이 혈혈구패(血孑丘悖) 곡양(穀梁) 선배께 인사드립니다.”

곽산은 한 발 앞으로 나와 포권하며 정중히 예를 갖췄다.

“클클클, 네놈이 그 소문이 자자한 단리 놈의 제자로구나. 과연 듣던 대로 기재로구나. 하지만 시간이 없으니 거두절미(去頭截尾)하고 말하마.”

곽산이 단호하게 먼저 선수를 쳤다.

“천양묘의 일이라면 아무리 대선배님이라 하여도 들어드릴 수 없습니다.”

순간 혈혈구패 곡양의 주름살이 잔뜩 깃든 얼굴이 더욱 찌그러져 볼품없는 인상을 만들어냈다. 그는 걸걸한 목소리를 내지르며 말했다.

"이놈! 건방지구나. 네 사문을 생각해서 네놈만은 살리려 했거늘 나를 알면서도 감히 그런 잡소리를 내뱉다니. 잔말 말고 어서 천양묘를 내놓아라! 그렇지 않으면 오늘 이곳을 살아서 벗어나기는 힘들 것이다. 내가 누군지 손을 써야만 알 수 있겠느냐?"

혈혈구패 곡양은 쥐어짜는 듯한 목소리를 내며 분노를 참지 않았다. 그의 분노에 불을 지른 것은 일천이었다. 혹시라도 곽산이 말을 막을까 봐 재빠르게 말을 털어놓듯이 뱉어냈다.

"뭐긴 뭐야, 못된 송아지 엉덩이에 뿔난다더니 등에 뿔이 난 걸 보니 송아지도 안 되는 버러지 같은 노인네지."

혈혈구패라는 것은 언제나 혼자 다니며 피를 부르는 꼽추라는 좋지 않은 뜻을 가진 별호였다. 그만큼 그의 성격이 급하고 더러웠기 때문에 그렇게 부르기도 했다. 가뜩이나 자기가 꼽추라는 것이 평생의 설움이었던 그런 그가 이런 말을 듣고 참을 리 없었다.

순간 혈혈구패 곡양은 번개처럼 일천의 앞으로 달려오며 머리를 향해 지팡이를 후려쳤다.

"건방진 꼬마 놈, 네놈 머리를 뽀개서 네 눈으로 뇌수를 확인하게 해주마!"

가만히 잠자코 당할 일천이 아니었다. 그가 보기에 이 꼽추노인은 확실한 고수였다. 비록 곽산처럼 그의 내력을 자세히 알 수는 없었으나 가슴이 두근두근하는 것으로 보아 절대 만만한 인물은 아니었다. 하지만 어차피 강호에 나온 것은 그러한 고수들을 상대하기 위한 것. 기회를 틈타 자신에게 덤비도록 격장지계를 써 유도한 것이었다.

"흥! 그럼 난 노인네의 뿔에 뭐가 들었는지 확인해 주지."

역시 독설로는 만만치 않은 일천은 미리 준비했던 터라 쉽게 도를 뽑아낼 수 있었다.

타악—

뜻밖에도 쇳소리는 나지 않았다. 곡양은 일격에 일천을 끝장낼 수 없다는 것을 알고 지팡이를 옆으로 돌려 도의 옆면을 쳐버린 것이다.

"쳇!"

일천은 그 힘에 밀려 중심을 잃었으나 몸을 도와 같이 회전시키며 오히려 도를 찔러갔다.

"클클, 이놈이 믿는 구석이 있었구나. 오냐, 어디 한 번 오늘 네놈의 내장까지 확인해 보자꾸나."

곡양은 일천의 도를 피하지 않은 채 다시 두 번을 머리와 가슴을 향해 내질렀다. 일천의 실수였다. 꼽추노인은 원래 키가 작아 그가 몸을 띄우며 찔러낸 도는 그의 머리 위로 지나가 버린 것이다.

터텅—

"큭!"

일천의 신음 소리가 나더니 일천은 순식간에 삼 장 밖으로 나가떨어졌다. 그 외중에도 도를 비스듬히 세우고 남은 한 손으로 도신(刀身)의 옆면을 지탱하며 막아낸 것이 그나마 다행이었다.

"빌어먹을 영감탱이! 퉤엣!"

일천은 이를 으득으득 갈며 피가 섞인 침을 땅으로 뱉어냈다. 막상 손을 섞어보니 이 보잘것없는 꼽추노인의 내력이 보통 강맹한 것이 아니었다. 전력을 다하지 않은 것 같았는데도 일천은 이미 조금이지만 내상을 입었던 것이다.

다시 덤벼들려는 일천을 곽산이 제지했다. 며칠 동안 지내본 결과 일천은 강호 경험이 적어 사람을 평가하는 것이 서툴다는 것을 알았기 때문이다.

"그만둬, 막내아우. 혼자서는 힘들 거야."

일천이 불만이 가득한 얼굴로 그를 째려보았다.

"강호에서는 정사의 중간에 서 있으며 절대 건드리지 말아야 할 극 강고수 다섯 명을 일컬어 극오존자(極五尊者)라 부르는데……."

곽산의 말은 곡양의 일갈에 이어지지 않았다.

"시끄럽다! 남은 이야기는 저세상에서 듣거라!"

일천도 지지 않겠다는 의지를 보이며 앞으로 나섰다.

"끼어들지 마!"

곡양이 어느새 거리를 좁히며 달려와 지팡이를 휘두르고 있었다. 일천은 다시금 내력을 끌어올리며 반격을 준비했다.

"얼굴만 반반한 꼬마 놈아, 네놈의 제삿날을 앞으로 오십 년 동안 지켜봐 주마."

곡양은 쉴 새 없이 지팡이를 휘두르면서도 입을 멈추지 않았다. 말이 끝나는 동안 무려 열다섯 번의 공격이 이어졌다. 지팡이의 끝은 저마다 일천의 치명적인 사혈만을 노리고 있었다.

"흥, 입만 산 늙은이로구나. 그 입을 쭉 찢어 제삿상에 올려주지!"

일천도 지독한 욕설을 퍼부으며 도에 내력을 집어넣었다. 도에서는 순식간에 묵빛 기류가 흘러나와 도의 크기를 몇 배나 늘어지게 만들었고 그것은 자신에게 쏘아지는 지팡이를 쳐내고 있었다.

"이런… 도강이라니, 젖먹이 주제에……."

곡양은 깜짝 놀라 휘두르던 지팡이를 급히 거두어들였다가 다시 펼쳤다. 도의 날 부분에 두텁게 생성된 도강에 부딪치면 자기의 지팡이는 싹둑 잘려 나갈 것이기 때문이었다. 곡양의 지팡이를 휘두르는 솜

씨는 참으로 난해했다. 일천의 도에 부딪치지 않으면서도 도신을 타고 올라가 일천의 손목을 노리고 있었다. 그것은 마치 끈끈하고 미끄러운 뱀을 연상시키게 했다.

일천은 뱀처럼 타고 올라오는 지팡이를 막을 수 없자 도에 깃들인 내력을 한 번에 분출시키며 크게 흔들어 떨쳐 냈다. 곡양이 순간적으로 반탄되어 튕겨 나간 지팡이를 휘어잡으며 주춤하는 틈에 일천은 도를 쥔 오른손을 왼쪽으로 당겼다가 크게 베었다.

이형도(離形刀), 팔성(五成) 천하이분(天下二分).

곡양은 그때까지 몸을 내밀어 지팡이를 앞으로 찌르고 있는 자세였는데 순간적인 빈틈을 보이자마자 날아오는 일천의 절기에 급히 몸을 뒤로 눕혀 버렸다.

그리고 예의 하늘이 찢어지는 파공음이 들려왔고 진류영의 눈에는 그것이 하늘과 땅이 수평으로 잘라지듯 구분되는 착시 현상처럼 보였다.

끼아아앗—

미처 몸을 완전히 피하지 못한 곡양의 코끝이 살짝 벗겨지며 피가 흘렀다. 그리고 그의 몸 뒤에 있던 풀들이 써걱 소리를 내며 한 번에 잘려 나갔다.

"이, 이 맹랑한 꼬맹이!"

곡양은 화가 머리끝까지 치솟았다. 정사를 통틀어 자신에게 대적할 자는 열 명 이상이 되지 않을 거라 자신했던 그다. 곡양은 뒤로 몸을 한 바퀴 돌려 제자리에 서더니 지팡이를 양손으로 잡아 아래로 늘어뜨리며 그렇지 않아도 작은 몸을 더욱 웅크려서 공처럼 만들었다.

"죽어랏!"

순간 곡양의 몸은 빛보다 빠르게 일천에게 쏘아져 나갔고 그의 몸은 일천의 무릎 정도밖에 미치지 않을 정도로 낮았다. 그리곤 갑자기 우둑 소리를 내며 허리를 펴자 그 키는 일천과 비슷할 정도가 되었다.

그 짧은 틈에 일천이 곡양의 가슴을 노리고 도를 찔러가자 머리 위쪽에서 엄청난 기운 다섯 개가 몰려왔다. 다섯 개의 지팡이는 전부 그의 머리를 향해 내려치고 있는 중이었고 그 각도는 전부 달랐다. 이 모든 것은 진류영이 눈 한 번 깜짝할 시간도 채 되지 않을 정도로 빨랐다.

절사장(切蛇掌), 오사멸절(五蛇滅絶) 파두쇄(破頭碎).

일천은 곡양의 가슴으로 찔러가던 도를 급히 머리 위로 날리며 몸을 숙였다. 다행히 몸을 숙이며 막은 터라 모두 막을 수 있을 것 같았다. 그러나 각각의 지팡이는 다시 두 갈래씩 갈라지면서 기이하게 휘며 다시 온몸으로 떨어져 내렸다.

절사장(切蛇掌), 십사멸절(十蛇滅絶) 회류쇄(回流碎).

일천은 모두 막을 수는 없을 거라 생각하고 온몸에 호신강기를 일으키며 다섯 개의 줄기는 검으로 막고 두 줄기는 왼손으로 막았으나 세 개의 줄기를 몸으로 받고 말았다.

펑— 펑— 펑—

"으악!"

일천은 짧은 비명을 지르며 땅에 처박히는 듯하다가 그 반동을 이용해서 뒤로 몸을 회전시키며 곡양에게서 멀어졌으나 제대로 된 착지는 할 수 없었다. 삼 장이나 물러선 일천은 엉덩방아를 쿵 찧으며 혼절해 버렸다.

곡양이 숨통을 끊으려 달려들자 이번엔 곽산이 그의 앞을 가로막았다. 진류영은 뭐가 휙휙 하더니 일천이 나가떨어진 것이라 정신을 차릴 수가 없었다.

"멈추시오, 곡 선배. 이번엔 제가 가르침을 받겠소이다."

곡양은 그런 곽산을 비웃으며 말했다.

"미친놈, 이게 비무인 줄 착각하고 있나 보지? 그래, 네놈도 죽여주마. 핫!"

곽산에게 달려들려던 곡양이 순간적으로 멈칫하더니 분노한 기색을 그대로 드러내며 호통 쳤다.

"이런 빌어먹을 애송이들, 이렇게까지 시간을 끌다니……. 제기랄."

곽산은 곡양이 공격할 기색을 보이지 않자 혼절한 일천의 곁으로 다가가 상처를 살폈다. 교묘하게도 치명적인 혈은 몸을 틀어 막았기에 왼쪽 팔목이 타박상을 입어 크게 부은 것과 등과 옆구리에 타격을 입어 내상을 입은 것을 제외하면 별다른 이상은 없는 것 같았다.

진류영이 곽산을 불렀다.

"큰형님, 아우는 어떻습니까?"

"타박상만 조치하면 내상은 어떻게든 낫겠지. 다행히도 목숨을 잃을 정도는 아니라네. 문제는 저들이지."

"저… 들?"

그 말에 진류영이 고개를 들어보니 과연 자신들이 오던 길 쪽에서 한 무리의 무림인들이 달려오고 있었다. 앞쪽에는 혈혈구패 곡양이, 뒤쪽에는 일단의 무리들이 길을 가로막은 형태가 되어 도망칠 구석도 없었다.

진류영이 무슨 까닭인지 곡양을 슬며시 올려다보았다. 사실 그가 뿜고 있는 살기는 진류영이 위축되기에 모자람이 없었으나 그가 입고 있는 보의 덕인지 심한 압박을 느끼지는 않았다. 자령도는 일찌감치 울리고 있던 터였다.

일각이 채 지나지 않아 그들의 뒤를 쫓던 무리들은 어느새 지척까지 다가왔다. 열댓 명으로 구성된 그들은 어디선가 많이 본 듯한 얼굴들이었다.

지난번 천양묘를 쫓던 무리들이었다. 적수취혼 악주양은 보이지 않았지만 마지막에 진류영에게 부채로 암기를 쏘아냈던 회색의 장포를 입은 남자도 그 무리 중에 있었다.

"멈추시오!"

회색의 장포인이 앞으로 나섰다. 그는 곡양을 보더니 포권하며 말했다. 그는 만면에 기이한 미소를 띠고 있었다.

"무림말학 차 모가 곡 선배님을 뵙습니다. 한데 선배님은 여기에 어인 일로 오시게 되었습니까?"

곡양이 버럭 소리 질렀다. 가뜩이나 컬컬한 목소리에 소리까지 질러대니 껄끄러워 듣기가 쉽지 않은 목소리였다.

"닥쳐라, 사파련의 잡종 같은 놈아! 그러는 네놈은 여기에 뭐 하러 나타났느냐!"

곡양은 진류영 일행을 쳐다보며 잡아먹을 듯한 눈빛으로 말을 이었다.

"애송이들, 천양묘를 잡았으면서 왜 내단을 취하지 않고 사람을 피곤하게 만드느냐! 내 여태 너희들의 뒤를 쫓으며 내단을 꺼내기만을 기다렸거늘 너희들은 그로 인한 목숨이 아깝지도 않으냐!"

진류영은 그의 살기를 전면으로 받아 후들거리는 목소리를 애써 감추며 담담히 말했다.

"누가 하나의 목숨을 그리 쉽게 해할 수 있단 말입니까? 천양묘는 제가 데리고 다니는 것도 아니고 잡고 있는 것도 아닙니다. 아시다시

피 천양묘는 영물이라 사람의 말을 알아듣습니다. 천양묘가 어디로 가든지 제가 상관할 수는 없지만 목숨을 빼앗기 위해 원한다면 절대 방관할 수는 없습니다. 게다가 악한 일에 쓰일지도 모르니 더 더욱 말입니다.”

영물은 오랜 세월 정기를 축적하여 내단을 형성한다. 그 내단이 사라지면 영물은 죽고 마는 것이다. 그것을 아는 진류영은 친구처럼 여기는 천양묘를 방치할 수 없었다. 비록 그로 인해 자신이 죽든 타인이 죽든 말이다. 최소한 나쁜 자에게만은 넘어가지 않게 주의해야 했다. 사실 진류영과는 크게 상관없는 일이기도 했지만 눈앞에서 일어나는 일을 모른 척한대서야 군자가 될 수 없지 않은가?

곡양은 살기가 충만하여 눈의 실핏줄까지 터져 피가 뚝뚝 떨어지는 듯한 시뻘건 눈으로 진류영을 노려보았다. 하나 경거망동할 수는 없었다. 또 다른 적들을 앞에 두고 빈틈을 보일 수 없는 일이 아닌가?

“하하하, 소문이 사실이었군요, 곡 선배. 아직도 미련을 버리지 못한 것입니까? 꼽추로 태어난 아들이 내단을 먹고 탈태환골한들 무슨 소용이 있겠습니까? 천양묘의 내단은 좀 더 귀한 곳에 쓰여져야 하지 않겠습니까? 그나마 아드님이 다시는 아버지를 못 보게 될까 두려우니 그만 돌아가시지요.”

회색 장포를 입은 사내는 부드러운 말투로 곡양을 대했지만 사실은 죽고 싶지 않으면 어서 돌아가라는 협박이었다.

“빌어먹을 사파련 놈들아, 내 아들에게 무슨 일이 생기면 내가 한 덩어리의 고기가 될 때까지 사파 놈들을 죽이고 다니겠다. 으득!”

이성을 잃은 곡양의 귀에는 회색의 장포인이 한 말이 자신의 아들을 위협하는 말로 들린 모양이었다. 그는 더 이상 가타부타 말도 없이 훌쩍 자리를 떠나 버렸다. 눈 깜짝할 사이에 점이 되어가는 그의 경공은 그의 몸에 어울리지 않게 민첩했다.

"하하하! 이제는 우리 차례인가? 다행히도 걱정거리가 하나 줄어들어 두 놈만 남았구나. 우린 구면이니 피차 얼굴 붉히는 일은 없도록 하세."

회색장포인이 웃음을 터뜨리며 쓰러진 일천을 쳐다보았다.

곽산은 의아한 눈으로 그들을 보고 있을 뿐이었다.

'저놈은 그때 그렇게 당하고 나서도… 뭔가 믿는 구석이 있는 걸까?'

곽산의 생각이 채 끝나기도 전에 그의 추측이 맞다는 것이 드러났다.

"차 당주, 말이 길어져 봐야 좋을 것이 하나도 없을 것 같소만……."

차 당주라 불린 회색의 장포인은 뒤에서 들려오는 굵은 목소리에 고개를 끄덕였다.

"그렇군요. 구면인 이들을 보니 반가워서 제가 실수한 것 같습니다."

그는 예의 손에 들고 있던 섭선을 위로 들어 올렸다.

"춘 형께서는 신비객을 잠시만 맡아주시면 되겠습니다. 그사이에 제 부하들과 곽산을 처리하고 도울 것입니다."

"알겠소."

춘 형이라 불린 남자가 차 당주라 불리는 회색장포인의 곁으로 다가서며 대답했다. 그는 중년의 나이로 보이는 듯한 외모에 평범한 키와 단단한 몸집을 가지고 있었고 무기가 없는 것으로 보아 권각법이 주특기인 듯했다.

'고수다.'

곽산은 불안한 마음을 감출 수가 없었다. 춘 형이라 불리는 저 남자는 적수취혼 악주양과 비견할 만했다. 당시에는 악주양이 스스로 물러서서 일이 쉽게 해결되었었다. 하지만 저 두 고수가 동시에 진류영을 맡는다면 어떻게든 시간은 끌 수 있을 터이지만 차 당주라는 인물과 열 명이 넘는 그의 수하들만 해도 자신은 버거울 것이다. 이럴 때 무턱대고 뛰어나갔다가 기절해 버린 일천이 야속하기도 했다.

"죽여라!"

차 당주의 명령이 떨어지기가 무섭게 공격이 시작되었다. 곽산은 죽음을 각오하고 검을 잡았으나 그의 뒤로 진류영의 작은 소리가 들렸다.

"형님, 료료가 도울 것입니다."

그 말이 끝나기가 무섭게 어디선가 숨어 있던 천양묘 료료가 갑자기 튀어나와 입에서 이글거리는 화염을 뿜어냈다.

"헛!"

"크어억!"

몇 명이 그 불길을 피하지 못하고 몸에 불이 붙어 나동그라졌다. 차 당주의 얼굴이 일그러졌다.

"이런, 천양묘가 원기를 찾았구나! 뒤로 잠시 물러서라, 물러서!"

그러나 료료는 그 틈을 주지 않고 전면에 길을 가로막는 불의 벽을 만들어냈다. 동시에 잠시 입을 다물었던 료료는 다시 입을 열어 불꽃을 얼려 버리는 냉기를 발출했다.

순식간에 그들과 곽산들의 사이에는 오 장 높이의 거대한 얼음 벽이 생겨 버렸다. 기이한 것은 그 얼음 벽 안에는 불길이 이글이글 타고 있었으니 정말로 불가사의한 일이 아닐 수 없었다. 하지만 그들이 옆으로 돌아오기만 해도 소용없는 것이 되어버리리라. 여기는 좁은 계곡 길이 아니라 넓은 벌판일 뿐이니까.

"형님, 지금입니다!"

곽산은 진류영의 말에 생각할 틈도 없이 그 얼음과 불꽃으로 이루어진 벽을 향해 검기를 뿜어냈다. 그는 지금 그가 해야 할 일을 본능적으로 깨달은 것이다. 그의 검은 순식간에 촘촘한 수백 개의 검기로 이루어진 그물을 만들어내며 전면을 덮어갔다.

양의태극검(兩儀太極劍), 팔성공력 초입(八成功力 初入) 비산검망 전방집중(飛散劍鋩 前方集中).

원래 곽산의 비산검망의 초식은 사방을 모두 검기로 둘러싸 사방에서 들어오는 적의 공격을 막을 수 있는 방어형의 초식일 뿐 아니라 양의태극검 오성 이후부터는 그 검기를 발출하면서 공격하는 것도 가능했다. 그것이 곽산이 팔성의 경지를 깨달으면서부터는 임의로 조절이 가능해 한곳으로 집중시켜 엄청난 파괴력으로 변하게 된 것이다.

곽산이 찔러낸 엄청난 수의 검기들은 얼음과 불꽃의 벽을 수백 개로 잘게 부수며 그 힘으로 차 당주와 그의 무리들에게 퍼져 나갔다.

"끄아악."

"으아아아악―"

처절한 비명 소리가 사방을 온통 뒤흔들어 댔다. 그 작은 조각들은 그 무리들의 몸에 닿으면 그 부위를 얼려 버렸고 바로 엄청난 열기가 몸속으로 스며들었다. 비록 작은 조각들이라 큰 위력은 없었지만 상반된 두 기운이 몸으로 흘러들어 오니 그 고통은 이루 말할 수 없을 정도였을 것이다.

게다가 얼음이 열기에 녹기 시작하며 사방은 기이할 정도의 뜨거운 열기와 뼛속까지 스며들 정도의 냉기를 지닌 수증기가 흘러넘쳤다.

곽산은 더 이상 지체하지 않고 기운을 많이 써 비틀거리는 천양묘를 품속에 넣고 양쪽 옆구리에 기절한 일천과 진류영을 안아 들고는 최대한의 경공으로 달려나갔다.

곧 작은 구름이 형성되었던 곳에서 구름이 걷히자 여러 명의 인물이 쓰러져 있었고 서 있는 자는 몇 명 되지 않는 것이 보였다.

"천양묘가 만년설삼(萬年雪蔘)을 완전히 소화시켜 음기까지 지니게 된 모양이구나. 대체 저들이 천양묘를 어떻게 살렸단 말인가? 분명 음양의 기(氣)의 조화가 흩뜨러진 영물은 오래 살지 못할 거라 여겼는데."

춘이라 불리는 중년의 사내는 침착하게 말을 중얼거렸으나 그의 옷에는 온통 작고 큰 구멍이 나 있어 심히 낭패한 몰골이 아닐 수 없었다.

"빌어먹을, 이제 저 천양묘를 어떻게 잡는단 말인가? 만년설삼을 먹이는 데만도 일 년이 넘게 걸렸거늘 그걸 자기 것으로 만들어 버리다니… 이 일을 어떻게 감당한단 말인가! 크아악!"

차 당주는 역시나 보기 흉하게 뚫린 옷을 거들떠보지도 않은 채 머리를 감싸고 뒤흔들어 댔다.

"오늘의 일은 분명 전 중원으로 퍼질 터, 일이 더 어렵게 되어버렸다. 제기랄!"

그는 아끼던 부채마저 땅으로 집어 던지고는 곽산이 사라진 방향만 쏘아볼 뿐이었다.

〈제1권 끝〉